CB008572

ZERO K

DON DELILLO

Zero K

Romance

Tradução
Paulo Henriques Britto

COMPANHIA DAS LETRAS

Grafia atualizada segundo o Acordo Ortográfico da Língua Portuguesa de 1990, que entrou em vigor no Brasil em 2009.

Título original
Zero K

Capa
Celso Longo

Preparação
Leny Cordeiro

Revisão
Jane Pessoa
Ana Maria Barbosa

Dados Internacionais de Catalogação na Publicação (CIP)
(Câmara Brasileira do Livro, SP, Brasil)

DeLillo, Don
Zero K : romance / Don DeLillo ; tradução Paulo Henriques Britto. — 1ª ed. — São Paulo : Companhia das Letras, 2017.
Título original: Zero K.
ISBN 978-85-359-2984-3

1. Ficção norte-americana I. Título.

17-06528 CDD-813

Índice para catálogo sistemático:
1. Ficção: Literatura norte-americana 813

[2017]

EDITORA SCHWARCZ S.A.
Rua Bandeira Paulista, 702, cj. 32
04532-002 — São Paulo — SP
Telefone: (11) 3707-3500
www.companhiadasletras.com.br
www.blogdacompanhia.com.br
facebook.com/companhiadasletras
instagram.com/companhiadasletras
twitter.com/cialetras

Para Barbara

PARTE I
NO TEMPO DE TCHELIÁBINSK

1

Todo mundo quer ser dono do fim do mundo.

Foi o que meu pai me disse, junto às janelas arredondadas de seu escritório em Nova York — gestão de recursos privados, *dynasty trusts*, mercados emergentes. Estávamos, coisa rara, compartilhando um momento no tempo, um momento contemplativo, tornado completo pelos óculos escuros clássicos de meu pai, que traziam a noite para dentro da sala. Eu examinava os quadros nas paredes, obras de diferentes graus de abstração, e comecei a me dar conta de que o silêncio prolongado que se seguiu a seu comentário não pertencia a ele nem a mim. Pensei na esposa dele, a segunda, a arqueóloga, cuja mente e corpo depauperado em breve haveriam de se dissipar, seguindo um roteiro previsível, no vazio.

Aquele momento me voltou à lembrança alguns meses depois, do outro lado do mundo. Cinto de segurança afivelado, eu estava no banco de trás de um carro blindado, um *hatch* com vidro fumê nas janelas laterais, cego dos dois lados. O motorista, separado do banco de trás por uma divisória, usava uma camisa de time de futebol e calças de moletom com um volume no quadril que indicava a presença de uma arma. Depois de uma hora de viagem por estradas esburacadas, ele parou o carro e disse algo para o dispositivo preso em sua lapela. Então girou a cabeça quarenta e cinco graus em direção ao banco do carona. Concluí que era hora de soltar o cinto de segurança e saltar.

Aquela viagem de carro era a última etapa de uma maratona intercontinental, e me afastei do veículo e fiquei parado por algum tempo, entorpecido pelo calor, carregando minha mala e sentindo meu corpo relaxar. Ouvi o motor dar a partida e me virei para o carro. Ele estava voltando para a pista de pouso particular, e era a única coisa a se mover ao longe, que em breve haveria de sumir na paisagem ou na penumbra crescente ou no horizonte puro e simples.

Dei uma volta completa, percorrendo com a vista lentamente a extensão de deserto de sal e pedregulho, onde só havia algumas estruturas baixas, talvez interligadas, difíceis de distinguir naquela paisagem estorricada. Não havia mais nada, nenhum outro lugar. Eu não conhecia a natureza precisa de onde estava indo, só sabia que era remoto. Era fácil imaginar que meu pai, à janela de seu escritório, havia extraído seu comentário daquele mesmo terreno nu e das formas geométricas que com ele se confundiam.

Ele estava aqui agora, eles dois, pai e madrasta, e eu viera para fazer uma visita rapidíssima e lhes dar um adeus incerto.

O número de estruturas era difícil de calcular, estando eu tão perto delas. Duas, quatro, sete, nove. Ou então uma apenas, uma unidade central com extensões que se irradiavam dela. Imaginei-a como uma cidade a ser descoberta no futuro, autônoma, bem preservada, anônima, abandonada por alguma cultura nômade desconhecida.

O calor me dava a impressão de que eu estava encolhendo, mas eu queria permanecer ali mais um momento e olhar. Eram prédios escondidos, agorafobicamente fechados. Eram prédios cegos, silenciosos e severos, com janelas invisíveis, planejados para implodir, pensei, quando o filme chegar ao momento do colapso digital.

Fui seguindo por um caminho calçado com pedras e cheguei a um portão largo onde havia dois vigias. Camisas de futebol diferentes, os mesmos volumes nos quadris. Estavam atrás de uma fileira de estacas que impedia a entrada de veículos.

Nas laterais do portão, longe do centro, coisa estranha, dois outros vultos, envoltos em xadores, mulheres veladas imóveis.

2

Meu pai tinha deixado a barba crescer. Isso foi uma surpresa para mim. A barba era um pouco mais grisalha que o cabelo e tinha o efeito de enfatizar seus olhos, intensificar-lhe o olhar. Seria a barba de um homem ansioso para entrar numa nova dimensão de fé?

Perguntei: "Quando vai ser?".

"Estamos calculando o dia, a hora, o minuto. Em breve", ele respondeu.

Tinha sessenta e muitos anos, Ross Lockhart, ombros largos, movimentos ágeis. Seus óculos escuros estavam na escrivaninha à sua frente. Eu costumava me encontrar com ele em escritórios, em um ou outro lugar. Aquele escritório era improvisado, vários monitores, teclados e outros dispositivos espalhados pela sala. Eu sabia que ele tinha investido quantias polpudas nessa operação, nesse empreendimento, denominado Convergência, e o escritório era uma cortesia, para que ele pudesse permanecer em contato com sua rede de empresas, agências, fundos, trustes, fundações, consórcios, comunas e clãs.

"E a Artis."

"Está completamente pronta. Nenhuma hesitação, nenhum pé-atrás."

"Não se trata de vida espiritual eterna. É uma coisa do corpo."

"O corpo vai ser congelado. Suspensão criogênica", ele disse.

"Então, em algum momento futuro."

"Isso mesmo. Vai chegar um dia em que haverá maneiras de neutralizar as circunstâncias que levaram ao fim. Mente e corpo recuperados, de volta à vida."

"Essa ideia não é nova. Estou certo?"

"A ideia não é nova, não. É uma ideia", prosseguiu, "que agora está se aproximando da concretização total."

Eu estava desorientado. Era a manhã do que seria meu primeiro dia passado ali do início ao fim, e o homem atrás da escrivaninha era meu pai, e nada daquilo me era familiar, nem a situação nem o ambiente físico nem mesmo o homem barbudo. Eu já estaria voltando para casa quando estivesse começando a absorver algo daquela experiência.

"E você tem confiança total nesse projeto."

"Total. No plano médico, no tecnológico, no filosófico."

"Tem gente pondo animal de estimação", comentei.

"Aqui, não. Aqui não tem nada de especulativo. Nada de hipotético nem de periférico. Homens, mulheres. Morte, vida."

Seu tom de voz era firme, tom de desafio.

"É possível eu ver o lugar onde a coisa acontece?"

"Muito improvável", ele respondeu.

Artis, a mulher dele, sofria de várias doenças debilitantes. Eu sabia que a esclerose múltipla era a principal responsável por sua deterioração. Meu pai estava ali como testemunha dedicada do falecimento dela, e em seguida como observador informado dos métodos iniciais que permitiriam a preservação do corpo até o ano, a década, o dia em que seria seguro redespertá-lo.

"Quando cheguei aqui, fui recebido por dois seguranças armados. Me fizeram passar pelo procedimento de segurança, me levaram até o quarto, não disseram quase nada. É tudo que eu sei. E mais o nome, que parece coisa de religião."

"Tecnologia baseada na fé. É isso. Um outro deus. Acaba que nem é tão diferente assim de alguns deuses anteriores. Só que é uma coisa concreta, verdadeira, que funciona."

"Vida depois da morte."

"Um dia, sim."

"A Convergência."

"Isso."

"Quer dizer uma coisa em matemática."

"Quer dizer uma coisa em biologia. E em fisiologia. Deixa pra lá", ele disse.

Quando minha mãe morreu, em casa, eu estava sentado ao lado da cama e havia uma amiga dela, uma mulher de bengala, parada em pé à porta do quarto. Era assim que eu me lembraria daquele momento, reduzido, agora e para sempre, a uma mulher na cama, uma mulher à porta, a cama em si, a bengala de metal.

Disse Ross: "Numa área que serve de unidade de tratamentos paliativos, às vezes eu fico com as pessoas que estão sendo preparadas pra se submeterem ao processo. Uma mistura de expectativa com admiração. Muito mais palpáveis que apreensão ou incerteza. Uma reverência, um estado de perplexidade. Todo mundo está no mesmo barco. Uma coisa muito maior do que elas imaginavam. Elas sentem que têm em comum uma missão, um destino. E eu dou por mim tentando imaginar um lugar assim séculos atrás. Uma hospedaria, um abrigo pra viajantes. Peregrinos".

"Está bem, peregrinos. Voltamos à religião tradicional. Posso visitar essa unidade?"

"Provavelmente não", ele respondeu.

Entregou-me um pequeno disco fino preso a uma pulseira. Explicou que era semelhante à tornozeleira que mantinha a polícia informada a respeito do paradeiro de um suspeito, enquanto aguarda o julgamento. Eu teria permissão para entrar em certas áreas deste nível e de um nível acima, mas só nelas. Se eu retirasse a pulseira, a equipe de segurança ficaria sabendo.

"Não vá tirando conclusões apressadas a respeito do que você vê e ouve. Este lugar foi projetado por pessoas sérias. Respeite a ideia delas. Respeite o lugar em si. Segundo a Artis, a gente deve encarar isso aqui como uma obra em andamento, uma forma de *land art*, arte da terra. Construída na terra, afundada na terra. Acesso restrito. Definido pelo silêncio, humano e ambiental. Também é uma espécie de túmulo. A terra é o princípio balizador", explicou. "Voltar da terra, emergir da terra."

Passei algum tempo perambulando pelos corredores. Estavam quase vazios, três pessoas, espaçadamente, cumprimentei cada uma delas com a cabeça, recebendo de volta um único olhar relutante. As paredes eram em tons de verde. Eu entrava num corredor largo, virava em outro. Paredes nuas, sem janelas, portas bem distantes, todas fechadas. As portas eram de cores relacionadas, tons pastel, e eu me perguntava se haveria um sentido naquelas fatias do espectro visível. Era o que eu fazia em qualquer ambiente novo. Eu tentava injetar significados, tornar o lugar coerente ou ao menos me localizar nele, confirmar minha presença intranquila.

Ao final do último corredor havia uma tela fixada num nicho no teto. Ela começou a ser abaixada, estendendo-se de uma parede à outra, chegando quase até o chão. Aproximei-me lentamente. De início todas as imagens eram de água. Era água corrente atravessando bosques e transbordando margens de rios.

Eram cenas de chuva caindo sobre socalcos, longos momentos de chuva e mais nada, depois gente correndo para todos os lados, pessoas impotentes em barcos pequenos a sacolejar-se em corredeiras. Eram templos inundados, casas arrastadas em barrancos. Eu via água subindo em ruas de cidades, carros e motoristas afundando. O tamanho da tela causava um efeito bem diverso de um noticiário. Tudo era enorme, as cenas se prolongavam muito além do que ocorre na tevê. Estava ali à minha frente, no nível de meus olhos, imediata e real, uma mulher em tamanho natural sentada numa cadeira torta dentro de uma casa derrubada numa avalanche de lama. Um homem, um rosto, debaixo d'água, olhando para mim. Fui obrigado a dar um passo atrás, mas não consegui despregar os olhos. Era difícil não olhar. Por fim olhei de relance para o corredor atrás de mim, esperando que alguém aparecesse, uma outra testemunha, uma pessoa que pudesse ficar parada a meu lado enquanto as imagens se sucediam e se fixavam.

Não havia áudio.

3

Artis estava sozinha na suíte onde ela e Ross estavam instalados. Estava sentada numa poltrona, de robe e chinelos, e parecia estar dormindo.

O que dizer? Como começar?

Você está bonita, pensei, e estava mesmo, uma beleza triste, atenuada pela doença, o rosto descarnado e o cabelo louro desmaiado, despenteado, as mãos pálidas cruzadas no colo. Antes para mim ela era a Segunda Esposa, depois a Madrasta, e depois a Arqueóloga. Este último rótulo não era tão reducionista, ainda mais porque finalmente eu estava começando a conhecê-la. Eu gostava de imaginá-la como uma cientista ascética, que passava temporadas em acampamentos rústicos, uma pessoa que com facilidade poderia se adaptar a condições adversas de outro tipo.

Por que meu pai me pediu para vir até aqui?

Ele queria que eu estivesse com ele quando Artis morresse.

Eu estava instalado num banco acolchoado, observando e esperando, e logo meus pensamentos se afastaram daquela figura imóvel na poltrona, e lá estava ele, lá estávamos nós, eu e Ross, num espaço mental miniaturizado.

Meu pai era um homem moldado pelo dinheiro. Havia criado fama ainda jovem analisando o impacto das catástrofes naturais sobre o lucro. Ele gostava de falar comigo sobre dinheiro. Minha mãe dizia: mas e o sexo, é isso que ele precisa saber. A linguagem do dinheiro era complicada. Ele definia termos, desenhava diagramas, parecia estar vivendo em estado de emergência, enfurnado no escritório dez ou doze horas por dia, ou indo apressado para o aeroporto, ou se preparando para reuniões. Em casa, punha-se diante de um espelho de corpo inteiro recitando de cor discursos que estava preparando sobre apetite de risco e jurisdições offshore, aperfeiçoando gestos e expressões faciais. Ele teve um caso com uma funcionária temporária. Ele corria na maratona de Boston.

E eu, fazia o quê? Eu resmungava, zanzava. Raspei uma faixa de cabelo no meio da cabeça, da testa à nuca — eu era o anticristo *personal* de meu pai.

Ele saiu de casa quando eu tinha treze anos. Eu estava fazendo o dever de casa de trigonometria quando ele me disse. Sentou-se do outro lado da minha pequena escrivaninha, onde ficava um antigo pote de geleia cheio de lápis sempre com as pontas feitas. Eu examinava as fórmulas na página e escrevia no meu caderno, vez após vez: *seno cosseno tangente*.

Por que meu pai se separou de minha mãe?

Nenhum dos dois jamais me disse.

Anos depois, eu estava morando num conjugado alugado no norte de Manhattan. Uma noite liguei a televisão e lá estava meu pai, num canal obscuro, sinal de má qualidade, Ross em Genebra, imagem com fantasma, falando francês. Eu sabia que meu pai falava francês? Eu tinha certeza de que aquele homem era meu pai? Ele fez uma referência, nas legendas, à ecologia do desemprego. Fiquei assistindo em pé.

E Artis agora naquele lugar quase inacreditável, aquela aparição no deserto, prestes a ser preservada, um corpo glacial numa câmara mortuária enorme. E, depois, um futuro além da imaginação. Pensemos nas palavras em si. *Tempo, destino, acaso, imortalidade*. E eu com meu passado simplório, minha história tatibitate, os momentos que não consigo não evocar porque são meus, impossível não ver e sentir, escorrendo de todas as paredes a meu redor.

Numa Quarta-Feira de Cinzas, uma vez, fui à igreja e entrei na fila. Fiquei olhando à minha volta, vendo as imagens, placas e pilares, os vitrais, e depois fui até a grade do altar e me ajoelhei. O padre se aproximou de mim e deixou sua marca, encostando um polegar coberto de cinza benta na minha testa. És pó. Eu não era católico, meus pais não eram católicos. Eu não sabia o que éramos. Éramos comer-e-dormir. Éramos leve-o-terno-do-papai-na-tinturaria.

Quando ele saiu de casa, resolvi assumir a ideia de que tinha sido abandonado, ou semiabandonado. Eu e minha mãe nos entendíamos, um confiava no outro. Fomos morar no Queens, num apartamento térreo com jardim que não tinha jardim. Para nós, estava bom assim. Deixei crescer o cabelo na minha faixa aborígine raspada. Dávamos caminhadas juntos. Quem faz isso, mãe e filho adolescente, nos Estados Unidos da América? Ela não me passava sermões, ou só fazia isso raramente, quando eu me desviava da normalidade observável. Comíamos comida insossa e jogávamos uma bola de tênis de um lado para o outro numa quadra pública.

Mas o padre, com suas vestes, encostando o polegar cheio de cinza na minha testa. *E ao pó retornarás*. Eu andava pelas ruas procurando pessoas que talvez olhassem para mim. Parava diante de vitrines examinando meu reflexo. Eu não sabia o que era aquilo. Seria um gesto bizarro de reverência? Estaria eu pregando uma peça na Santa Madre Igreja? Ou será que estava apenas tentando me transformar numa atração significativa? Eu queria que a mancha de cinza permanecesse por dias e semanas. Quando cheguei em casa, minha mãe se afastou de mim como se para me ver de um ângulo melhor. Foi um olhar muito rápido. Fiz questão de evitar meu sorriso sarcástico — eu tinha um sorriso de coveiro. Ela fez algum comentário sobre a chatice das quartas-feiras em todo o mundo. Um pouco de cinza, a um custo mínimo, e uma ou outra quarta-feira, disse ela, se torna memorável.

Eu e meu pai acabamos contornando algumas das tensões que nos haviam mantido separados, e aceitei algumas decisões que ele tomou a respeito da minha escolarização, mas eu nem chegava perto das empresas de que ele era dono.

E anos depois, era como se numa vida posterior, comecei a conhecer a mulher que agora estava sentada à minha frente, inclinada em direção à luz de uma luminária de mesa.

E numa outra vida, a dela, ela abriu os olhos e me viu sentado à sua frente.

"Jeffrey."

"Cheguei ontem bem tarde."

"O Ross me falou."

"Quer dizer que é mesmo verdade."

Peguei sua mão e fiquei a segurá-la. Aparentemente, não havia mais nada a dizer, e no entanto ficamos conversando uma hora. A voz dela era quase um sussurro, e a minha também, por efeito das circunstâncias, ou do lugar em si, os longos corredores silenciosos, a sensação de encerramento e isolamento, uma nova geração de *earth art*, com corpos humanos em estado de animação suspensa.

"Desde que vim pra cá, eu dou por mim me concentrando em coisinhas pequenas, depois menores ainda. Minha mente está se desenrolando, desfiando. Fico pensando em detalhes que estavam enterrados havia muitos anos. Vejo momentos que antes nem percebia ou então achava que eram triviais demais pra eu lembrar. Tem a ver com a doença, é claro, ou com a medicação. É a sensação de estar fechando, chegando a um fim."

"Temporariamente."

"Você acha difícil acreditar nisso? Pois eu não acho. Eu estudei o assunto", ela disse.

"Eu sei."

"Ceticismo, é claro. É necessário. Mas a uma certa altura a gente precisa entender que tem uma coisa muito maior e mais duradoura."

"Uma pergunta simples. Prática, não cética. Por que você não está na unidade de tratamentos paliativos?"

"O Ross quer ficar perto de mim. Os médicos vêm me ver regularmente."

Ela teve dificuldade ao articular as sílabas congestionadas desta última palavra, e daí em diante passou a falar mais devagar.

"Ou então me empurram na cadeira de rodas pelos corredores e me levam pra cabines escuras que sobem ou descem ou às vezes andam pro lado ou pra trás. Acabo sempre numa sala de exame onde eles ficam vendo e ouvindo, no maior silêncio. E algum lugar dessa suíte tem uma enfermeira ou enfermeiro. Nós falamos em mandarim, eu e ela, ou eu e ele."

"Você pensa no mundo pro qual você vai voltar?"

"Penso em gotas d'água."

Esperei.

Ela disse: "Penso em gotas d'água. Me lembro de estar dentro do chuveiro e ver uma gota d'água escorrendo pela cortina transparente do boxe. Lembro que eu ficava me concentrando na gota, na gotícula, na microesfera, e esperava ela assumir formas novas à medida que passava por dobras e vincos, enquanto a água batia na minha cabeça. Essa lembrança é de que época? Vinte anos atrás, trinta, mais tempo? Não sei. O que eu estava pensando na época? Não sei. Talvez eu atribuísse uma forma de vida à gota d'água. Eu animava a gota, transformava em desenho animado. Não sei. O mais provável é que a minha cabeça estivesse quase completamente vazia. A água que bate na minha cabeça está geladíssima, mas não me dou ao trabalho de diminuir o fluxo. Preciso observar a gota, ver a gota se estendendo, virando gosma. Mas ela é límpida e transparente demais para virar gosma. Enquanto a água bate na minha cabeça, fico pensando que não é gosma. Gosma é lama ou limo, vida primitiva no fundo do oceano, composta basicamente de criaturas marinhas microscópicas".

Ela falava uma espécie de língua de sombras, fazendo pausas, pensando, tentando lembrar, e quando retornou àquele momento, àquela sala, foi obrigada a me recolocar, ressituar, Jeffrey, filho de, sentado à sua frente. Todo mundo me chamava de Jeff, menos Artis. Aquela sílaba a mais, na voz suave dela, me fazia me ver de fora, ou me ver como um segundo eu, mais agradável e confiável, um homem que caminha com os ombros bem alinhados, pura ficção.

"Às vezes, num recinto escuro", eu disse, "eu fecho os olhos. Entro e fecho os olhos. Ou então, no meu quarto, espero até chegar perto do abajur que fica na cômoda ao lado da cama. Então eu fecho os olhos. Será que estou me rendendo à escuridão? Não sei. Será uma acomodação? Estou deixando que o escuro determine as condições da situação? O que é isso? Parece o tipo de coisa que um garoto esquisito faz. O garoto que eu já fui. Mas eu faço isso até mesmo agora. Entro num recinto escuro e aí espero um momento parado à porta e então fecho os olhos. Será que estou me testando, duplicando a escuridão?"

Ficamos em silêncio por algum tempo.

"As coisas que a gente faz e depois esquece", ela disse.

"Só que a gente não esquece. Gente como a gente."

Gostei de dizer aquilo. Gente como a gente.

"Um desses pequenos torrões de personalidade. Como diz o Ross. Ele diz que eu sou um país estrangeiro. Coisinhas pequenas, depois menores ainda. É meu estado atual."

"Vou seguindo em direção à cômoda no quarto escuro tentando localizar o abajur, e com o tato procuro o quebra-luz e debaixo dele aquele negócio que liga e desliga, o botão, o interruptor que acende a luz."

"Então você abre os olhos."

"Abro mesmo? O garoto estranho é capaz de manter os olhos fechados."

"Mas só às segundas, quartas e sextas", disse ela, desfiando com dificuldade o conhecido rosário dos dias.

Alguém veio de uma sala dos fundos, uma mulher, macacão cinza, cabelo negro, rosto escuro, expressão decidida, com luvas de borracha. Posicionou-se atrás de Artis, olhando para mim.

Hora de ir embora.

Disse Artis, com voz débil: "Sou só eu, o corpo no chuveiro, uma pessoa por trás de uma cortina de plástico vendo uma gota d'água deslizando pela cortina molhada. O momento está ali pra ser esquecido. Ao que parece, essa é a questão. É um momento que nunca mais deve ser lembrado, só quando começar o processo de se desdobrar. Quem sabe é por isso que ele não parece estranho. Sou só eu. Eu não penso nisso. Simplesmente vivo dentro disso e deixo pra trás. Mas não pra sempre. Deixo para trás, mas não agora, neste lugar em particular, onde tudo que eu já disse e fiz e pensei está bem perto de mim, aqui mesmo, pra eu segurar com força e não deixar que desapareça quando eu abrir os olhos pra segunda vida".

O nome era unidade de alimentação, e era isso mesmo, um componente, um módulo, quatro mesas pequenas e uma outra pessoa, um homem com uma roupa que parecia um manto de monge. Eu comia e observava, olhando sub-repticiamente. Ele cortava a comida e mastigava de modo introspectivo. Quando se levantou para sair, vi um blue jeans desbotado por baixo do manto e um par de tênis por baixo do jeans. A comida era comestível, mas nem sempre identificável.

Entrei no meu quarto colocando o disco preso na minha pulseira sobre o dispositivo magnético implantado na almofada central da porta. O quarto era pequeno e impessoal. Era tão genérico que não passava de uma coisa munida de paredes. O teto era baixo, a cama era bem cama, a cadeira era uma cadeira. Não havia janelas.

Dentro de vinte e quatro horas, de acordo com a estimativa clínica, Artis estaria morta, e portanto eu estaria voltando para casa enquanto Ross permaneceria por mais algum tempo para verificar em primeira mão que a série de ações criogênicas estava sendo executada conforme o planejado.

Mas eu já começava a me sentir preso. Os visitantes não tinham permissão para sair do prédio, e mesmo não havendo lugar nenhum para ir lá fora, em meio àquelas rochas pré-cambrianas, eu sentia os efeitos daquela proibição. No quarto não havia nenhuma conexão digital, e meu smartphone ali estava em estado de morte cerebral. Fiz uns alongamentos para estimular a circulação. Fiz abdominais e agachamentos. Tentei me lembrar do sonho daquela noite.

O quarto me dava a sensação de que eu estava sendo absorvido pelo conteúdo essencial do lugar. Eu ficava sentado na cadeira, de olhos fechados. Via a mim mesmo sentado na cadeira. Via todo o complexo, de algum lugar na estratosfera, toda aquela massa sólida fundida, telhados de diferentes ângulos, muros golpeados pelo sol.

Eu via as gotas d'água que Artis tinha observado, uma por uma, escorrendo pela cortina do chuveiro.

Via Artis vagamente nua, o rosto debaixo do jato d'água, a imagem de seus olhos fechados encerrada dentro do fato de meus olhos fechados.

Eu queria me levantar da cadeira, sair do quarto, me despedir de Artis e ir embora dali. Consegui me convencer a ficar em pé e em seguida abrir a porta. Mas tudo que fiz foi perambular pelos corredores.

4

Eu perambulava pelos corredores. Aqui as portas eram pintadas em diversos tons suaves de azul, e eu tentava dar nome a eles. Marinho, celeste, borboleta, índigo. Todos esses nomes eram impróprios, e comecei a me sentir cada vez mais ridículo a cada passo que dava e cada porta que examinava. Queria ver uma porta se abrir e uma pessoa sair por ela. Queria saber onde eu estava e o que estava acontecendo à minha volta. Passou uma mulher andando com passos lépidos, e resisti ao impulso de lhe dar um nome, como se ela fosse uma cor, ou procurar nela pistas, sinais de alguma coisa.

Então tive a ideia. Simples. Não havia nada por trás das portas. Eu perambulava e pensava. Especulava. Havia em certos andares áreas onde funcionavam escritórios. Em outras os corredores eram só design, as portas não passavam de elementos dentro de um plano maior, que Ross havia descrito de modo geral. Eu me perguntava se aquilo seria arte visionária, envolvendo cores, formas e materiais locais, uma obra de arte com o objetivo de acompanhar e cercar a iniciativa básica, o trabalho central de cientistas, consultores, técnicos e membros da equipe médica.

A ideia me agradava. Ela correspondia às circunstâncias e tinha os atributos de improbabilidade, ou sorte cega e ousada, que por vezes caracterizam as obras de arte mais empolgantes. Bastava que eu batesse a uma porta. Era escolher uma cor, escolher uma porta e bater. Se ninguém abrisse, bater na porta seguinte e na outra. Mas eu temia trair a confiança que meu pai depositara em mim ao me trazer aqui. Além disso, havia câmaras ocultas. Certamente aqueles corredores estariam sendo vigiados, e haveria rostos impassíveis em salas silenciosas monitorando as telas.

Três pessoas vinham em minha direção, uma delas um garoto numa cadeira de rodas motorizada que parecia um vaso sanitário. Ele teria nove, dez anos, e ficou me observando o tempo todo. O tronco pendia acentuadamente para um lado, mas os olhos eram atentos, e tive vontade de parar e falar com ele. Os adultos deixavam claro que isso não era possível. Seguiam um de cada lado da cadeira de rodas, olhando fixamente para a frente, para o espaço autorizado, isolando-me em minha pausa, minhas boas intenções.

Logo depois disso virei a esquina e entrei num corredor cujas paredes eram de cor úmbria, um pigmento espesso, que escorria, escolhido para parecer lama, pensei. As portas eram da mesma cor, todas iguais. Havia um recuo na parede, e nesse nicho um vulto, com braços, pernas, cabeça, tronco, uma coisa instalada naquele lugar. Vi que era um manequim, nu, sem pelos, sem feições, de um castanho avermelhado, talvez cor de ferrugem. Havia seios, ele tinha seios, e parei para contemplar o manequim, uma versão em plástico moldado do corpo humano, um modelo articulado de mulher. Imaginei-me pondo a mão num dos seios. Aquilo me pareceu algo necessário, particularmente em se tratando de mim. A cabeça era uma oval quase perfeita, os braços numa posição que tentei decifrar — autodefesa, recolhimento, um dos pés para trás. A figura estava presa ao chão, e não encerrada em vidro protetor. Uma das mãos num seio, a outra mão deslizando pela coxa acima. É o que eu teria feito num outro tempo. Aqui e agora, com as câmaras a funcionar, os monitores, um mecanismo de alarme no próprio corpo — eu tinha certeza de que havia tal coisa. Dei um passo para trás e olhei. A imobilidade da figura, o rosto vazio, o corredor vazio, a figura à noite, um boneco, amedrontado, recuando. Dei mais um passo para trás e continuei olhando.

Por fim, resolvi que precisava descobrir se havia mesmo alguma coisa por trás das portas. Resolvi ignorar as possíveis consequências. Segui em frente pelo corredor, escolhi uma porta e bati. Esperei, andei até a porta seguinte e bati. Fiz isso seis vezes e disse a mim mesmo: mais uma porta, e dessa vez a porta se abriu, e lá estava um homem de terno, gravata e turbante. Olhei para ele, pensando no que dizer.

"Acho que bati na porta errada", eu disse.

Ele me dirigiu um olhar duro.

"Todas as portas são erradas", ele disse.

Levei algum tempo para encontrar o escritório de meu pai.

Uma vez, quando eles ainda eram casados, meu pai chamou minha mãe de *fishwife*, "vendedora de peixe". Talvez fosse uma brincadeira, mas recorri ao dicionário. Mulher grosseira, *shrew*. Fui obrigado a procurar *shrew* no dicionário. Mulher reclamadeira, sempre a ralhar, vinha do anglo-saxão *shrewmouse*. O dicionário remetia a *shrew*, acepção 1. Musaranho, pequeno mamífero insetívoro. Isso me levou a pesquisar o sentido de *insetívoro*. Segundo o livro, era que ou aquele que se alimenta de insetos, que vem do latim *insectus*, inseto, e *vora*, -voro. Fui então ver o que era *-voro*.

Três ou quatro anos depois eu estava tentando ler um romance europeu, longo e intenso, escrito nos anos 1930, traduzido do alemão, e encontrei o termo *fishwife*. O termo me fez relembrar o casamento. Mas ao tentar imaginar a vida comum dos dois, minha mãe e meu pai sem mim, não consegui, eu não sabia nada. Ross e Madeline sozinhos, o que eles diziam, como eles eram, quem eram eles? Senti apenas um espaço despedaçado no lugar onde antes ficava meu pai. E lá estava minha mãe, sentada do outro lado de uma sala, uma mulher magra de calça comprida e camisa cinza. Quando ela me perguntou a respeito do livro, fiz um gesto de impotência. O livro era um desafio, uma brochura comprada num sebo, abarrotada de emoções enormes e violentas em letras pequenas e apertadas, num papel úmido. Ela me disse para parar de ler e retomar o livro três anos depois. Mas eu queria ler agora, eu precisava dele agora, mesmo sabendo que nunca ia terminar a leitura. Eu gostava de ler livros que quase me matavam, livros que me ajudavam a entender quem eu era, o filho que desafia o pai lendo livros assim. Gostava de me sentar na nossa minúscula sacada de concreto, lendo, de onde se podia ver uma fração do anel de vidro e aço em que meu pai trabalhava, em meio às pontes e torres do sul de Manhattan.

Quando Ross não estava sentado diante de uma escrivaninha, estava em pé junto a uma janela. Mas não havia janelas naquele escritório.

Perguntei: "E a Artis".

"Sendo examinada. Em breve, medicada. Ela passa uma parte do tempo, necessariamente, sob o efeito de remédios. Segundo ela, num estado de contentamento lânguido."

"Gostei."

Ele repetiu a expressão. Ele também gostava. Estava em mangas de camisa, de óculos escuros, do tipo que recebe o nome nostálgico de óculos KGB — lentes polarizadas, curvas, fotocromáticas.

"Nós conversamos, eu e ela."

"Ela me falou. Você vai estar com ela, falar com ela, de novo. Amanhã", ele disse.

"Enquanto isso. Este lugar."

"O que tem ele?"

"Eu só sabia o pouco que você me disse. Vim pra cá no escuro. Primeiro o carro e o motorista, depois o jato da empresa, Boston a Nova York."

"Jato de médio porte superior."

"Entraram dois homens. Depois, de Nova York a Londres."

"Colegas de trabalho."

"Que não me disseram nada. O que não me incomodou."

"E que saltaram no Gatwick."

"Eu pensei que fosse o Heathrow."

"Foi no Gatwick", ele disse.

"Então uma pessoa entrou no avião e pegou meu passaporte e devolveu e decolamos de novo. Só eu na cabine. Acho que dormi. Comi alguma coisa, dormi e aterrissamos. Não cheguei a ver o piloto. Achei que era Frankfurt. Alguém entrou no avião, pegou meu passaporte, devolveu. Olhei o carimbo."

"Zurique", ele disse.

"Então três pessoas entraram no avião, um homem, duas mulheres. A mulher mais velha sorriu pra mim. Tentei ouvir o que eles estavam falando."

"Estavam falando em português."

Ele estava gostando disso, o rosto sério, escarrapachado na cadeira, olhando para o teto quando falava.

"Eles falavam mas não comiam. Fiz um lanche, mas pode ter sido depois, na escala seguinte. Aterrissamos e eles saltaram e entrou uma pessoa e me levou a pé até outro avião. Um sujeito careca, com mais ou menos dois metros e dez de altura, de terno escuro, com uma medalha de prata pesada pendurada no pescoço."

"Você estava em Minsk."

"Minsk", repeti.

"Que fica na Belarus."

"Acho que ninguém carimbou meu passaporte. O avião era diferente do anterior."

"Voo fretado da Rusjet."

"Menor, menos amenidades, nenhum outro passageiro. Belarus", eu disse.

"De lá o avião seguiu para o sudeste."

"Eu estava sonolento, zonzo, semimorto. Não sei direito se esse voo foi direto ou com escalas. Não sei direito quantas escalas teve ao todo. Eu dormia, sonhava, alucinava."

"O que é que você estava fazendo em Boston?"

"Minha namorada mora lá."

"Você e as suas namoradas nunca moram na mesma cidade. Por quê?"

"Assim o tempo fica mais valioso."

"Aqui é muito diferente", ele disse.

"Eu sei. Já deu pra entender. Aqui o tempo não existe."

"Ou o tempo é tão esmagador que a gente não sente ele passando da mesma maneira."

"Você se esconde do tempo."

"A gente se rende ao tempo", disse ele.

Minha vez de me escarrapachar na cadeira. Eu queria um cigarro. Já havia parado de fumar duas vezes e queria voltar e parar de novo. Imaginava aquilo como um ciclo que duraria toda a minha vida.

"Posso fazer a pergunta ou devo aceitar a situação passivamente? Quero saber quais são as regras."

"Qual é a pergunta?"

"Onde estamos?", perguntei.

Ele balançou a cabeça lentamente, ponderando a questão. Então riu.

"A cidade mais próxima que é maior que um lugarejo fica do outro lado da fronteira, é Bichkek. A capital do Quirguistão. Tem Almati, maior, mais distante, no Cazaquistão. Mas Almati não é a capital. Já foi, mas agora é Astaná, que tem arranha-céus dourados e shoppings onde as pessoas se deitam na areia de uma praia artificial e depois entram numa piscina com ondas. Depois que você aprende os nomes dos lugares e sabe como escreve, você se sente menos perdido."

"Antes disso eu já fui embora."

"É verdade", ele disse. "Mas houve uma mudança de estimativa em relação à Artis. Eles agora acham que vai demorar mais um dia."

"Eu pensava que as datas eram extremamente precisas."

"Você não precisa ficar. Ela vai compreender."

"Eu fico. Claro que fico."

"Mesmo com o controle mais detalhado, o corpo tende a influenciar certas decisões."

"Ela vai morrer de morte natural ou o último suspiro vai ser induzido?"

"Você sabe que a coisa não acaba com o último suspiro. Você sabe que é apenas o prefácio de uma coisa maior, do que vem depois."

"Parece um processo muito impessoal."

"Na verdade, vai ser um processo muito suave."

"Suave."

"Rápido, seguro e indolor."

"Seguro", disse eu.

"Eles exigem que a coisa aconteça em total sincronização

com os métodos que eles aperfeiçoaram. O mais adequado ao corpo e à doença dela. Ela até que podia viver ainda algumas semanas, mas pra quê?"

Ele estava inclinado para a frente, os cotovelos apoiados na mesa.

Perguntei: "Por que aqui?".

"Tem laboratórios e centros técnicos em dois outros países. Aqui é a base, o comando central."

"Mas por que tanto isolamento? Por que não na Suíça? Num subúrbio de Houston?"

"É isso que a gente quer, essa separação. A gente tem tudo de que precisa. Fontes de energia duráveis e sistemas mecanizados sólidos. Paredes e soalhos à prova de choque. Redundância estrutural. Segurança contra incêndios. Patrulhas de segurança, em terra e no ar. Defesa cibernética complexa. E por aí vai."

Redundância estrutural. Ele gostava de dizer aquilo. Abriu uma gaveta da escrivaninha e pegou uma garrafa de uísque irlandês. Apontou para uma bandeja onde havia dois copos, e atravessei o escritório para pegá-la. De volta à escrivaninha, examinei os copos, para ver se havia infiltrações de areia e cascalho.

"As pessoas nesses escritórios. Escondidas. O que é que elas estão fazendo?"

"Construindo o futuro. Uma nova concepção de futuro. Diferente das outras."

"E tem que ser aqui."

"Esta terra é atravessada por nômades há milênios. Pastores num descampado. Uma terra que não foi castigada e compactada pela história. Aqui a história está enterrada. Trinta anos atrás a Artis trabalhou numa escavação arqueológica num lugar a norte e a leste daqui, perto da China. A história em túmulos. Nós estamos fora dos limites. Estamos esquecendo tudo que a gente sabia."

"Neste lugar a pessoa é capaz de esquecer o próprio nome."

Ele levantou o copo e bebeu. O uísque era um blend raro, tripla destilação, produção limitada. Ele me dera esses detalhes anos antes.

"E o dinheiro?"

"Dinheiro de quem?"

"O seu. Você investiu muito nisso, é claro."

"Antes eu me achava um homem sério. O trabalho que eu fazia, o esforço e a dedicação. Depois, comecei a dedicar tempo a outras coisas, à arte, passei a estudar ideias, tradições, inovações. E me apaixonei", disse ele. "A obra em si, um quadro na parede. Então passei a me interessar por livros raros. Eu passava horas, dias inteiros em bibliotecas, nas seções restritas, e não era uma necessidade de aquisição, não."

"Você tinha acesso a coisas que as outras pessoas não tinham."

"Mas eu não estava ali pra comprar nada. Estava ali pra olhar, em pé ou agachado. Pra ler nas lombadas títulos de livros sem preço, em estantes gradeadas. Eu e a Artis. Eu e você, uma vez, em Nova York."

Senti a quentura do uísque ardendo garganta abaixo e fechei os olhos por um momento, enquanto Ross recitava títulos de que ele se lembrava, de bibliotecas em várias capitais pelo mundo afora.

"Mas tem coisa mais séria que dinheiro?", disse eu. "Qual o termo? Exposição ao risco. Até que ponto você está exposto nesse projeto?"

Eu falava num tom neutro. Falava em voz baixa, sem ironia.

"A partir do momento que tomei consciência da importância da ideia e do potencial que ela continha, as implicações imensas", ele respondeu, "tomei uma decisão da qual nunca me arrependi."

"E alguma vez você se arrependeu de alguma coisa?"

"Meu primeiro casamento", ele respondeu.

Olhei fixamente para meu copo.

"E quem era ela?"

"Uma boa pergunta. Uma pergunta profunda. Nós tivemos um filho, mas fora isso."

Eu não queria olhar para ele.

"Mas quem era ela?"

"Ela era essencialmente uma única coisa. Era a sua mãe."

"Diga o nome dela."

"Será que alguma vez nós dissemos o nome um do outro, eu e ela?"

"Diga o nome dela."

"As pessoas que são casadas como a gente era, dessa maneira diferente, talvez nem tão diferente assim, elas dizem uma o nome da outra?"

"Só uma vez. Preciso ouvir você dizendo o nome dela."

"Nós tínhamos um filho. Nós dizíamos o nome dele."

"Faça isso por mim. Vamos lá. Diga o nome."

"Você se lembra do que você disse um minuto atrás? Aqui neste lugar a pessoa é capaz de esquecer o próprio nome. As pessoas perdem os nomes de várias maneiras diferentes."

"Madeline", disse eu. "Minha mãe, Madeline."

"Isso mesmo, lembrei."

Ele sorriu e recostou-se na cadeira, numa atitude de falsa contemplação do passado, depois mudou de expressão, uma manobra bem realizada, dirigindo-se a mim num tom ríspido.

"Pense nisso, o que existe aqui, quem está aqui. Pense no fim de todo o sofrimento mesquinho que você vem acumulando há anos. Vá além da sua experiência pessoal. Deixe essa experiência pra trás. O que está acontecendo com esta comunidade não é só uma criação científica na área médica. Envolve também cientistas sociais, biólogos, futurólogos, psicólogos, geneticistas, climatologistas, neurocientistas e eticistas, se a palavra é mesmo essa."

"Onde que eles estão?"

"Alguns ficam aqui permanentemente, outros vêm e vão embora. São diversos níveis, numerados. Todas as cabeças mais vitais. Inglês global, sim, mas outros idiomas também. Temos filólogos desenvolvendo uma língua avançada exclusiva para a Convergência. Radicais e desinências, entonações, até mesmo gestos. As pessoas vão aprender e falar essa língua. Um idioma que vai nos permitir exprimir coisas que agora não conseguimos exprimir, ver coisas que não vemos agora, ver a nós mesmos e os outros de um modo que inspire unidade, amplie todas as possibilidades."

Bebeu mais um ou dois goles, depois segurou o copo junto ao nariz e farejou. O copo estava vazio, por ora.

"Nós realmente acreditamos que este lugar que ocupamos vai acabar se tornando o coração de uma nova metrópole, talvez até um Estado independente, diferente de todos os que já existiram. É isso que eu quero dizer quando digo que me considero um homem sério."

"Com muito dinheiro."

"Isso, muito dinheiro."

"Toneladas de dinheiro."

"E outros benfeitores. Indivíduos, fundações, grandes empresas, financiamento secreto de vários governos através de serviços de espionagem. Essa ideia é uma revelação pra pessoas inteligentes em diversas áreas. Elas compreendem que chegou a hora. Não apenas os recursos científicos e tecnológicos, mas também as estratégias políticas e até mesmo militares. Outra maneira de pensar e viver."

Ele serviu o uísque com cuidado, uma quantidade a que ele costumava se referir como um dedinho. Seu próprio copo, depois o meu.

"Primeiro pela Artis, é claro. Pela mulher que ela é, pelo que ela representa pra mim. Depois, o salto pra aceitação total. A convicção, o princípio."

Encare a coisa assim, ele me disse. Pense na duração da sua vida medida em anos e depois medida em segundos. Anos, oitenta anos. Tudo bem para os padrões atuais. E depois em segundos, disse ele. A sua vida em segundos. O que equivale a oitenta anos?

Fez uma pausa, talvez fazendo o cálculo. Segundos, minutos, horas, dias, semanas, meses, anos, décadas.

Segundos, repetiu. Comece a contar. A sua vida em segundos. Pense na idade do planeta, nas eras geológicas, oceanos surgindo e sumindo. Pense na idade da galáxia, na idade do universo. Bilhões e bilhões de anos. E nós, eu e você. Nós vivemos e morremos num piscar de olhos.

Segundos, repetiu. Podemos medir o tempo em segundos.

Ele estava com uma camisa social azul, sem gravata, os dois botões de cima desabotoados. Eu me divertia com a ideia de que a cor da camisa combinava com a de uma das portas do corredor que eu tinha percorrido havia pouco. Talvez eu estivesse tentando minar aquele discurso, uma manobra de autodefesa.

Ele tirou os óculos e os pôs na mesa. Parecia cansado, parecia mais velho. Vi-o beber, servir mais uísque, e com um gesto recusei a garrafa oferecida.

Eu disse: "Se alguém me dissesse isso tudo, umas semanas atrás, sobre este lugar, essas ideias, alguém da minha total confiança, eu acho que acreditava. Mas estou aqui, estou dentro disso tudo, e está difícil acreditar".

"Você precisa de uma noite bem dormida."

"Bichkek. É isso?"

"E Almati. Mas ficam bem longe, as duas. E mais para o norte, bem mais longe, era lá que os soviéticos testavam as bombas nucleares deles."

Pensamos nisso.

"Você tem que ir além da sua experiência", disse ele. "Além das suas limitações."

"Preciso de uma janela pra olhar pra fora. Essa é a minha limitação."

Ele levantou o copo e aguardou que eu imitasse o gesto.

"Eu levava você ao playground, aquele playground caindo aos pedaços no lugar onde a gente morava na época. Botava você no balanço, empurrava e esperava e empurrava", disse ele. "O balanço subia, depois voltava. Botava você na gangorra e ficava do outro lado e empurrava a gangorra pra baixo devagar. Você subia, segurando a alça. Depois eu levantava a minha ponta da gangorra e via você descendo. Subindo e descendo. Um pouco mais rápido agora. Subindo e descendo, subindo e descendo. Eu olhava pras suas mãos pra ter certeza de que você estava se segurando direitinho. Eu dizia: *gangorra, gangorra.*"

Fiz uma pausa, e depois levantei meu copo, aguardando o que viesse depois.

Eu estava diante da tela no corredor comprido. No início, apenas céu, depois sinais de ameaça, copas de árvores se curvando, uma luminosidade anormal. Segundos depois, uma coluna rodopiante de vento, terra, entulho. Começou a ocupar a tela, um funil torto, escuro e curvo, silencioso, depois outro, à esquerda, bem ao longe, emergindo do horizonte. Era uma planície, a visão desobstruída, o tornado dominava a tela agora, um silêncio opressivo que, imaginava eu, ia explodir num rosnado feroz.

Nosso clima a envolver-nos. Eu já vira muitos tornados em noticiários da televisão e fiquei aguardando imagens de destruição, as consequências da tempestade, uma fileira de casas arrasadas, telhados arrancados, revestimentos desabando.

Foi o que vi, sim, ruas inteiras destruídas, um ônibus escolar capotado, mas também pessoas vindo, em câmara lenta, quase saindo da tela para o corredor, levando as coisas que haviam conseguido salvar, uma tropa de homens e mulheres, pretos e brancos, num desfile solene, os mortos dispostos em tábuas arrancadas de soalhos, à frente das casas. A câmara se detinha nos cadáveres. Os detalhes de sua destruição eram difíceis de contemplar. Mas fiquei olhando, sentindo-me comprometido com algo ou alguém, talvez as vítimas, e vendo a mim mesmo como testemunha solitária, cumprindo meu dever.

Agora, em outro lugar, outra cidade, outro momento do dia, uma moça pedalando depressa numa bicicleta, no primeiro plano, um movimento curiosamente cômico, rápido e espasmódico, de uma extremidade da tela à outra, uma tempestade de mais de um quilômetro de extensão, um vórtice, ainda distante, vindo devagar da fronteira entre terra e céu, em seguida um corte, um homem obeso descendo com dificuldade a escada de um porão, ultrarrealismo, famílias acocoradas em garagens, rostos na escuridão, e a garota da bicicleta outra vez, agora pedalando na direção oposta, tranquila, sem pressa, uma cena de cinema mudo, ela é Buster Keaton com sua inocência debiloide, e então uma explosão de luz vermelha e a coisa chegou, pousando no chão pesadamente, sugando metade de uma casa, força total, caminhão e celeiro bem no seu caminho.

Tela branca, eu esperando.

Agora uma terra devastada, uma paisagem demolida, a imagem persistindo, o silêncio também. Fiquei parado alguns minutos, esperando, sumiram as casas, a garota da bicicleta, nada, fim. A mesma tela esvaziada.

Continuei esperando, na esperança de ver mais. Senti um arroto de uísque prestes a brotar de algum saco profundo. Não havia nenhum lugar para ir, e eu não fazia ideia de que horas seriam. Meu relógio estava no fuso horário da Costa Leste da América do Norte.

5

Eu já o tinha visto uma vez, ali na unidade de alimentação, o homem com manto de monge. Ele não levantou a vista quando entrei. Apareceu uma refeição numa fenda perto da porta e eu levei o prato, o copo e os talheres para uma mesa situada na diagonal da dele, do outro lado de uma passagem estreita.

O rosto era comprido e as mãos eram grandes, cabeça se estreitando em direção ao cocuruto, cabelo raspado rente ao crânio, restando apenas uns pelos curtos, escassos, grisalhos. O manto era o mesmo que ele estava usando da vez anterior, velho e amassado, arroxeado, com detalhes em ouro. Não tinha mangas. O que emergia do manto eram mangas de pijama, listradas.

Examinei a comida, provei uma garfada e resolvi pressupor que o homem falava inglês.

"O que é isso que estamos comendo?"

Ele olhou para meu prato, mas não para mim.

"Chama-se *plov* matinal."

Provei mais uma garfada e tentei associar o sabor ao nome.

"Pode me dizer o que é?"

"Cenoura com cebola, um pouco de carneiro, um pouco de arroz."

"O arroz eu estou vendo."

"*Oshi nahor*", disse ele.

Comemos em silêncio por algum tempo.

"O que o senhor faz aqui?"

"Converso com os moribundos."

"O senhor reforça a crença deles."

"Reforço a crença deles no quê?"

"Na continuação. No redespertar."

"Você acredita nisso?"

"O senhor não acredita?", retruquei.

"Acho que não quero acreditar, não. Eu só faço falar sobre o fim. De modo tranquilo."

"Mas a ideia em si. A razão por trás de todo esse empreendimento. O senhor não aceita."

"Eu quero morrer e acabar pra sempre. Você não quer morrer?", ele perguntou.

"Não sei."

"Qual o sentido de viver se no final a gente não morre?"

Tentei perceber na voz dele as origens em algum ramo esconso da língua inglesa, altura e tom talvez condicionados pelo tempo, pela tradição e por outros idiomas.

"O que trouxe o senhor pra cá?"

Ele foi obrigado a pensar antes de responder.

"Talvez alguma coisa que alguém disse. Vim meio à toa. Eu estava morando em Tachkent na época dos conflitos. Centenas de mortos em todo o país. Lá eles matam as pessoas em água fervente. Mentalidade medieval. Eu costumo entrar nos países em épocas de violência. Eu estava aprendendo o uzbeque e ajudando a educar os filhos de uma autoridade da província. Eu ensinava inglês palavra por palavra e tentava cuidar da mulher do homem, que estava doente fazia alguns anos. Eu atuava como religioso."

Pôs na boca uma garfada, mastigou e engoliu. Fiz o mesmo e esperei que ele continuasse. A comida estava começando a ter o gosto que devia ter, agora que ele a havia identificado para mim. Carneiro. *Plov* matinal. Ele parecia não ter mais nada a dizer.

"E o senhor é mesmo religioso?"

"Eu já fui membro de um grupo pós-evangélico. Éramos dissidentes radicais do conselho mundial. Tínhamos cabidos em sete países. O número estava sempre mudando. Cinco, sete, quatro, oito. A gente se reunia numas estruturas simples que eram construídas por nós. Mastabas. Inspiradas pelos túmulos do antigo Império Egípcio."

"Mastabas."

"Telhado plano, paredes inclinadas, base retangular."

"Vocês se reuniam em túmulos."

"Nós aguardávamos furiosamente o ano, o dia, o momento."

"Alguma coisa ia acontecer."

"O quê? Um meteoroide, uma massa sólida de pedra ou metal. Um asteroide caindo do espaço, com duzentos quilômetros de diâmetro. A gente conhecia a astrofísica. Um objeto se chocando com a Terra."

"Vocês queriam que isso acontecesse."

"A gente desejava com volúpia. Rezávamos o tempo todo pra que acontecesse. A coisa viria do espaço, da enorme extensão das galáxias, a imensidão infinita que contém todas as partículas de matéria. Todos os mistérios."

"Então a coisa aconteceu."

"Coisas caem no oceano. Satélites despencando das órbitas, sondas espaciais, detritos espaciais, pedaços de objetos artificiais, construídos pelo homem. Sempre no oceano", ele disse. "Então aconteceu. Uma coisa caiu em voo rasante."

"Tcheliábinsk", disse eu.

Ele deixou que o nome ficasse ressoando. O próprio nome era uma justificativa. Eventos desse tipo aconteciam de verdade. Os que se dedicam à ocorrência de tais eventos, qualquer que seja a escala, qualquer que seja o dano, não estão lidando com faz de conta.

Disse ele: "A Sibéria foi colocada lá pra receber essas coisas".

Compreendi que ele não precisava ver a pessoa com quem estava conversando. Tinha a inclinação, típica das pessoas sem eira nem beira, de ser imune a nomes e rostos. Tais coisas eram componentes intercambiáveis de um cômodo a outro, de um país a outro. Ele narrava mais do que conversava. Traçava uma linha sinuosa, a linha dele, e normalmente havia alguém disposto a ser o corpo aleatório ao qual ele contava suas histórias.

"Sei que aqui há uma unidade de tratamentos paliativos. É lá que o senhor conversa com os moribundos?"

"Eles chamam de unidade de tratamentos paliativos. Chamam de refúgio. Eu não sei o que é. Sou levado lá todos os dias por um acompanhante, lá num dos níveis numerados."

Falou sobre equipamentos avançados, funcionários treinados. Mesmo assim, aquilo o fazia pensar em Jerusalém no século XII, disse ele, onde uma ordem de cavaleiros cuidava dos peregrinos. Por vezes se imaginava caminhando entre leprosos e vítimas da peste, vendo rostos escaveirados saídos de velhas pinturas flamengas.

"Penso nos sangramentos, purgações e banhos administrados pelos cavaleiros, os templários. Pessoas vindas de toda parte, doentes e moribundos, os que cuidam delas, os que rezam por elas."

"Então o senhor lembra quem é e onde está."

"Lembro quem eu sou. Sou o cavaleiro da ordem. Onde eu estou, isso nunca teve importância."

Ross também havia mencionado os peregrinos. Aquele lugar não tinha sido criado para ser a nova Jerusalém, mas pessoas vinham de muito longe para encontrar ali uma espécie de estado superior do ser, ou pelo menos um processo científico que impeça o apodrecimento de seus tecidos.

"Seu quarto tem janela?"

"Não quero janela. O que é que tem do outro lado de uma janela? Uma distração besta, mais nada."

"Mas o quarto em si, se é como o meu, o tamanho dele."

"O quarto é um refrigério, uma meditação. Posso levantar o braço e tocar no teto."

"Uma célula de monge, sei. E o manto. Estou olhando pro manto que o senhor está usando."

"Chama-se escapulário."

"Manto de monge. Mas não parece coisa de monge. Esses mantos não são cinzentos, ou marrons, ou pretos, ou brancos?"

"Monges russos, monges gregos."

"Certo."

"Monges cartuxos, franciscanos, tibetanos. Monges do Japão, do deserto do Sinai."

"O seu manto, este aí. De onde ele é?"

"Estava largado numa cadeira. Ainda vejo a cena."

"O senhor pegou."

"Assim que bati o olho nele, entendi que era meu. Estava predeterminado."

Eu podia ter feito uma ou duas perguntas. De quem era a cadeira, de quem era o quarto, qual a cidade, qual o país? Mas me dei conta de que isso seria uma afronta ao método narrativo do homem.

"O que o senhor faz quando não está cuidando de pessoas nas últimas horas ou últimos dias de vida?"

"É só isso que eu faço. Falo com as pessoas, abençoo. Elas

me pedem pra segurar a mão delas, me contam a vida delas. As que ainda têm forças pra falar ou escutar."

Fiquei a olhá-lo enquanto ele se levantava, um homem mais alto do que eu havia pensado de início. O manto ia até a altura de seus joelhos, e a calça do pijama balançava enquanto ele caminhava em direção à saída. Ele usava tênis de cano alto, preto e branco. Eu não queria vê-lo como uma figura cômica. Claramente ele não era. Eu me sentia até diminuído por sua presença, sua aparência, pelo que ele dizia, sua trilha de acasos. O manto era um fetiche, um fetiche sério, um escapulário de monge, uma capa de xamã, que possuía, julgava ele, poderes espirituais.

"Isso que eu estou bebendo é chá?"

"Chá verde", ele respondeu.

Eu esperava uma palavra ou expressão em uzbeque.

Disse Artis: "Foi há uns dez ou doze anos, uma cirurgia no olho direito. Quando terminou me deram um tapa-olho pra usar por um tempo limitado. Em casa eu ficava sentada numa poltrona com o tapa-olho. Tinha uma enfermeira, o Ross contratou uma enfermeira, sem necessidade. Nós seguíamos todas as instruções que nos deram num papel. Dormi sentada uma hora e quando acordei tirei o tapa-olho e olhei à minha volta e tudo parecia diferente. Fiquei perplexa. O que era que eu estava vendo? Eu estava vendo as coisas que sempre estiveram ali. A cama, as janelas, as paredes, o chão. Mas com um brilho, uma radiância. A colcha e as fronhas, a cor viva, as profundezas das cores, uma coisa que vinha de dentro. Nunca antes, nunca", disse ela.

Nós dois, sentados nas mesmas posições da véspera, e eu tinha que me inclinar em direção a ela para ouvir suas palavras. Ela deixou passar um tempo até estar pronta para continuar.

"Eu sei que quando a gente vê uma coisa, só percebe uma parte das informações visuais, uma percepção incompleta, uma vaga ideia do que realmente está aí pra ser visto. Não sei os detalhes nem a terminologia, mas sei que o nervo óptico não diz toda a verdade. Nós só recebemos insinuações. O resto é invenção nossa, nossa maneira de reconstruir o real, se é que existe alguma coisa, filosoficamente, que a gente possa chamar de real. Sei que aqui estão fazendo pesquisas, em algum lugar deste complexo, sobre modelos futuros da visão humana. Experimentos que usam robôs, animais de laboratório, vai ver, até pessoas como eu."

Agora Artis estava olhando diretamente para mim. Ela fez que eu me visse, por um instante, como a pessoa que estava ali sendo olhada. Um homem razoavelmente alto com cabelo abundante, cheio de nós, cabelo pré-histórico. Era tudo que eu podia tomar emprestado da sonda profunda operada pela mulher sentada a meu lado.

Em seguida ela me substituiu pelo que tinha visto naquele dia.

"Mas o que eu via, o quarto conhecido agora transformado", disse ela. "E as janelas, o que eu via nelas? Um céu de um azul puríssimo, feérico. Eu não disse nada à enfermeira. Dizer o quê? E o tapete, meu Deus, até aquele momento a palavra persa era só uma palavra bonita. Será que estou exagerando se eu disser que havia alguma coisa nas formas e cores, a simetria da trama, a intensidade, a vermelhidão, não sei como dizer isso. Fiquei hipnotizada pelo tapete e depois pelo alizar da janela, branco, simplesmente branco, mas eu nunca tinha visto um branco como aquele, e olha que eu não estava tomando nenhum analgésico capaz de alterar a percepção, só um colírio quatro vezes por dia. Um branco de uma profundidade enorme, branco sem contraste, eu não precisava de contraste, branco tal como é. Será que eu não estou exagerando, inventando coisas? Me lembro muito bem do que eu pensei. Eu pensei: será que esse é o mundo tal como ele realmente é? Será essa a realidade que não aprendemos a ver? Isso não foi um raciocínio posterior, não. Será esse o mundo que os animais veem? Pensei nisso nos primeiros momentos, olhando pela janela, vendo as copas das árvores e o céu. Será esse o mundo que só os animais são capazes de ver? O mundo que pertence aos gaviões, aos tigres que vivem na selva."

Ela gesticulava o tempo todo, mas eram gestos discretos, uma mão peneirando repetidamente, escolhendo as lembranças, as imagens.

"Despachei a enfermeira e me deitei cedo com o tapa-olho. Essa era uma das orientações. De manhã tirei o tapa-olho e fiquei andando pela casa, olhando pelas janelas. Minha visão estava melhor, mas de uma maneira normal. Aquela experiência não se repetiu, o brilho radiante das coisas. A enfermeira voltou, Ross telefonou do aeroporto, eu segui as instruções. Era um dia de sol, e saí pra uma caminhada. Ou então a experiência não havia se dissipado e a radiância não tinha morrido — a coisa simplesmente estava rerreprimida. Que palavra. A maneira como a gente enxerga e pensa, o que os nossos sentidos permitem, isso tinha necessariamente que ter precedência. O que mais eu podia esperar? Eu lá tenho alguma coisa de extraordinário? Voltei ao médico uns dias depois. Tentei contar pra ele o que eu tinha visto. Aí olhei pra cara dele e parei."

Artis continuou falando e por vezes parecia perder o fio da meada, a entonação. Por vezes decolava a partir de uma palavra ou sílaba, os olhos buscando as sensações que ela estava tentando descrever. Era toda rosto e mãos, corpo convocado dentro das dobras do roupão.

"Mas a história não acaba assim, não é?"

A pergunta lhe agradou.

"Não."

"Vai voltar a acontecer?"

"Vai, exatamente. É o que eu penso. Vou me tornar um espécime clínico. Progressos vão ocorrer ao longo dos anos. Partes do corpo substituídas ou reconstruídas. Observe o tom de documentário. Tenho conversado com as pessoas daqui. Uma remontagem, átomo por átomo. Estou absolutamente convicta de que vou redespertar pra uma nova percepção do mundo."

"O mundo tal como ele é de fato."

"Num tempo que não é necessariamente muito distante. E é nisso que eu penso quando tento imaginar o futuro. Vou renascer numa realidade mais profunda e mais verdadeira. Linhas de luz brilhante, todas as coisas materiais na sua plenitude, cada uma delas um objeto sagrado."

Eu a havia conduzido até aquela canção da Vida Eterna e agora não sabia o que dizer. Estava fora do meu alcance, tudo aquilo. Artis conhecia os rigores da ciência. Havia trabalhado em vários países, lecionado em várias universidades. Tinha observado, identificado, investigado e explicado muitos níveis de desenvolvimento humano. Mas os objetos sagrados, onde estavam eles? Estavam em todos os lugares, é claro — nos museus e bibliotecas e templos religiosos e na terra escavada, em ruínas de pedra e lama, e Artis as havia escavado e segurado com suas próprias mãos. Imaginei-a soprando o pó da cabeça lascada de um minúsculo deus de bronze. Mas o futuro que ela acabara de delinear era outra coisa, uma aura mais pura. Isso era transcendência, a promessa de uma intensidade lírica fora das medidas da experiência normal.

"Você sabe os procedimentos a que vai ser submetida, os detalhes, como eles vão fazer."

"Sei exatamente."

"Você pensa no futuro? Como vai ser quando você voltar? O mesmo corpo, sim, ou um corpo intensificado, mas e a mente? A consciência permanece inalterada? Você continua a ser a mesma pessoa? Você morre como uma pessoa que tem um certo nome com toda a história e memória e mistério reunidos naquela pessoa e naquele nome. Mas você desperta depois com tudo isso intacto? É apenas uma prolongada noite de sono?"

"Eu e o Ross sempre brincamos com isso. Quem eu vou ser ao redespertar? Minha alma vai sair do corpo e migrar para um outro corpo em algum lugar? Qual é a palavra que estou procurando? Ou então vou acordar achando que sou um morcego nas Filipinas? Doido pra comer insetos."

"E a verdadeira Artis. Onde que ela está?"

"Se infiltrando no corpo de um menino recém-nascido. Filho de um casal de pastores daqui."

"A palavra é *metempsicose*."

"Obrigada."

Eu não sabia o que havia à nossa volta naquela sala. Eu só via a mulher na poltrona.

"Depois de amanhã", eu disse. "Ou será amanhã?"

"Tanto faz."

"Acho que é amanhã. Aqui os dias não contam."

Ela fechou os olhos por um momento e depois me olhou como se nos víssemos pela primeira vez.

"Quantos anos você tem?"

"Trinta e quatro."

"Você está só começando."

"Começando o quê?", perguntei.

Ross veio de uma das salas dos fundos, de training e meias esportivas, um homem amortalhado em sono perdido. Pegou uma cadeira junto à parede dos fundos e colocou-a ao lado da poltrona onde estava Artis, pondo sua mão sobre a dela.

"Antigamente", eu disse a ele, "você fazia jogging com uma roupa assim."

"Antigamente."

"Talvez uma marca menos chique."

"Antigamente eu fumava um maço e meio por dia."

"O jogging era pra compensar o cigarro?"

"Era pra compensar tudo."

Nós três. Me dei conta de que havia muitos meses não nos víamos juntos numa mesma sala. Nós três. Agora, inconcebivelmente, estávamos aqui, um outro tipo de convergência, a véspera do dia em que eles viriam levá-la. Era assim que eu via a coisa. Eles viriam levá-la. Viriam com uma maca com encosto reclinável, para que ela pudesse ficar sentada. Trariam cápsulas, frascos e seringas. Poriam nela a meia máscara de um respirador.

Ross disse: "Eu e a Artis corríamos. Não é? A gente corria pela margem do rio Hudson até o Battery Park, ida e volta. A gente corria em Lisboa, lembra, seis da manhã, subia aquela ladeira íngreme que dava na capela e naquela vista. A gente corria no Pantanal. No Brasil", disse ele, para que eu entendesse, "naquela trilha alta que dava praticamente no meio da selva".

Pensei na cama e na bengala. Minha mãe na cama, já perto do fim, e a mulher à porta, amiga e vizinha dela, para sempre anônima, apoiada numa bengala, uma bengala quadrúpede, de metal, com quatro perninhas abertas.

Ross falando, relembrando coisas, já quase matraqueando a esta altura. Bichos e pássaros que eles tinham visto de perto, e dava o nome deles, e as espécies de plantas, e dava o nome delas, e a vista do avião em baixa altitude sobrevoando Mato Grosso.

Eles viriam buscá-la. Ela seria colocada numa padiola e levada ao elevador, que desceria até um dos chamados níveis numerados. Ela morreria, por efeito de uma substância química, numa cripta abaixo de zero, através de um processo clínico de alta precisão, orientado por uma ilusão coletiva, pela superstição, a arrogância e o autoengano.

Senti uma onda de raiva. Até aquele momento eu não me dera conta do grau de indignação que me inspiravam aqueles procedimentos, uma reação confusamente entremeada às cadências da voz de meu pai, trazendo aquelas reminiscências desesperadas.

Alguém apareceu com uma bandeja, um homem munido de bule de chá, xícaras, pires. Ele colocou a bandeja numa mesa dobrável ao lado da cadeira de meu pai.

De um modo ou de outro, ela vai morrer, pensei. Em casa, na cama, rodeada por marido, enteado e amigos. Ou aqui, neste posto avançado, onde tudo acontece em algum lugar longe de nós.

O chá ocasionou uma pausa no recinto. Ficamos em silêncio até que o homem saísse. Ross lambeu o dedo e encostou-o no bule. Então serviu o chá, concentrado, com todo o cuidado para não derramá-lo.

O chá me deixou irritado de novo. As xícaras e os pires. Todo aquele cuidado ao servi-lo.

Disse Artis: "Este lugar, tudo aqui, me parece transitório. Cheio de gente entrando e saindo. E também os outros, os que estão saindo num determinado sentido, como eu, mas que vão ficar num outro sentido, como eu. Ficar esperando. A única coisa que não é efêmera é a arte. Não é feita pra uma plateia. É feita só pra ficar. Está aqui, fixa, parte das fundações, fixada em pedra. As paredes pintadas, as portas simuladas, as telas nos corredores. Outras instalações em outros lugares".

"O manequim", comentei.

Ross inclinou-se em minha direção.

"O manequim. Onde?"

"Não sei. A mulher no corredor. A mulher fazendo um gesto, meio que de medo. A mulher cor de ferrugem. Mulher nua."

"Em outros lugares também?", ele perguntou.

"Não sei."

"Você não viu nenhum outro manequim? Nenhuma outra figura, nua ou vestida?"

"Não, nenhuma."

"E quando você chegou", disse ele. "O que foi que você viu?"

"A terra, o céu, os prédios. O carro indo embora."

"O que mais?"

"Acho que já te falei. Dois homens na entrada esperando para me escoltar. Só vi os dois quando cheguei perto. Depois uma revista de segurança, minuciosa."

"O que mais?"

Pensei no que mais. Também me perguntava por que estávamos tendo aquela conversa besta naquelas circunstâncias terríveis. Será que isso é o que acontece no meio de questões terminais? A gente recua para um espaço neutro.

"Você viu outra coisa, mais pro lado, talvez a uns cinquenta metros, antes de entrar no prédio."

"O que foi que eu vi?"

"Duas mulheres", ele respondeu. "Com uns trajes compridos, com véus."

"Duas mulheres de xador. Claro. Paradas naquele calorão, no meio da poeira."

"As primeiras obras de arte", disse ele.

"Nem me passou pela cabeça."

"Absolutamente imóveis", disse ele.

"Manequins", disse Artis.

"Pra ser vistos ou não. Tanto faz", ele de novo.

"Nunca imaginei que não fossem mulheres de verdade. A palavra eu conhecia. Xador. Ou burca. Ou lá o que seja. Era só o que eu precisava saber."

Estendi a mão e peguei com Ross uma xícara de chá e entreguei-a a Artis. Nós três. Alguém havia aparado e penteado o cabelo dela, cortando-o bem rente às têmporas. Aquele corte parecia quase uma coisa regulamentar, que acentuava o rosto chupado e isolava os olhos em seu estado de dilatação. Mas eu estava olhando de perto demais. Estava tentando ver o que ela sentia, no espírito mais do que no corpo, e nas hesitações tortuosas entre as palavras.

Ela disse: "Eu me sinto artificialmente eu mesma. Sou alguém que dizem ser eu".

Pensei nisso.

Ela disse: "Minha voz está diferente. Eu me ouço falando de um jeito que não é natural. É a minha voz, mas parece que não é de mim que está saindo".

"Os remédios", disse Ross. "Só isso."

"Parece vir de fora de mim. Não o tempo todo, mas às vezes. É como se eu fosse siamesa, grudada na altura do quadril, e minha irmã gêmea estivesse falando. Mas não, não é nada disso."

"Os remédios", ele repetiu.

"Me vêm à cabeça umas coisas que provavelmente aconteceram mesmo. Sei que numa certa idade a gente se lembra de coisas que nunca aconteceram. Isso é diferente. Essas coisas aconteceram, mas parece que elas foram induzidas por engano. É isso mesmo que eu quero dizer? Um sinal eletrônico que deu errado."

Sou alguém que dizem ser eu.

Era uma frase para ser analisada por estudantes de lógica ou ontologia. Ficamos esperando que ela continuasse. Ela falava em fragmentos agora, com pausas ou intervalos, e dei por mim de cabeça baixa, concentrado, como se rezasse.

"Estou ansiosa. Nem dá pra exprimir. Pra fazer essa coisa. Entrar em outra dimensão. E depois voltar. Por todo o sempre. Uma coisa que eu digo a mim mesma. Repetidamente. Tão bonita. Por todo o sempre. Digam isso. E digam de novo. E de novo. E de novo."

O modo como ela acomodava a xícara na mão, um objeto herdado que precisa ser protegido, e segurá-lo de maneira desajeitada ou colocá-lo na mesa de qualquer maneira seria trair as lembranças de sua geração.

Ross sentado, com seu training verde e branco, talvez também um suporte atlético que combinava com a roupa.

"Por todo o sempre", disse ele.

Agora era minha vez, e consegui pronunciar as palavras. Então a mão dela começou a tremer, e eu pus minha xícara na mesa e peguei a dela e entreguei-a a meu pai.

Eu tinha medo das casas das outras pessoas. Depois das aulas, às vezes um colega me convencia a ir à casa ou apartamento dele para fazermos juntos nosso dever de casa. Para mim era um choque a maneira como viviam as pessoas, outras pessoas, gente que não era eu. Eu não sabia como reagir àquilo, àquela intimidade pegajosa, água suja, cabos de panelas saindo de dentro da pia. Será que eu queria ser curioso, achar graça, manifestar indiferença, superioridade? Só de passar por um banheiro, uma meia de mulher pendurada no toalheiro, frascos de remédio no patamar da janela, alguns deles abertos, alguns deitados, um chinelo de criança na banheira. Me dava vontade de sair correndo e me esconder, em parte por eu ter nojo de tudo. Os quartos com camas desfeitas, meias largadas no chão, uma velha de camisola, descalça, toda uma existência contida numa poltrona ao lado da cama, recurva, resmungando. Quem são essas pessoas, minuto a minuto, ano a ano? Me dava vontade de ir para casa e não sair mais de lá.

Eu pensava que minha vida ia acabar sendo o contrário da carreira do meu pai no mundo das finanças globais. Nós conversávamos sobre isso, eu e Madeline, meio a sério. Talvez eu viesse a escrever poesia, morar num porão, estudar filosofia, virar professor de matemática transfinita em uma faculdade obscura em algum lugar do Centro-Oeste.

Enquanto isso, Ross comprava obras de artistas jovens, convidava-os a usar o estúdio que ele havia construído na sua propriedade em Maine. Figurativos, abstratos, conceituais, pós-minimalistas, eram homens e mulheres desconhecidos que precisavam de espaço, tempo e financiamento. Eu tentava me convencer de que Ross estava usando esses artistas para sufocar minha reação a seu portfólio desmesurado.

Acabei seguindo a carreira que tinha a ver comigo. Consultor de preços *cross-stream*. Analista de implementação — ambientes aglomerados e não aglomerados. Esses cargos eram engolidos pelas palavras que os descreviam. O cargo era o nome do cargo. O cargo me encarava através dos monitores que ficavam na mesa onde eu absorvia minha situação, plenamente cônscio do fato de que ali era o meu lugar.

Será muito diferente em casa, ou na rua, ou esperando a hora de entrar no avião? O que me dá sustento é a droga mecânica da tecnologia pessoal. Cada vez que aperto um botão, experimento o barato neuronal de descobrir uma coisa que eu nunca soube antes e nunca precisei saber até o momento em que ela surge a um movimento de meus dedos ansiosos, onde ela permanece por um instante trêmulo antes de desaparecer para sempre.

Minha mãe tinha um rolador que recolhia fiapos. Não sei por que isso me fascinava. Eu ficava observando enquanto ela passava a maquininha nas costas de seu casaco. Tentava definir *rolador* sem consultar o dicionário. Ficava pensando, esquecia de pensar, depois recomeçava, rabiscando palavras num bloco, me sentindo burro, em ondas intermitentes, pela noite adentro e entrando no dia seguinte.

Um dispositivo cilíndrico que recolhe pedaços de fibra grudados na superfície de uma roupa.

Era uma conquista difícil, que dava certa satisfação, mesmo que eu fizesse questão de não conferir no dicionário. O rolador em si parecia um instrumento do século XVIII, algo usado para lavar cavalos. Eu vinha fazendo isso havia algum tempo, tentar definir o nome de um objeto ou mesmo de um conceito. Definir *lealdade*, definir *verdade*. Fui obrigado a parar antes que a coisa me matasse.

A ecologia do desemprego, Ross dizia na televisão, em francês, com legendas. Eu tentava pensar nisso. Mas temia a conclusão que talvez viesse a tirar, a de que a expressão não era um jargão pretensioso, de que ela fazia sentido, desdobrando-se numa argumentação convincente a respeito de questões importantes.

Quando encontrei um apartamento em Manhattan e arranjei um emprego, e depois fui procurar outro emprego, eu passava fins de semana inteiros caminhando, às vezes com uma namorada. Uma delas era tão alta e magra que chegava a ser dobrável. Morava na esquina da Primeira Avenida com a rua 1, e eu não sabia se o nome dela se escrevia Gale ou Gail e resolvi esperar um pouco antes de perguntar, um dia pensando que era uma forma, o outro dia que era a outra, e tentando decidir se isso afetava a maneira como eu pensava nela, olhava para ela, falava com ela e tocava nela.

O quarto no longo corredor vazio. A cadeira, a cama, as paredes nuas, o teto baixo. Sentado no quarto, depois perambulando pelos corredores, eu sentia que estava recaindo no meu menor eu, todas as ideias vangloriosas à minha volta se reduzindo a um devaneio pessoal, porque neste lugar sou apenas uma pessoa com necessidade de autodefesa.

Os cheiros das casas das outras pessoas. Teve um garoto que posou para mim usando o chapéu e as luvas da mãe, se bem que podia ter sido pior. E o garoto que disse que ele e a irmã se revezavam para passar uma loção nas unhas dos pés do pai deles, para controlar uma micose horrorosa. Ele achava graça naquilo. Por que motivo eu não ri? Ele repetia sem parar a palavra *micose* enquanto nós dois fazíamos juntos o dever de casa na mesa da cozinha. Meia torrada murcha num pires onde ainda havia um pouco de café derramado. *Seno cosseno tangente. Micose micose micose.*

Era a ideia mais interessante que eu tinha tido na minha vida até então, Gale ou Gail, se bem que não dizia nada a respeito da grafia de um nome de mulher e seu efeito sobre a mão de um homem a deslizar sobre o corpo da mulher.

Administrador de sistemas de uma rede social. Planejador de recursos humanos — mobilidade global. A mudança de um emprego para outro, às vezes de uma cidade para outra, era um elemento constitutivo de quem eu era. Eu estava fora do assunto, quase sempre, qualquer que fosse o assunto. A ideia era me testar, de modo hesitante. Eram desafios mentais sem um subtexto negativo. Sem arriscar nada. Administrador de pesquisa de soluções — modelos de simulação.

Madeline, num raro momento de crítica, sentada do outro lado da mesa da lanchonete do museu onde havíamos nos encontrado para almoçar, aproximou o rosto do meu.

Menino intenso, ela cochichou. *Adulto amorfo.*

O Monge tinha dito que podia se levantar da cadeira e levantar o braço e encostar no teto. No meu quarto tentei fazer isso e consegui, na ponta dos pés. Assim que me sentei, senti um arrepio de anonimato.

Então estou eu no metrô com Paula, de Twin Falls, Idaho, turista animada e gerente de restaurante, e um homem na outra extremidade do vagão, dirigindo-se aos passageiros, sofrimento e perda, sempre um momento tenso, o homem que vai atravessando toda a composição, indo de vagão em vagão, sem emprego, sem teto, contando sua história, copo de papel na mão. Os olhos de todos os passageiros estão firmemente vazios, mas nós vemos o homem, é claro, passageiros veteranos, peritos em olhar de esguelha, enquanto ele dá um jeito de seguir em frente com firmeza apesar das ondas sísmicas e sacudidelas do metrô. E lá está Paula, encarando o homem, examinando-o com olho clínico, violando o código. É hora do rush e estamos em pé, eu e ela, e eu lhe dou uma cutucada com o quadril, que ela ignora. O metrô é o ambiente total do homem, ou quase isso, até Rockaway e Bronx adentro, e ele está investido do direito de apelar para nossa sensibilidade, até mesmo de certa autoridade que enfrentamos com um respeito desconfiado, ainda que ao mesmo tempo sintamos vontade de que ele desapareça. Ponho uns dois dólares no copo dele, cutucando Paula de novo com o quadril, dessa vez de brincadeira, e o homem abre a porta que separa os vagões, e agora sou eu o alvo de alguns dos olhares sub-reptícios antes dirigidos ao homem.

Entro no quarto. Não há interruptor na parede. O abajur fica na mesa de cabeceira. O quarto está escuro. Fecho os olhos. Haverá outras pessoas que fecham os olhos num quarto escuro? Será uma mania sem nenhum significado? Ou estarei agindo de um modo que tem alguma base psicológica, com nome e histórico? Eis minha mente, eis meu cérebro. Parado, penso um pouco nisso.

Ross me puxando até a Morgan Library para ler lombadas de livros do século XV. Ficou olhando para a capa cravada de joias dos Evangelhos de Lindau numa vitrine. Ele conseguiu acesso à segunda e à terceira fileira de estantes, os balcões, depois do expediente, subindo a escada secreta, nós dois agachados, cochichando, entre as estantes de nogueira trabalhada. Uma Bíblia de Gutenberg, depois outra, século após século, belos gradeados nas prateleiras.

Esse era meu pai. Quem era minha mãe?

Era Madeline Sibert, nascida numa cidadezinha no sul do Arizona. Um cacto num selo postal, dizia ela.

Ela pendura o casaco num cabide cujo gancho retorce para que se encaixe no alto da porta aberta do armário. Então passa o rolador nas costas do casaco. Gosto de vê-la fazendo isso, talvez por conseguir imaginar Madeline curtindo o prazer simples de pendurar o casaco num cabide, dispor estrategicamente o casaco sobre uma porta de armário e então remover os fiapos acumulados com um rolador.

Defina *fiapo*, digo a mim mesmo. Defina *cabide*. Então tento fazer isso. Essas ocasiões ficam gravadas, entre outras relíquias deformadas da adolescência.

Voltei à biblioteca algumas vezes, no horário normal, andar principal, tapeçaria pendurada acima da lareira, mas não contei para meu pai.

6

Havia três homens sentados em pequenos tapetes, de pernas cruzadas, atrás deles apenas céu. Usavam roupas largas, uma diferente da outra, e estavam de cabeça baixa, dois deles, o terceiro olhando para a frente. Cada homem tinha a seu lado um frasco ou lata achatada. Dois deles tinham ao alcance da mão velas em castiçais simples. Após um intervalo, os três começaram, um depois do outro, a partir da direita, aparentemente sem terem combinado, a pegar os frascos e derramar o líquido no peito, braços e pernas. Dois deles, de olhos fechados, molharam a cabeça e o rosto, aos poucos. O terceiro homem, o do meio, levou o frasco à boca e bebeu. Vi seu rosto se contorcer, a boca se abrindo num ato reflexo, para arrotar. Querosene ou gasolina ou óleo de lampião. Todos puseram no chão os frascos. Os dois primeiros aproximaram as velas acesas da camisa e da calça, o terceiro tirou do bolso da camisa uma carteira de fósforos e por fim, depois de várias tentativas frustradas, conseguiu acender um.

Dei um passo para trás, afastando-me da tela. Meu rosto ainda se contorcia, reagindo à reação do terceiro homem quando o querosene lhe desceu pelo esôfago e entrou em seu organismo. Os homens a arder, de bocas abertas, balançavam-se na tela elevada. Dei mais um passo atrás. Sem forma, sem som, eles gritavam.

Virei-me e fui seguindo pelo corredor. As imagens me cercavam por todos os lados, aqueles instantes horrendos, o mal-estar que senti enquanto o homem tentava riscar o fósforo sem conseguir. Eu queria que ele riscasse o fósforo. Seria insuportável para ele, após uma sucessão de fósforos gastos, ficar sentado entre seus colegas enquanto eles pegavam fogo.

Havia uma pessoa parada no final do corredor, uma mulher, olhando para mim. Lá estava eu, um turista perdido, até então despercebido, um homem recuando de uma tela de vídeo. A tela poderia estar em branco ou estar exibindo um campo vazio num dia cinzento. Quando me aproximei, ela esboçou um gesto débil, a cabeça inclinada para a esquerda, e viramos num corredor estreito que terminava formando um ângulo reto com outro corredor comprido.

Ela era pequena, mais velha que eu, quarentona, de vestido longo e chinelos rosa. Não fiz nenhum comentário sobre os homens em chamas. Eu respeitaria o formato, não diria nada, estaria pronto para o que desse e viesse. Caminhávamos com passos sincronizados pelo corredor. Olhei de relance para o vestido justo com padrão de florezinhas e o cabelo negro da mulher, preso com uma fita que formava um laço. Ela não era um manequim e aquilo não era um filme, mas fui obrigado a perguntar a mim mesmo se aquele intervalo tinha mais alcance e amplitude do que qualquer outro momento roubado, entre portas fechadas.

Entramos numa passagem que não tinha saída, dando no que parecia ser uma parede cega. Minha acompanhante recitou uma série de palavras curtas, que tiveram o efeito de ativar uma fenda para observação na superfície. Dei um passo longo à frente e dei por mim, numa posição elevada, vendo através da fenda a parede oposta de uma sala comprida e estreita.

Havia um crânio humano enorme instalado num pedestal que saía da parede. O crânio tinha rachaduras, manchas de idade, um tom cobreado sinistro, um cinzento esvaziado. As órbitas eram contornadas por joias, e os dentes irregulares estavam pintados de prateado.

A sala em si era austera, com paredes e soalho talhados na rocha. Um homem e uma mulher estavam sentados a uma mesa de carvalho com o tampo marcado por fendas. Não havia placas com nomes nem documentos espalhados na mesa. Os dois estavam conversando, não necessariamente um com o outro, e voltadas para eles havia nove pessoas espalhadas de modo natural, sentadas em bancos de madeira, de costas para mim.

Eu sabia que minha acompanhante já teria ido embora, mas corrompi o instante olhando para trás, como uma pessoa normal, para conferir. Ela tinha ido embora, sim, e uma porta de correr cerca de cinco passos atrás de mim estava se fechando.

A mulher à mesa falava sobre grandes espetáculos humanos, os fiéis de branco em Meca, os hadjis, a multidão de devotos, milhões, ano após ano, e os hinduístas reunidos às margens do Ganges, milhões, dezenas de milhões, um festival de imortalidade.

Ela parecia frágil, com uma túnica comprida e larga e um lenço na cabeça, falando em voz baixa e num tom preciso, e tentei determinar a geografia de seu inglês marcado por um sotaque gracioso, sua pele de canela.

"Pensem no papa aparecendo no balcão na praça de São Pedro. Um número enorme de pessoas reunidas para serem abençoadas", dizia ela, "para terem sua crença reforçada. O papa está ali a fim de abençoar o futuro delas, garantir que elas terão uma vida espiritual pela frente, depois do último suspiro."

Tentei me imaginar em meio à imensidão incontável de corpos amontoados, entregues a uma admiração reverente, mas não consegui prolongar esse pensamento por muito tempo.

"O que temos aqui é pequeno, minucioso e privado. Uma por uma, de vez em quando, as pessoas entram na câmara. Num dia médio, quantas? Não há dia médio. E não há nenhuma encenação aqui. Ninguém se prostra numa atitude de remorso, submissão, obediência, adoração. Não beijamos anéis nem chinelos. Não há tapetes de oração."

Ela estava curvada para a frente, uma mão agarrando a outra, cada frase pensada um emblema de sua dedicação, foi o que resolvi pensar.

"Mas haverá uma ligação com crenças e práticas mais antigas? Será que nossa tecnologia radical se limita a renovar e prolongar aquelas inúmeras tradições de vida eterna?"

Alguém sentado num dos bancos virou-se e olhou na minha direção. Era meu pai, acenando para mim com a cabeça num gesto lento e cheio de significado. Esses dois, ele parecia me dizer, são duas das pessoas cujas ideias e teorias determinam a forma deste empreendimento. As mentes vitais, como ele dissera antes. E os outros, esses haveriam de ser os benfeitores, como Ross, o mecanismo de apoio, os endinheirados, sentados naquela sala de pedra, em bancos sem encosto, todos ali para aprender alguma coisa sobre o núcleo filosófico da Convergência.

O homem começou a falar. Ouviu-se uma nota, uma ondulação perto dali, e as palavras dele, num dos idiomas da Europa Central, foram convertidas num inglês uniforme, digital, sem marcas de gênero.

"Isto é o futuro, esta distância, esta dimensão submersa. Sólido mas ao mesmo tempo arisco. Um par de coordenadas mapeadas a partir do espaço. E um de nossos objetivos é estabelecer uma consciência que se harmonize com o meio ambiente."

Era baixo e rotundo, testa alta, cabelo crespo. Era um desses homens que piscam, piscava o tempo todo. Falar lhe exigia esforço, e ele gesticulava como quem roda uma manivela enquanto falava.

"Podemos nos ver vivendo fora do tempo, fora da história?"

A mulher nos trouxe de volta à Terra.

"As esperanças e os sonhos do futuro muitas vezes não dão conta da complexidade, da realidade da vida tal como ela existe neste planeta. Nós temos consciência disso. Os que têm fome, os sem-teto, os sitiados, as facções e religiões e seitas e nações em guerra. As economias destruídas. O clima descontrolado. Podemos ser imunes ao terrorismo? Podemos nos defender das ameaças de ciberataques? Conseguiremos ser realmente autossuficientes aqui?"

Os oradores pareciam se dirigir a um público fora daquele grupo. Concluí que deveria haver equipamento de gravação, áudio e vídeo, fora do meu campo de visão, e que essas falas estavam sendo feitas basicamente para os arquivos.

Concluí também que minha presença ali era algo de que só tinham conhecimento o pai, o filho e a acompanhante de cabelo revolto.

Estavam falando sobre o fim, o fim que todos teremos. A mulher agora olhava para baixo, dirigindo a voz à madeira áspera da mesa. Imaginei que ela fosse uma pessoa que fazia jejuns periódicos, dias sem comer, apenas bebericando água. Imaginei que ela havia passado um período de formação na Inglaterra e nos Estados Unidos, absorta no estudo, aprendendo a recolher-se, a ocultar-se.

"Estamos à mercê da nossa estrela", disse ela.

O Sol é uma entidade desconhecida. Eles falavam de tempestades solares, erupções e supererupções, ejeções de massa coronal. O homem tentava encontrar metáforas adequadas. Rodava sua manivela de ar numa estranha sincronia com as referências que fazia à órbita terrestre. Fiquei olhando para a mulher, cabeça baixa, silenciosa por algum tempo no contexto de bilhões de anos, nossa Terra vulnerável, os cometas, asteroides, choques aleatórios, extinções ocorridas no passado, perdas de espécies no presente.

"A catástrofe é a nossa canção de ninar."

O homem pisca-pisca estava começando a se divertir, pensei.

"Até certo ponto, estamos aqui neste local a fim de elaborar uma reação a qualquer catástrofe que venha a atingir o planeta. Estaremos simulando o fim para estudá-lo, talvez para sobreviver a ele? Estaremos ajustando o futuro, colocando-o no nosso horizonte temporal imediato? Em algum momento do futuro, a morte se tornará inaceitável, à medida que a vida no planeta for se tornando mais frágil."

Eu o via em casa, à cabeceira da mesa, jantar em família, sala com excesso de móveis num filme antigo. Ele era um professor, pensei, que havia abandonado a universidade para entregar-se ao desafio de ideias nesta dimensão submersa, como ele próprio dissera.

"A catástrofe é inata no cérebro ainda em formação."

Resolvi lhe dar um nome. Eu lhes daria nomes, aos dois, só de brincadeira, e também para ficar envolvido, ampliar o papel tênue do homem escondido, a testemunha sub-reptícia.

"É uma fuga da nossa mortalidade pessoal. A catástrofe. Ela subjuga o que é fraco e medroso nos nossos corpos e mentes. Enfrentamos o fim, mas não a sós. Nós nos perdemos no olho da tempestade."

Eu ouvia com atenção o que ele dizia. Bem traduzido, mas eu não acreditava em nada daquilo. Era uma espécie de pensamento mágico em forma de poesia. Aquilo não se aplicava a pessoas de verdade, ao medo de verdade. Ou será que eu estava pensando pequeno, adotando uma perspectiva muito limitada?

“Estamos aqui para aprender o poder da solidão. Estamos aqui para reconsiderar tudo que diz respeito ao fim da vida. E vamos emergir em forma ciber-humana num universo que vai nos falar de um modo muito diferente.”

Pensei em vários nomes e os rejeitei. Então me ocorreu Szabó. Eu não sabia se esse nome era produto do país de origem dele ou não, mas isso não importava. Ali ninguém tinha país de origem. Gostei do nome. Combinava com seu corpo roliço. Miklós Szabó. Tinha um sabor telúrico que contrastava agradavelmente com a voz programada da tradução.

Fiquei a examinar a mulher enquanto ela falava. Não se dirigia a ninguém. Falava para o espaço vazio. Só precisava de um nome. Nada de sobrenome, família, relacionamentos íntimos, hobbies, nenhum lugar específico aonde ela precisasse voltar, nenhum motivo para não estar ali.

O lenço amarrado na cabeça era sua bandeira de independência.

“Solidão, sim. Imagine-se sozinho e congelado na cripta, na cápsula. Novas tecnologias permitirão que o cérebro funcione no nível da identidade? É isso que vocês talvez precisem encarar. A mente consciente. Solidão in extremis. Pense na palavra inglesa: *alone*. Do inglês médio, *all one*. Todo, um. Você se despe da pessoa. A pessoa é a máscara, o personagem criado no pot-pourri de dramas que constitui a sua vida. Cai a máscara, e a pessoa se transforma em *você* no sentido mais verdadeiro. Todo um. O eu. O que é o eu? Tudo que você é, sem os outros, nem amigos nem estranhos nem namorados nem filhos nem ruas para percorrer nem comida para comer nem espelhos em que se ver. Mas será que você é alguém sem os outros?”

Artis falara em ser ela própria artificialmente. Seria essa a personagem, a semificção que em breve sofreria uma transformação, ou redução, ou intensificação, tornando-se puro eu, suspensa em gelo? Eu não queria pensar nisso. Queria pensar num nome para a mulher.

Ela falava, com pausas, sobre a natureza do tempo. O que acontece com a ideia de contínuo — passado, presente, futuro — na câmara criônica? Você vai poder conceber dias, anos e minutos? Essa faculdade vai diminuir e se extinguir? Até que ponto você continua a ser humano sem a consciência do tempo? Mais humano do que nunca? Ou você se torna um feto, algo que não nasceu?

Ela olhou para Miklós Szabó, o professor do Velho Mundo, e imaginei-o de terno, com colete, um homem dos anos 1930, um renomado filósofo que tinha um caso clandestino com uma mulher chamada Magda.

"O tempo é muito difícil", disse ele.

O comentário me fez sorrir. Eu estava com os ombros recurvados para olhar pela fenda, que ficava um pouco abaixo da altura dos meus olhos, e dei por mim olhando de novo para o crânio na parede em frente, um artefato regional, possivelmente obtido num saque, e a última coisa que era de se esperar naquele lugar onde se propunham abordagens científicas para o fim da vida. Era mais ou menos cinco vezes maior do que um crânio humano normal e tinha algo sobre o cocuruto, um detalhe que eu não havia registrado antes. Era um solidéu imponente, que imitava um grande número de pássaros minúsculos presos ao crânio, uma revoada de aves douradas, unidas pelas pontas das asas.

Parecia de verdade, um crânio de gigante, uma brutal alusão à morte, realizada com engenho desconcertante, um esgar prateado, um exemplar de arte folclórica sardônico demais para ser comovente. Eu imaginava a sala esvaziada de pessoas e móveis, as paredes de pedra, pedra fria, e aí talvez o crânio parecesse estar em casa.

Entraram dois homens, altos e claros, gêmeos, com calças

de trabalho surradas e idênticas camisetas cinza. Cada um se colocou numa extremidade da mesa e ambos começaram a falar sem se apresentarem, um dando lugar ao outro sem qualquer interrupção.

"Estamos na primeira fração de segundo do primeiro ano cósmico. Estamos nos tornando cidadãos do universo."

"Temos dúvidas, é claro."

"Quando tivermos conquistado a extensão da vida e nos aproximado da possibilidade de nos tornarmos eternamente renováveis, o que será das nossas energias, nossas aspirações?"

"As instituições sociais que construímos."

"Estaremos projetando uma cultura futura de letargia e autocomplacência?"

"Será que a morte é uma coisa boa? Não é ela que define o valor das nossas vidas, minuto a minuto, ano a ano?"

"Muitas outras dúvidas."

"Não bastará viver um pouco mais com a ajuda da tecnologia avançada? Será necessário avançar ainda mais e mais?"

"Por que subverter a ciência inovadora com excessos humanos indisciplinados?"

"A imortalidade propriamente dita terá o efeito de reduzir ao nada nossas formas de arte e maravilhas culturais duradouras?"

"Sobre o que os poetas vão escrever?"

"O que vai acontecer com a história? O que vai acontecer com o dinheiro? O que vai acontecer com Deus?"

"Muitas outras dúvidas."

"Não estaremos abrindo caminho para níveis insustentáveis de população, estresse ambiental?"

"Excesso de seres vivos, escassez de espaço."

"Não vamos nos transformar num planeta de velhos corcundas, dezenas de bilhões de bocas desdentadas?"

"E os que morrerem? Os outros. Sempre vai haver outros.

Por que uns podem continuar vivendo enquanto os outros morrem?"

"Metade do mundo está reformando a cozinha, a outra metade passa fome."

"Será que queremos mesmo acreditar que todos os males que afetam o corpo e a mente serão curáveis no contexto da nossa longevidade ilimitada?"

"Muitas outras dúvidas."

"O elemento definidor da vida é o fato de que ela tem fim."

"A natureza quer nos matar para voltar à sua condição original intacta."

"Qual o sentido da vida se ela se torna ilimitada?"

"Qual a verdade final que vamos ter que enfrentar?"

"Não é a consciência de que um dia vamos morrer que nos torna preciosos para as pessoas que convivem conosco?"

"Muitas outras dúvidas."

"O que significa morrer?"

"Onde estão os mortos?"

"Quando é que você deixa de ser quem você é?"

"Muitas outras dúvidas."

"O que vai acontecer com a guerra?"

"Este empreendimento terá como consequência o fim da guerra ou um novo nível de conflito generalizado?"

"Se a morte individual não for mais inevitável, o que vai acontecer com a ameaça constante da destruição nuclear?"

"Será que todos os limites tradicionais vão começar a desaparecer?"

"Será que os mísseis vão se autoacionar com comandos de voz?"

"Será que a tecnologia tem um desejo de morte?"

"Muitas outras dúvidas."

"Mas nós rejeitamos essas dúvidas. Elas não captam o objetivo do nosso empreendimento. Queremos estender as fronteiras do que significa ser humano — estendê-las e depois ultrapassá-las. Queremos fazer tudo que pudermos fazer a fim de alterar o pensamento humano e desviar as energias da civilização."

Falaram dessa maneira por algum tempo. Não eram cientistas nem teóricos da cultura. Eles eram o quê? Eram aventureiros de uma espécie que eu não conseguia identificar direito.

"Nós refizemos este deserto, este cu do mundo inóspito, a fim de nos distanciarmos do que é razoável, do ônus do tal 'senso de responsabilidade'."

"Aqui, agora, nesta sala, estamos falando para o futuro, para aqueles que talvez nos considerem corajosos, absurdos ou insensatos."

"Consideremos duas possibilidades."

"Queríamos reescrever o futuro, todos os nossos futuros, e terminamos com uma única página em branco."

"Ou então: fomos dos poucos que alteraram toda a vida no planeta, para todos os tempos futuros."

Resolvi denominá-los os gêmeos Stenmark. Eles eram os gêmeos Stenmark. Jan e Lars, ou Nils e Sven.

"Os que dormem nas cápsulas. Os de agora e os que virão."

"Eles estão mesmo mortos? Podemos dizer que estão mortos?"

"A morte é um artefato cultural, não a determinação estrita do que é humanamente inevitável."

"E será que eles são quem eles eram antes de entrarem na câmara?"

"Nós vamos colonizar os corpos deles com nanorrobôs."

"Renovar os órgãos deles, regenerar os organismos deles."

"Células-troncos embrionárias."

"Enzimas, proteínas, nucleotídeos."

"Eles serão casos que vamos estudar, brinquedos com que vamos brincar."

Sven inclinou-se em direção à plateia, levando sua última frase consigo, e uma onda de risos percorreu os benfeitores.

"Nanounidades implantadas nos receptores apropriados do cérebro. Romances russos, os filmes de Bergman, Kubrick, Kurosawa, Tarkóvski. Obras de arte clássicas. Crianças recitando cantigas de roda em muitos idiomas. As proposições de Wittgenstein, um audiotexto de lógica e filosofia. Fotos e vídeos de família, pornografia ao gosto do freguês. Na cápsula você sonha com amores do seu passado e ouve Bach, ouve Billie Holiday. Você estuda as estruturas entrelaçadas da música e da matemática. Você relê as peças de Ibsen, revisita os rios e riachos de frases de Hemingway."

Olhei de novo para a mulher do lenço na cabeça, ainda sem nome. Ela só se tornaria real quando eu lhe desse um nome. Agora estava sentada, as costas eretas, as mãos repousando sobre a mesa, os olhos fechados. Estava num estado de meditação. Era isso que eu queria acreditar. Teria ela ouvido sequer uma palavra dita pelos Stenmark? Sua mente estava esvaziada de palavras, mantras, sílabas sagradas.

Dei-lhe o nome de Arjuna, depois o de Arjhana. Eram nomes bonitos, mas não eram os nomes certos. Lá estava eu, num compartimento fechado, inventando nomes, observando sotaques, improvisando histórias pessoais e nacionalidades. Eram reações superficiais a um meio que exigia o abandono de tais distinções. Eu precisava me autodisciplinar, estar à altura da situação. Mas quando foi na vida que eu estive à altura da situação? O que eu precisava fazer era o que eu estava fazendo.

Voltei a atenção para os Stenmark.

"Com o tempo, uma religião da morte vai surgir em reação às nossas vidas prolongadas."

"Queremos a volta da morte."

"Bandos de rebeldes da morte vão sair matando pessoas aleatoriamente. Homens e mulheres perambulado pelo campo, usando máquinas primitivas para matar as pessoas que encontram."

"Banhos de sangue vorazes, com algo de cerimonioso."

"Rezando sobre os cadáveres, cantando sobre os cadáveres, fazendo coisas íntimas indizíveis com os cadáveres."

"Depois queimando os cadáveres e passando as cinzas nos seus próprios corpos. Nos seus corpos, vocês mesmos."

"Ou então rezando sobre os cadáveres, cantando sobre os cadáveres, comendo a carne comestível dos cadáveres. Queimando o resto."

"De uma forma ou de outra, as pessoas voltam às raízes aterrorizadas pela morte a fim de reafirmar o padrão da extinção."

"A morte é um hábito difícil de perder."

Nils gesticulou, punho erguido, polegar voltado para trás de seu ombro. Estava apontando para o crânio na parede. E entendi na mesma hora, intuitivamente, que aquele objeto grande, cru, de osso, fora criado por eles, e que aqueles dois homens, de aparência cordata, mas espírito de demonólogo, eram os indivíduos responsáveis pela aparência, a textura e o temperamento de todo o complexo arquitetônico. Eram eles os responsáveis pelo design, todo ele, o tom e o teor, a estrutura semissubmersa em si e tudo que havia dentro dela.

Tudo era Stenmark.

Era esta a estética deles, de ocultação e isolamento, todas as características que me pareciam tão sinistras e incorpóreas. Os corredores vazios, os padrões cromáticos, as portas de escritórios que ora davam, ora não davam em escritórios. Os momentos labirínticos, a suspensão do tempo, o apagamento do conteúdo, a ausência de explicações. Pensei nas telas de vídeo que apareciam e sumiam, os filmes mudos, o manequim sem rosto. Pensei no meu quarto, o que nele havia de insolitamente neutro, de lugar nenhum, concebido e projetado como tal, e os outros quartos semelhantes, talvez quinhentos ou mil, e a ideia de novo me deu a sensação de que eu estava encolhendo, perdendo a nitidez. E os mortos, ou talvez mortos, ou lá o que fossem, os mortos criogênicos, em pé em suas cápsulas. Isso por si já era arte, e só neste lugar.

Os irmãos alteraram seu método de apresentação, dirigindo-se não mais para os aparelhos de gravação, e sim diretamente para os homens e as mulheres da plateia.

"Nós passamos seis anos aqui, sem intervalo, mergulhados no trabalho. Então voltamos para casa, uma viagem rápida mas compensadora, e desde então nós vamos e voltamos."

"Quando chegar a hora."

"Há algo de inevitável nessas palavras."

"Quando chegar a hora, vamos finalmente partir da nossa casa protegida no Norte e viremos para este lugar no deserto. Velhos e doentes, mancando e arrastando os pés, para enfrentar a prestação de contas final."

"O que vamos encontrar aqui? Uma promessa mais garantida do que os outros mundos inefáveis das religiões organizadas do mundo."

"Precisamos mesmo de uma promessa? Por que não morrer, pura e simplesmente? Porque somos humanos e nos apegamos. Neste caso, não a uma tradição religiosa, mas à ciência do presente e do futuro."

Falavam num tom tranquilo e íntimo, com uma reciprocidade mais profunda do que nas falas anteriores, e sem nenhum vestígio de exibicionismo. A plateia estava silenciosa, completamente envolvida.

"Estar pronto para morrer não implica estar disposto a desaparecer. O corpo e a mente podem nos dizer que é hora de deixar o mundo para trás. Mas mesmo assim nós nos apegamos, agarramos e arranhamos."

"Dois comediantes *stand-up*."

"Imersos numa substância vítrea, refeitos célula a célula, aguardando a hora."

"Quando chegar a hora, voltaremos. Quem seremos, o que encontraremos? O próprio mundo, daqui a décadas, pensem nisso, ou antes disso, ou depois. Nada fácil imaginar o que vai existir lá fora, melhor ou pior ou de tal modo alterado que vamos ficar atônitos demais para julgar."

Falaram sobre os ecossistemas do planeta no futuro, teorizando — um meio ambiente renovado, um meio ambiente destroçado —, então Lars levantou os dois braços para indicar uma pausa. A plateia levou um momento para absorver a transição, mas em pouco tempo o silêncio se instaurou na sala, o silêncio dos Stenmark. Os irmãos olhavam fixamente para a frente, com um olhar vazio.

Os Stenmark teriam cinquenta e poucos anos, era a idade que eu lhes dava, peles tão finas e claras que dava para ver as ramificações das veias azuis nas costas de suas mãos, mesmo do lugar onde eu estava. Decidi que tinham sido anarquistas de rua numa era anterior, dedicados em silêncio a planejar manifestações locais ou insurreições maiores, todas configuradas por seus talentos artísticos, e então dei por mim me perguntando se eles seriam casados. Sim, com duas irmãs. Eu os via caminhando num bosque, os quatro, os irmãos à frente, depois as irmãs à frente, um costume de família, um jogo, a distância entre os casais medida com frieza e mantida com cuidado. Na minha imaginação semienlouquecida, seria de cinco metros. Fiz questão de medir em metros, não em pés nem em jardas.

Lars baixou os braços, a pausa terminou, os gêmeos voltaram a falar.

"Alguns de vocês talvez voltem aqui também. Para testemunhar a passagem de pessoas queridas. E é claro que vocês já devem ter começado a pensar no que seria vivenciar essa passagem vocês mesmos, um dia, cada um de vocês, quando chegar a hora."

"Sabemos que algumas das coisas que dissemos aqui hoje podem ser desestimuladoras. Tudo bem. É a verdade pura e simples da nossa visão. Mas façam isso. Pensem em dinheiro e imortalidade."

"Vocês estão aqui, tranquilos, reunidos. Não é isso que vocês sempre quiseram? Uma maneira de recuperar o mito para vocês. A vida eterna pertence aos que têm uma fortuna estonteante."

"Reis, rainhas, imperadores, faraós."

"Não se trata mais de uma voz irônica ouvida durante o sono. Isto aqui é real. Pensem além do toque divino de quem tem bilhões na ponta dos dedos. Deem o salto existencial. Reescrevam o roteiro melancólico da morte à maneira normal."

Aquilo não era conversa de vendedor. Eu não sabia o que era aquilo, um desafio, uma provocação, um apelo à vaidade dos eleitos endinheirados ou apenas uma tentativa de lhes dizer o que eles sempre quiseram ouvir, mesmo que não soubessem que queriam.

"A cápsula já é algo que conhecemos, do tempo passado no útero, não é? E quando voltarmos, que idade vamos ter? A escolha é nossa, é sua. Basta preencher o formulário de inscrição."

Eu estava cansado de tanta morte e me afastei da fenda de observação. Mas não havia como escapar do som daquelas vozes, os irmãos recitando uma série de palavras em sueco ou norueguês e depois uma outra série de palavras norueguesas ou dinamarquesas e depois mais uma série, uma lista, uma ladainha de palavras em alemão. Eu entendia algumas, mas não todas, não a maioria, quase nenhuma, me dei conta, enquanto a recitação prosseguia, palavras que em sua maioria começavam com as sílabas *welt*, *wort* ou *tod*. O tipo de arte que hipnotiza toda uma sala, a arte sonora do solilóquio, da fórmula cabalística, e minha reação àquelas vozes e a todos os temas graves e elevados daquela tarde foi ficar de cócoras e fazer uma série de agachamentos com saltos. Eu me agachava e saltava, me agachava e saltava, os braços lançados para o alto, cinco, dez, quinze vezes, e mais, para baixo e para cima, uma explosão emocional, contando em voz alta, em grunhidos.

Logo formei uma imagem paralela de mim mesmo como um primata arborícola lançando os braços longos e cabeludos para cima, saltando e rosnando numa atitude de autodefesa, cultivando a musculatura, queimando gordura.

A certa altura me dei conta de que uma outra pessoa estava se dirigindo à plateia agora. Era Miklós, cujo sobrenome eu esquecera — o homem que piscava, falando em tradução com uma voz neutra sobre o ser e o não ser. Eu continuava me agachando e saltando.

Quando voltei à fenda, os gêmeos Stenmark haviam desaparecido, Miklós continuava falando, e a mulher com o lenço na cabeça estava na mesma posição de antes, sentada na cadeira com as costas eretas, as mãos espalmadas sobre a mesa. Os olhos dela permaneciam fechados, tudo estava como antes, só que agora, olhando para ela, eu sabia seu nome. Era Artis. Quem mais poderia ser senão Artis? Era esse o nome dela.

Eu estava no compartimento trancado esperando que a porta de correr se abrisse. Eu sabia que não devia chamar aquilo de porta de correr. Certamente haveria um termo mais avançado, uma palavra ou expressão técnica, mas resisti ao desafio implícito de especular sobre as possibilidades.

A acompanhante estava esperando quando a porta se abriu deslizando. Seguimos por um corredor e depois por outro, mais uma vez calados, nós dois, e eu esperava encontrar Ross em breve na sua sala ou suíte.

Chegamos a uma porta e a mulher ficou à espera. Olhei

para ela e depois para a porta, e ficamos os dois à espera. Me dei conta de que queria alguma coisa, um cigarro. Era uma necessidade reincidente, agarrar o maço semiamassado no bolso, acender um cigarro depressa, inalar a fumaça devagar.

Olhei de novo para a acompanhante e finalmente compreendi o que estava acontecendo. Era a minha porta, a porta do meu quarto. Dei um passo à frente e a abri, e a mulher não foi embora. Lembrei-me do momento na sala de pedra em que Ross se virou no banco e olhou para mim com certa expressão no rosto, um olhar significativo, de pai para filho, de homem para homem, e em retrospecto entendi que ele estava se referindo à situação que havia preparado para mim, aquela situação.

Sentei-me na cama e fiquei vendo a mulher se despir.

Vi-a soltar a fita do cabelo, lentamente, e o cabelo cair-lhe sobre os ombros.

Abaixei-me e peguei um dos chinelos de feltro dela quando ela tirou o pé de dentro dele.

Vi o vestido comprido flutuar-lhe pelo corpo abaixo e cair no chão.

Levantei-me e penetrei-a, espremendo-a contra a parede, imaginando uma mancha, a marca de seu corpo que levaria dias para se dissipar.

Na cama, eu queria ouvi-la falando em seu idioma, uzbeque, cazaque, fosse lá o que fosse, mas percebi que isso seria uma intimidade inconveniente naquelas circunstâncias.

Não pensei em nada por algum tempo, só mãos e corpo.

Então, silêncio, e a ideia do cigarro outra vez, o cigarro que eu tinha tido vontade de fumar quando estávamos do lado de fora da porta.

Fiquei ouvindo nós dois a respirar e dei por mim imaginando a paisagem que nos envolvia, simplificando-a, tornando-a abstrata, as bordas tenras de nossa centralidade.

Fiquei observando enquanto ela se vestia, devagar, e resolvi não lhe dar nome. Ela combinava melhor, sem nome, com o quarto.

7

Ross Lockhart é um nome falso. Minha mãe mencionou esse fato por acaso um dia, quando eu estava com dezenove, vinte anos. Ross disse a ela que tinha tomado essa decisão logo depois que saiu da faculdade. Havia anos que vinha pensando nisso, primeiro por um capricho, depois com determinação, fazendo uma lista de nomes que ele examinava com olho crítico, com certo distanciamento, e cada nome que riscava o aproximava mais um pouco da autorrealização.

Foi o termo que Madeline usou, *autorrealização*, com sua voz neutra de documentário, vendo televisão com o som desligado.

Era um desafio, ele lhe disse. Era um incentivo, um estímulo. O nome lhe daria motivação para trabalhar com mais afinco, pensar com mais clareza, começar a ver a si próprio de um modo diferente. Com o tempo ele haveria de se tornar o homem que apenas vislumbrava no tempo em que *Ross Lockhart* era somente uma sequência de riscos alfabéticos numa folha de papel.

Eu estava em pé, atrás de minha mãe, enquanto ela falava.

Numa das minhas mãos havia um sanduíche de peru comprado pronto, na outra um copo de ginger ale, e a lembrança é matizada pelo modo como eu estava parado, pensando e mastigando, cada mordida no sanduíche mais calculada que a anterior, à medida que eu concentrava minha atenção no relato de Madeline.

Eu estava começando a conhecer melhor aquele homem agora, a cada segundo, a cada palavra, a ele e a mim mesmo também. Isso explicava meu jeito de andar, de falar e de dar laço nos cadarços. E era interessante ver como, nos meros fragmentos da breve narrativa de Madeline, tantas coisas se evidenciavam de imediato. Aquilo era a decodificação da minha adolescência perplexa. Eu era alguém que não era para ser.

Por que ela não havia me contado antes? Eu imaginava que Madeline se esquivaria da minha pergunta, mas ela não dava sinal de que a ouvira. Limitou-se a desviar a vista da tela da televisão tempo suficiente para me dizer, por cima do ombro, o nome verdadeiro dele.

Seu nome original era Nicholas Satterswaite. Fiquei olhando para a parede do outro lado da sala, pensando naquilo. Repeti o nome de modo silencioso, mexendo os lábios, vez após vez. O homem estava exposto ali diante de mim, colhões e tudo. Aquele era meu pai de verdade, um homem que optou por abandonar sua história ancestral, todas as vidas anteriores à minha que estavam encerradas nas letras daquele nome.

Quando ele olha para o espelho, ele vê uma simulação de homem.

Madeline voltou a olhar para a televisão enquanto eu mastigava a comida e contava as letras. Vinte letras no nome inteiro, doze no sobrenome. Esses números não me diziam nada — o que eles poderiam me dizer? Mas eu precisava entrar naquele nome, explorá-lo, me enfiar dentro dele. Com o nome Satterswaite, quem eu teria sido e quem eu teria me tornado? Eu ainda estava, aos dezenove anos, no processo de me tornar alguém.

Eu compreendia o fascínio de um nome inventado, pessoas emergindo de identidades obscuras e florescendo como ficções iridescentes. Mas aquele plano era do meu pai, não era meu. O nome Lockhart não tinha nada a ver comigo. Apertado demais, cerrado demais. Lockhart, sólido e decisivo, Lockhart, hermeticamente fechado. O nome me excluía. O máximo que eu podia fazer era tentar olhar para dentro dele, estando do lado de fora. Foi assim que entendi a questão, em pé atrás da minha mãe, relembrando que ela não havia adotado o nome Lockhart ao se casar com o homem.

Eu me perguntava o que teria acontecido se a verdade me tivesse sido revelada antes. Jeffrey Satterswaite. Talvez eu fosse capaz de falar sem engrolar as palavras, ganhar peso e massa muscular, comer vôngoles crus e fazer as garotas me encararem com um olhar seriamente interessado.

Mas será que eu realmente dava importância à questão das origens? Era difícil acreditar que algum dia eu me daria o trabalho de explorar a genealogia dos Satterswaite, localizar as pessoas e os lugares contidos naquele nome. Será que eu queria fazer parte de uma família extensa, ser neto, sobrinho, primo de alguém?

Madeline e eu nos bastávamos um ao outro. Só precisávamos de um. Olhei para a tela da televisão e perguntei a Madeline o que havia no nome Nicholas Satterswaite que o levou a abandoná-lo. É um nome pouco nítido, ela disse. Fácil de esquecer. Com variações de grafia e talvez até de pronúncia. De um ponto de vista americano isolado, o nome não vem de lugar nenhum e não vai a lugar nenhum. E, em contraste, a ancestralidade anglo-saxônica do nome. A responsabilidade que ele implica. O modo como seu pai usava o nome como ponto de referência a partir do qual media o menino.

Mas o que tem o nome Lockart? Qual a ancestralidade dele?

Qual a responsabilidade? Ela não sabia, eu não sabia. Ross saberia?

Na tela, havia uma reportagem sobre o trânsito, com imagens ao vivo de carros numa via expressa, captadas do alto. Era o canal do trânsito, vinte e quatro horas por dia, e depois de algum tempo, com o som desligado e os carros aparecendo na tela e saindo da tela, incessantemente, a cena se descolava de sua realidade rasa. Madeline olhava, eu olhava, e a cena se transformava numa aparição. Olhando fixamente para o trânsito, contei oito carros, depois mais doze, as letras do nome verdadeiro, primeiro nome e sobrenome, total vinte. Continuei a fazer isso, oito carros, depois doze. Soletrei o nome em voz alta, esperando que Madeline talvez me corrigisse. Mas por que ela haveria de saber ou de querer saber como se escrevia o nome?

É o que ficou daquele dia, talvez de todo aquele ano, eu vendo os carros e contando as letras e mastigando o sanduíche, peito de peru com molho de bordo, em pão de centeio, comprado na delicatéssen da minha rua, com uma quantidade de mostarda que nunca era suficiente.

Eu havia dormido bem, em lençóis aquecidos por um corpo, e não sabia direito se a refeição à minha frente era o café da manhã ou o almoço. A comida em si não dava nenhuma pista. Por que isso fazia sentido? Porque os irmãos Stenmark haviam planejado as unidades de alimentação. Eu imaginava o plano deles. Centenas de unidades com tamanhos progressivamente maiores, quatro mesas, dezesseis mesas, cento e cinquenta e seis mesas, todas as unidades rigorosamente utilitaristas, os pratos e talheres, as mesas e cadeiras, a comida em si, tudo tal como num sonho bem disciplinado.

Eu comia devagar, tentando sentir o sabor da comida. Pensava em Artis. É hoje que eles vêm buscar Artis. Mas como devo pensar no que vai acontecer com ela depois que seu coração parar de bater? Como Ross pensa nisso? Eu não sabia bem em que eu queria acreditar, se a confiança de Ross no processo era genuína ou se ele havia forjado a firmeza de sua convicção com o tempo a fim de sufocar suas dúvidas. A iminência da morte não estimula o processo mais intenso de autoengano? Artis sentada na poltrona tomando chá, a voz e as mãos trêmulas, o corpo reduzido a uma lembrança.

Então entrou o Monge, quase me assustando, e o quarto pequeno pareceu contrair-se em torno dele. Trajava um pulôver com capuz por baixo do manto, o capuz pendendo sob a nuca. Prato, copo e talheres apareceram na fenda e ele os levou até a mesa. Deixei que ele se instalasse na cadeira e posicionasse o prato.

"Eu tinha esperança de voltar a encontrar com o senhor. Tenho uma pergunta a fazer."

Ele se deteve, não por antever a pergunta, mas apenas para perguntar a si próprio se aquele som importuno era uma voz humana, alguém falando com ele.

Esperei até que ele começasse a comer.

"As telas", comecei. "Elas aparecem nos corredores e depois são recolhidas no teto. A última tela, o último filme, uma cena de autoimolação. O senhor viu? Achei que eram monges. Eram mesmo? Achei que estavam ajoelhados em tapetes de oração. Três homens. Uma cena horrível. O senhor já viu?"

"Eu não olho pras telas. As telas desviam a atenção. Mas, sim, há monges no Tibete, na China, na Índia, que tocam fogo no corpo."

"Em protesto", eu disse.

Uma afirmação óbvia demais para que ele a comentasse. Creio que eu esperava algum reconhecimento por ter puxado o assunto e por ter testemunhado o momento terrível na tela, homens morrendo por uma causa.

Então ele disse: "Monges e ex-monges e monjas e outras pessoas".

"Um deles bebeu querosene ou gasolina."

"Ficam sentados em posição de lótus ou correm pela rua. Um homem pegando fogo correndo pela rua. Se eu visse essa cena, ao vivo, eu saía correndo com ele. E se ele corresse gritando, eu gritava junto com ele. E quando ele desabasse, eu desabava com ele."

O pulôver era preto, as mangas apareciam por baixo do manto. O Monge pôs o garfo sobre o prato e empertigou-se na cadeira. Parei de comer e esperei. Ele podia estar sentado num café exausto num canto perdido de alguma metrópole, uma figura excêntrica dessas que as pessoas deixam em paz, um homem que todos veem mas com quem quase ninguém fala. Qual o nome dele? Será que ele tem nome? Será que ele sabe seu próprio nome? Por que ele se veste desse jeito? Onde ele mora? Um homem encarado com desconfiança pelos poucos que já o ouviram monologar sobre um assunto qualquer. Voz grave, nítida, profunda, e comentários dispersos demais para merecer uma resposta sensata.

Mas o Monge não era esse homem, era? Aqui o Monge desempenhava um papel. Falava com homens e mulheres que tinham sido colocados num abrigo, um refúgio, pessoas vivendo os últimos dias ou horas da única vida que haviam conhecido, e ele não tinha ilusões a respeito da promessa grandiosa de uma segunda vida.

Ele olhou para mim, e eu sabia o que ele estava vendo. Um homem sentado numa cadeira, meio que virado para o lado. O olhar dele não me dizia mais nada além disso. A comida que eu mastigava me dizia que talvez fosse carne.

"Eu precisava fazer alguma coisa, mais do que me comprometer a correr junto, mais do que dizer alguma coisa ou usar uma certa roupa. Como ficar ao lado dos outros quando as coisas que nos separam são impostas desde o nascimento, quando a separação nos obceca, nos acompanha dia e noite?"

A voz dele assumiu um tom de narração, de récita, reminiscência.

"Resolvi fazer uma viagem à montanha sagrada do Himalaia tibetano. Uma grande pirâmide branca, gelada. Aprendi todos os nomes da montanha em todas as línguas. Estudei todas as histórias e mitologias. Uma viagem difícil que durou dias só pra chegar à região, bem mais de uma semana, por fim o último dia a pé. Multidões chegando ao sopé da montanha. Gente amontoada em caminhões abertos com trouxas penduradas nas laterais, e gente saltando dos caminhões e vagando de um lado pro outro, olhando pro alto. Lá está o cume, coberto de gelo e neve. O centro do universo. Gente levando iaques carregados com comida e barracas. Barracas armadas pra todo lado. Bandeiras de oração tremulando pra todo lado. Homens com rodas de oração, homens com máscaras de lã e ponches velhos. Todos nós ali pra fazer a circum-ambulação na escarpa mais alta, a cinco mil metros de altitude. Eu estava decidido a seguir a trilha da maneira mais difícil. Dar um passo e depois cair no chão em prostração de corpo inteiro. Levantar, dar um passo, depois cair no chão em prostração de corpo inteiro. Isso levaria dias, semanas, me disseram, pra uma pessoa que não tivesse desde pequena praticado essa arte antiquíssima. Milhares de peregrinos todo ano há dois milênios, andando e se arrastando um pouco abaixo do pico. Tempestades em junho. Mortes nas intempéries. Dar um passo, depois cair no chão em prostração de corpo inteiro."

Ele falava sobre níveis de imobilidade religiosa, estados de meditação e iluminação, a natureza frágil dos rituais. Budistas, hinduístas, jainistas. Não estava olhando para mim agora. Olhava para a parede, falava com a parede. Eu o escutava com o garfo na mão, suspenso entre o prato e a boca. Ele falava sobre abstinência, castidade e êxtase tântrico, e eu olhava para o pedaço de uma coisa que parecia carne espetada no garfo. Era carne animal que eu ia mastigar e engolir.

"Eu não tinha guia. Tinha um iaque pra carregar minha barraca. Um bicho cheio de pelo pardo, grosso. Eu olhava pra ele a toda hora. Pardo e peludo, mil anos de idade. Um iaque. Procurei me informar se eu devia fazer a caminhada em sentido horário ou anti-horário. Há códigos de conduta. A distância seria cinquenta e dois quilômetros. Terreno acidentado, mal das montanhas, neve e vento feroz. Dar um passo e cair no chão em prostração de corpo inteiro. Eu levava pão, queijo e água. Ia pelo caminho principal. Não via nenhum ocidental, não havia nenhum ocidental. Homens embrulhados em mantas de cavalos, homens com mantos compridos, homens com sapatinhos de madeira nas mãos, tamancos pra proteger as mãos do cascalho e da rocha quando estivessem rastejando. Chegar ao nível da circum-ambulação. Seguir a trilha rochosa. Um passo largo e cair no chão. Prostração de corpo inteiro. Saí da minha tenda e fiquei vendo os devotos caminhando e rastejando. Era uma coisa metódica. Eles não manifestavam fervor nem emoção religiosa. Estavam apenas decididos, no rosto e no corpo, fazendo o que tinham vindo fazer, e eu olhava. Havia outros parados descansando, outros conversando, e eu olhava. Eu pretendia fazer isso, cair de joelhos, estender o corpo inteiro no chão, fazer uma marca na neve com os dedos, pronunciar umas palavras sem sentido, me levantar, respirar, dar um passo, ajoelhar de novo. Partes do meu corpo iam perder toda a sensibilidade por causa do frio e do vento cortante. Aqueles que aspiram ao vazio total. Aqueles que têm na testa cortes e equimoses permanentes de tanto se curvar em direção à terra, se ajoelhar e abaixar e cair de cara no chão. Eu pretendia fazer isso, dar um passo, me ajoelhar, me curvar em direção à terra, me arrastar e avançar um pouco à frente da marca feita com os dedos, pronunciar algumas não palavras a cada passo que eu desse."

Ele dizia a si próprio vez após vez o que pretendera fazer, e a repetição estava começando a parecer um sinal de tensão. Estaria ele tentando recontextualizar as lembranças? Parou de falar mas continuou a rememorar. Eu como que o via parado ao lado de sua barraca, homem alto, cabeça descoberta, envolto em camadas de roupas recolhidas no lixo. Eu tinha consciência de que não devia perguntar se ele conseguira se arrastar por uma hora ou por uma semana. Porém o ato em si me tocava, o princípio por trás dele, as intenções daquele homem, tão diferentes das minhas visões fragmentadas, uma coisa para os outros, dura e punitiva e cheia de tradições escarpadas e reverência singela.

Depois de algum tempo ele recomeçou a comer, e eu fiz o mesmo. Ocorreu-me que minha sensibilidade em relação à carne espetada no meu garfo era inteiramente postiça. Eu não me sentia culpado, mesmo se fosse carne de iaque. Eu mastigava e engolia. Estava começando a compreender que cada ato que eu praticava tinha que ser verbalizado em algum nível, executado com as palavras intactas. Eu não conseguia mastigar e engolir sem pensar em *mastigar* e *engolir*. Seria culpa dos gêmeos Stenmark? Talvez eu pudesse pôr a culpa no *quarto*, meu quarto, a caixa introspectiva.

Ele me olhou de novo.

"Como é inconsistente a vida contemporânea. Se eu enfiar o dedo nela, sai do outro lado."

Então seu olhar se voltou para um ponto atrás de mim, ele levantou-se com o copo na mão e tomou o último gole antes de recolocar o copo na mesa e seguir em direção à porta. Olhei por cima do ombro e vi um homem na porta com uma camisa de jogador de futebol e calça de moletom. O Monge saiu atrás dele, eu afastei a mesa e segui os dois.

O impulso puro e simples deixa o pensamento por conta do corpo. O Monge percebeu o que eu estava fazendo, mas não disse nada. No final do segundo corredor longo, o homem que o acompanhava virou-se e me viu, e os dois trocaram algumas palavras que imaginei serem em um dos idiomas turcomanos da região. Então o acompanhante fez sinal para que eu levantasse o braço até a altura da cintura, tirou um pequeno instrumento pontudo de um bolso estreito de sua calça e encostou-o no disco preso na minha pulseira. Entendi que agora eu poderia ingressar em áreas que até então me eram vedadas.

Nós três entramos num compartimento, e enquanto a porta de correr se fechava às nossas costas comecei a sentir vagamente um movimento que talvez fosse horizontal, um deslizamento sussurrante numa velocidade que eu não podia calcular. Também o tempo parecia estar além da minha capacidade de estimar. Tive uma sensação de estar fora do tempo, e depois de um intervalo que pode ter sido de segundos ou mesmo de minutos, fomos inseridos num poço vertical, começando a descer, imaginei, nos níveis numerados. O efeito era de estar flutuando, quase como se eu tivesse saído de meu próprio corpo, e se os outros dois disseram alguma coisa, eu não ouvi.

Abriu-se uma porta dividida em almofadas e entramos num corredor que dava num espaço amplo, baixo, escuro. Era quase como uma biblioteca, com fileiras de cubículos ou baias, semelhantes a cabines para estudo individual. O Monge parou, pôs a mão na nuca e puxou para cima o capuz preto, o capuz do pulôver, ajustando-o na cabeça. Resolvi interpretar o ato como um momento solene.

Fui atrás dele, descendo alguns degraus, e caminhamos por

entre as cabines, que continham não leitores, e sim pacientes, pessoas sentadas ou presas por correias em posição vertical, outras em decúbito dorsal e inteiramente imóveis, olhos abertos, olhos fechados, e também cabines vazias, um bom número delas. Ali era o local de trabalho do Monge, a unidade de tratamentos paliativos, e aonde ele ia, ia eu, seguindo uma rede de passagens, com cabines em ambos os lados. Dava para ver a textura da parede mais próxima, áspera, cores neutras, faixas de negro e cinza pintadas com uma brocha, intercaladas, e a penumbra e o pé-direito baixo e os homens e mulheres amontoados, as dimensões gerais da área, e não consegui encontrar uma categoria, algo de stenmarkiano, que se pudesse atribuir ao ambiente.

Eu olhava para os pacientes nas cadeiras ou camas, que não eram cadeiras nem camas. Eram algo assim como bancos acolchoados, e não era fácil saber quais indivíduos estavam dormindo, quais estavam dopados, quais estavam anestesiados em maior ou menor grau. Por vezes, aqui e ali, uma pessoa parecia estar inteiramente, intensamente acordada.

O Monge parou no final da passagem em que estávamos e virou-se para mim no momento exato em que eu me voltava para trás a fim de verificar a presença de nosso acompanhante, que não estava lá.

"Estamos esperando", disse ele.

"Entendi, certo."

O que era que eu havia entendido? Que estava me sentindo encerrado, quase preso numa armadilha, e perguntei ao Monge qual era o sentimento que predominava nele, qual o estado de espírito dele quando estava ali.

"Não tenho nenhum estado de espírito."

Perguntei-lhe a respeito dos cubículos, das cabines.

"Eu chamo de berços."

Perguntei o que estávamos esperando.

"Lá vêm eles", foi a resposta.

Eram cinco indivíduos com guarda-pós escuros, dois com a cabeça raspada, vindo mais ou menos em nossa direção. Eram auxiliares ou serventes ou paramédicos ou acompanhantes. Pararam diante de uma cabine próxima, dois deles verificaram os dispositivos na cabeceira, um deles falando com o paciente. Três dos indivíduos então iniciaram a retirada, em fila indiana, seguidos pelos dois serventes calvos, que empurravam a cabine com rodas. Pensei nos outros pacientes e tentei imaginar a expectativa tensa que cada um deles sentia, chegada a sua vez, diante da aproximação daquele grupo estranho vindo pela passagem e mergulhando na sombra.

Quando me virei para o Monge, ele já estava interagindo com a ocupante de uma cabine próxima. Era uma mulher, sentada, e ele falava com ela em voz baixa, no que me pareceu ser uma espécie de anglo-russo confuso, debruçando-se sobre a mulher, suas mãos pousadas sobre as dela. Suas palavras pareciam sair com esforço, mas a cabeça da mulher fazia que sim em reação ao que ele dizia, e senti que era hora de eu deixar o homem imerso em seu trabalho.

O Monge com seu manto velho e surrado, seu escapulário.

Fiquei algum tempo perambulando, imaginando que alguém viria me deter. Pensei em falar com algum daqueles corpos expectantes. Nenhum sinal de funcionários fazendo massagens ou monitorando as batidas de um coração, nenhuma música de fundo terapêutica. Comecei a achar que havia entrado por engano num depósito de corpos semivazio, onde não havia quase nenhum olho piscando ou dedo tremendo.

Me dei conta de que estava tiritando. Era só um tremor leve, mas me fez olhar à minha volta, e depois para cima e para baixo, a esmo, vendo os mesmos tons neutros para todos os lados, o cinza em diversos estados, modesto e lúgubre, algo de intermediário, o pé-direito mais baixo aqui, a iluminação mais fraca, e talvez os Stenmark estivessem pensando num abrigo antibombas.

Eu caminhava por entre as cabines, olhando de relance para os poucos pacientes daquele setor. Pensei que a palavra não era nem um pouco apropriada. Mas o que seriam eles se não fossem pacientes? Então pensei nas palavras que Ross tinha usado para se referir à atmosfera que prevalecia aqui. *Reverência* e *veneração*. Era isso que eu estava vendo? Eu via olhos, mãos, cabelos, tons de pele, feições. Raças e nações. Não pacientes, e sim cobaias, submissas e imóveis. Parei diante de uma mulher sedada, maquiada em torno dos olhos. Eu não via paz, conforto nem dignidade, apenas uma mulher sob a autoridade de outras pessoas.

Parei junto a um homem robusto sentado em sua cabine. Usava uma camisa de malha e parecia estar enfiado num carrinho de golfe, no green de seu clube. Posicionei-me bem à sua frente e lhe perguntei como estava se sentindo.

Ele perguntou: “Quem é você?”.

Respondi que era um visitante interessado em aprender. Ele disse que eu parecia perfeitamente saudável. Retruquei que queria saber há quanto tempo ele estava ali e quanto tempo ainda teria que esperar até que o levassem para o lugar onde seria levado.

Ele perguntou: “Quem é você?”.

Disse eu: “O senhor não sente o frio, a umidade, o espaço apertado?”.

Ele disse: “Eu sei muito bem qual é a sua”.

Então vi o garoto. Percebi na hora que era o mesmo garoto que eu tinha visto numa cadeira de rodas motorizada num dos corredores lá em cima, com dois acompanhantes de corpos ocos. Agora estava sentado numa cabine, reluzente e totalmente imóvel, posicionado quase como uma escultura, *contrapposto*, cabeças e ombros virados para um lado, ancas e pernas para o outro.

Eu não sabia o que dizer. Disse meu nome. Falei-lhe em voz baixa, tentando não ser invasivo. Perguntei quantos anos ele tinha e de onde era.

Cabeça virada para a esquerda, olhos rodando para cima e para a direita, em minha direção. Ele parecia estar tentando assimilar minha presença ali, talvez até mesmo se lembrando de nosso encontro momentâneo. Então começou a falar, ou a produzir ruídos que pareciam aleatórios, uma sequência de sons indistintos, não uma fala engrolada ou gaga, porém apenas, de algum modo, fracionada. Estava exprimindo seus pensamentos, mas eu não conseguia detectar vestígios de nenhum idioma conhecido, nenhuma nuança de sentido, e ele não demonstrava consciência de que não estava sendo compreendido.

Todo ele permanecia imóvel, com exceção da boca e dos olhos, e me coloquei num lugar que não o obrigava a olhar com o canto dos olhos. Não voltei a falar, apenas permaneci parado, ouvindo. Tampouco tentei descobrir qual o seu país de origem, quem o havia trazido, nem quando ele seria levado para a câmara.

A única coisa que fiz foi segurar sua mão e imaginar quanto tempo lhe restaria. Vendo sua condição debilitada, o desalinhamento entre a parte de cima do corpo e a de baixo, aquela contorção horrenda, dei por mim pensando nas novas tecnologias que um dia seriam utilizadas em seu corpo e seu cérebro, permitindo-lhe voltar ao mundo e correr, saltar, falar em público.

Como poderia eu não pensar nisso, apesar do meu profundo ceticismo?

Não sei por quanto tempo permaneci ali. Quando ele parou de falar, de repente, e no mesmo instante adormeceu, soltei sua mão e fui procurar o Monge.

Atravessei o setor e, aliviado, vi o Monge parado diante de uma cabine, gesticulando, e me ocorreu que eu poderia lhe dar um nome, tal como havia feito com os oradores da sala de pedra. Mas um nome, no caso dele um nome de batismo fictício, seria um peso morto. Ele era o Monge e estava se dirigindo às cobaias, uma por uma, em suas cabines, seus berços.

Pensei no garoto. Me dei conta de que era ao garoto que eu deveria ter dado um nome. Não teria me ajudado a interpretar o que ele dizia, os sons que se desprendiam dele, mas eu teria percebido alguma coisa ao escutá-lo, um fragmento de identidade, um mínimo elemento a dar forma às perguntas que rodopiavam em torno dele.

Aproximei-me do Monge e tentei escutar o que ele dizia às pessoas. A certa altura, falando em espanhol, ele disse a uma senhora idosa que ela era abençoada por estar deitada ali, em paz, pensando na mãe, que a trouxera ao mundo com as pernas escarranchadas, padecendo dores. Isso eu pude entender, mas não tudo que o Monge disse a todos, até que o ouvi afirmar, a um homem de meia-idade, em inglês, que o lugar onde ele ia morar, em seu estado preservado, fica bem no fundo da terra — mais fundo ainda que aquele salão enclausurado. Talvez protegido até do fim do mundo. O Monge falava com entusiasmo sobre o fim do mundo.

O Monge e seu pulôver com capuz, seu capuz de monge.

Caminhamos juntos em direção à passagem por onde havíamos entrado, e lhe fiz algumas perguntas sobre os procedimentos adotados.

"Aqui é o refúgio, o lugar da espera. Eles estão esperando a morte. Todo mundo morre aqui", disse ele. "Os mortos não são importados em contêineres, um por um, de vários lugares no mundo, e depois colocados na câmara. Os mortos não se inscrevem antes, depois morrem e são trazidos pra cá com todos os meios de preservação intactos. Eles morrem aqui. Eles vêm aqui pra morrer. Esse é o papel operacional deles."

Era tudo que ele tinha a dizer. Quando entramos no recinto do qual seríamos levados de volta ao nosso nível, não havia sinal de nosso acompanhante, e o Monge não manifestou nenhuma intenção de esperar que ele aparecesse. Durante nossa suave ascensão, comecei a entender as implicações desse fato, o fato de que não havia ninguém, pelo menos por ora, que fosse reimpor as restrições de acesso ao disco preso à minha pulseira.

Eu não disse nada, o Monge não disse nada.

Quando entrei em meu quarto, olhei para tudo que lá havia para ser visto e tocado, e então disse o nome de cada coisa. Havia um frasco de higienizador de mãos no microbanheiro que não estava lá antes, e isso confundiu minha imersão nas palavras simples que nomeavam os objetos familiares. Olhei no espelho em cima da pia e disse meu nome em voz alta. Então fui procurar meu pai.

8

Ross não estava no escritório que costumava usar. Não havia nada no escritório. Tinham sumido a escrivaninha e as cadeiras, o computador, as tabelas nas paredes, a bandeja e os copos, a garrafa de uísque. Esse fato me desconcertou por um instante, mas depois não me pareceu tão estranho. Estava chegando a hora em que Artis desceria para os níveis numerados e Ross voltaria ao mundo por ele criado.

Fui para a suíte esperando encontrar Artis em sua poltrona, de robe e chinelos, mãos cruzadas sobre o colo. O que eu diria a ela, e como estaria ela, mais magra, mais pálida, e será que ela não conseguiria falar comigo nem me ver sentado à sua frente?

Mas quem estava na poltrona era meu pai. Precisei de alguns momentos para assimilar as informações, Ross descalço, de camiseta e jeans de grife. Não olhou para mim quando entrei, porém limitou-se a registrar a presença de um vulto entrando em seu campo visual, de outra presença no cômodo. Sentei-me num banco, de frente para Ross tal como antes estivera de frente para Artis, só que, agora, lamentando não poder vê-la pela última vez.

"Eu achei que você ia me avisar."

"Não aconteceu."

"De novo. Não aconteceu de novo. Cadê ela?"

"No quarto."

"E vai acontecer amanhã. É isso que você vai me dizer, não é."

Levantei-me, fui até a porta do quarto e a abri, e lá estava Artis, na cama, coberta, olhos abertos. As mãos repousavam sobre o cobertor, e fui me aproximando devagar e tomei-lhe uma das mãos e fiquei segurando, à espera.

Ela disse: "Jeffrey".

"É ele, sim, sou eu."

"Decida-se", ela sussurrou.

Sorri e disse que na presença dela eu normalmente era mais ele do que eu. Mas foi só isso. Seus olhos se fecharam, e esperei por algum tempo até que soltei sua mão e saí do quarto.

Ross andava de uma parede à outra, as mãos nos bolsos, parecendo estar menos imerso em pensamentos do que seguindo a rotina condicionante de um método inovador de ginástica.

"É, vai acontecer amanhã", ele disse sem ênfase.

"Isso não é um jogo que os médicos estão fazendo com Artis."

"Nem eu com você."

"Amanhã."

"Você vai ser avisado bem cedo. Venha pra cá, pra esta sala, assim que acordar, assim que o dia nascer."

Continuava a andar, e eu a olhar para ele.

"Ela já está mesmo no ponto de ter que passar por isso? Pronta eu sei que ela está, ansiosa pra testar o futuro. Mas ela pensa, fala."

"Tremores, espasmos, enxaquecas, lesões no cérebro, sistema nervoso em pandarecos."

"Senso de humor intacto."

"Não resta mais nada pra ela aqui neste nível. É o que ela acha, e eu também."

Eu olhava para ele. Um novo método de ginástica que enfatizava o efeito de pés descalços e mãos nos bolsos. Eu lhe perguntei apenas quantas vezes ele estivera ali, no complexo, para olhar e escutar.

"Cinco vezes, contando com esta. Duas antes com a Artis. A experiência fortaleceu minha autoimagem. Me livrei de algumas preocupações. Elas perderam a importância pra mim. Comecei a me voltar mais pra dentro."

"E a Artis."

"E a Artis, a pessoa que me fez entender como o alcance e a intensidade de um empreendimento como este podem se tornar parte da vida cotidiana de uma pessoa, minuto a minuto. Onde eu estivesse, aonde eu fosse, ou então só comendo, ou tentando dormir, isto aqui estava na minha cabeça, na minha pele. As pessoas costumam dizer, sobre certos acontecimentos inéditos, situações implausíveis — as pessoas dizem: se isso não existisse, ninguém ia ser capaz de inventar. Mas alguém inventou isto aqui, tudo isto, e é aqui que a gente está."

"Vai ver que a minha visão é muito limitada. Que ela não está à altura da experiência. A única coisa que eu faço desde que cheguei aqui é relacionar o que eu tenho visto e ouvido com o que eu já sabia. Tem uma cadeia de associações invertidas. A cápsula criônica, o tubo, o compartimento, a cabine de pedágio, a bilheteria, o boxe de chuveiro, a guarita."

Ele disse: "Você esqueceu da latrina de fundo de quintal".

Tirou as mãos dos bolsos e ficou andando mais depressa por alguns minutos, depois parou e encostou-se na parede do outro lado do cômodo, respirando de modo exagerado, fundo, ruidosamente. Voltou para a poltrona e disse, em voz baixa:

"Vou te explicar o que é desconcertante."

"Estou ouvindo."

"O homem é quem morre primeiro. Não é o homem que deve morrer primeiro? Você não tem essa espécie de sexto sentido? É uma coisa que a gente sente por dentro. Nós morremos, elas continuam vivas. Não é essa a ordem natural?"

"Tem uma outra maneira de encarar a situação", respondi. "As mulheres morrem e deixam os homens livres pra ficar um matando o outro."

Ele pareceu gostar do comentário.

"Mulheres compreensivas. Cedendo às necessidades dos homens delas. Sempre se adaptando, se sacrificando, amando e apoiando. Madeline. Era o nome dela, não era? A sua mãe."

Aguardei, apreensivo.

"Você sabia que ela me esfaqueou uma vez? Não, você não sabia. Ela nunca te contou. Contar para quê? Ela me esfaqueou no ombro com uma faca de cortar carne. Eu estava sentado na mesa comendo a carne e ela veio pelas minhas costas e me deu uma facada no ombro. Não era uma dessas facas de restaurantes de quatro estrelas, de meter medo, mas mesmo assim doeu demais. Além disso, o sangue estragou minha camisa nova. Só isso. Mais nada. Não fui parar no pronto-socorro, fui só até o banheiro e cuidei direitinho da ferida. Também não chamei a polícia. Foi só uma discussão de família, se bem que eu já não me lembro qual o motivo da discussão. Ter que jogar fora uma camisa novinha, é isso que eu lembro. É possível que ela tenha me apunhalado porque detestava a camisa. Ou então estava se vingando da camisa me esfaqueando. O tipo de coisa que acontece num casamento. Ninguém sabe o que acontece no casamento do vizinho. Já não é fácil entender o que acontece mesmo no casamento da gente. Onde que você estava na época? Não sei, já tinha ido nanar, ou então estava na colônia de férias, ou tinha ido passear com o cachorro. A gente teve um cachorro por duas semanas, não foi? Enfim, fiz questão de jogar fora a faca, porque ela não ia nunca mais poder ser uma coisa que a gente pudesse usar, mesmo se a gente tivesse se reunido e inventado métodos de limpeza que livrassem aquela faca do sangue, dos micróbios e das lembranças. Mesmo se a família toda entrasse em acordo a respeito dos métodos mais eficientes. Eu, você e a Madeline."

Havia uma coisa nova em que até então eu não tinha reparado. Ross havia raspado a barba.

"Naquela noite nós dormimos na mesma cama, como sempre, ela e eu, e falamos muito pouco ou nem falamos, também como sempre."

O tom de voz nesse último comentário foi mais suave, um pouco tenso. Eu queria acreditar que ele havia atingido um outro nível de reminiscências, mais profundo e menos amargo, que indicasse um toque de arrependimento e perda, e talvez de reconhecimento de uma parte da culpa.

Ele voltou para a parede e começou a andar de um lado para o outro, balançando os braços cada vez mais depressa, cada vez mais alto, respirando em explosões regulares. Eu não sabia o que fazer, o que dizer, aonde ir. Aquelas quatro paredes eram dele, não minhas, e comecei a pensar na sucessão acachapante de horas, de fusos horários, o murmúrio constante da viagem de volta.

Aos catorze anos comecei a mancar. Não me incomodava o fato de que parecia uma coisa fingida. Eu praticava em casa, andar mancando de um cômodo ao outro, tentava não voltar a caminhar normalmente quando me levantava de uma cadeira ou da cama. Eu mancava entre aspas, eu não sabia direito se a ideia era me tornar visível para as outras pessoas ou só para mim mesmo.

Eu costumava olhar para uma foto antiga da minha mãe,

Madeline com um vestido plissado, aos quinze anos, e ficava triste. Mas ela não estava doente, não tinha morrido.

Quando Madeline estava no trabalho, eu atendia o telefone para ela e anotava as informações, depois fazia questão de lhe dar o recado quando ela voltava para casa. Então eu ficava esperando que minha mãe respondesse à ligação. Esperava e observava com atenção. Eu lembrava a ela, mais de uma vez, que a moça da tinturaria havia telefonado, e ela olhava para mim com certa expressão, cujo sentido era: estou olhando para você desse jeito porque não vale a pena desperdiçar palavras se você compreende esse olhar e sabe que ele quer dizer o que não precisa ser dito. Aquilo me deixava nervoso, não o olhar dela, mas o telefonema que aguardava a resposta. Por que é que ela não liga. O que é que ela está fazendo que é tão importante que ela não pode responder à ligação. O tempo está passando, o sol está se pondo, a pessoa está esperando, eu estou esperando.

Eu queria ser uma pessoa que gosta de ler e não conseguia. Eu queria mergulhar na literatura europeia. Lá estava eu, no nosso apartamento térreo com jardim, num bairro indefinido do Queens, mergulhando na literatura europeia. A palavra *mergulhar* é que era o cerne da questão. Tendo resolvido mergulhar, eu não precisava mais ler os livros. Eu tentava às vezes, fazia um esforço, mas não conseguia. A rigor, eu não havia mergulhado em coisa alguma, porém estava cheio de boas intenções, me imaginava sentado lendo um livro quando na verdade estava vendo um filme na televisão, com legendas em francês ou alemão.

Mais tarde, depois que saí de casa, eu visitava Madeline com certa frequência, e comecei a reparar que quando fazíamos uma refeição juntos ela usava guardanapos de papel, e não de pano, porque, naturalmente, era só ela, mais uma refeição solitária, ou então só ela e eu, o que dava no mesmo, só que depois de colocar o prato, o garfo e a faca ao lado do guardanapo de papel, ela evitava usar o guardanapo, mesmo sendo de papel, e o mantinha intacto, usando em vez disso um lenço de papel tirado de uma caixa a seu lado, Kleenex Ultra Soft, *ultra doux*, para limpar os lábios e os dedos, ou então ia até o rolo de toalha de papel junto à pia da cozinha e pegava um pedaço e nele limpava os lábios, em seguida dobrava o pedaço de toalha de papel de modo a ocultar a parte suja e o levava para a mesa para continuar a usá-lo, deixando o guardanapo de papel intacto.

Eu mancava por uma questão de fé, era a minha maneira de fazer musculação ou saltar obstáculos. Depois dos primeiros dias em que aquilo parecia uma coisa isolada, meu novo jeito de andar começou a me parecer natural. Na escola, os garotos normalmente debochavam ou me imitavam. Uma garota tentou me acertar com uma bola de neve, mas interpretei aquilo como um gesto lúdico e reagi de maneira adequada, agarrando a virilha e pondo a língua para fora. Eu mancava e me apegava àquilo como uma maneira circular de reconhecer a mim mesmo, passo a passo, como a pessoa que estava fazendo aquilo. Defina *pessoa*, digo a mim mesmo. Defina *humano*, defina *animal*.

Madeline ia ao teatro de vez em quando com um certo Rick Linville, que era baixo, simpático e balofo. Para mim estava claro que não se tratava de namoro. Tratava-se de conseguir um lugar ao lado do corredor. Minha mãe não gostava de se sentir espremida e fazia questão de ficar sentada ao lado do corredor. Ela não se vestia para ir ao teatro. Ia como estava, rosto, mãos, cabelo, enquanto eu tentava encontrar um nome para seu amigo que combinasse com sua altura, seu peso, sua personalidade. Rick Linville era um nome magro. Ela ouvia minhas alternativas. Começando pelo primeiro nome. Lester, Chester, Karl-Heinz. Toby, Moby. Eu lia a lista que havia feito na escola. Morton, Norton, Rory, Roland. Ela olhava para mim e escutava.

Nomes. Nomes falsos. Quando soube a verdade sobre o

nome de meu pai, eu estava de férias, recém-chegado de uma faculdade grande, no Meio-Oeste, onde todas as camisas, suéteres, jeans, shorts e saias de todos os alunos que desfilavam de um lugar para o outro costumavam se fundir nos sábados de sol, dias de futebol americano, numa faixa única de roxo e dourado vivos, quando enchíamos o estádio e ficávamos pulando nos bancos esperando que as câmaras de tevê se voltassem para nós para que então pudéssemos nos levantar e acenar e gritar, e depois de vinte minutos disso eu começava a encarar o sorriso de plástico em meus lábios como uma espécie de ferida que eu próprio havia aberto em mim.

Para mim, o guardanapo de papel intacto não era uma questão irrelevante. Era a textura invisível de uma vida, só que eu a estava vendo. Isso era o que Madeline era. E à medida que fui conhecendo quem era ela, entendendo mais e mais cada vez que a visitava, minha atenção se aprofundava. Eu interpretava demais o que eu via, é verdade, mas eu via o que via com frequência, e não havia como não pensar que esses momentos mínimos eram muito mais significativos do que pareciam ser, embora eu não soubesse com certeza o que eles me diziam, o guardanapo de papel, os talheres na gaveta do armário, o modo como ela retira a colher limpa do escorredor e faz questão de não colocá-la na gaveta do armário em cima de todas as outras do mesmo tamanho, mas debaixo das outras, a fim de manter uma cronologia, uma sequência apropriada. Colheres, garfos e facas usados mais recentemente no fundo, os próximos a serem usados por cima. Os talheres nas posições intermediárias iriam gradualmente subir à medida que os que estivessem por cima fossem utilizados, lavados, secados e colocados no fundo.

Eu queria ler Gombrowicz em polonês. Eu não sabia uma palavra de polonês. Só sabia o nome do escritor, e ficava a repeti-lo, mental ou oralmente. Witold Gombrowicz. Eu queria ler Gombrowicz no original. A expressão me agradava. Ler no original. Eu e Madeline jantando, nós dois, uma espécie de ensopado enxundioso em tigelas de granola, estou com catorze, quinze anos e repito o nome em voz baixa, Gombrowicz, Witold Gombrowicz, vendo o nome escrito em minha cabeça e o pronunciando, primeiro nome, sobrenome — impossível não se apaixonar por aquele nome — até que minha mãe levanta a vista da tigela e ordena, num cochicho gélido, *Chega*.

Ela era boa em saber que horas eram. Não usava relógio de pulso, não consultava nenhum relógio de parede. Eu às vezes a testava, sem aviso prévio, quando estávamos dando uma caminhada, eu e ela, um quarteirão depois do outro, e ela sempre acertava a hora, com uma margem de três, quatro minutos. Isso era Madeline. Ela assistia ao canal do trânsito, com boletins meteorológicos intercalados. Olhava fixo para o jornal, mas não necessariamente para as notícias. Ela via um pássaro pousar na grade da pequena sacada da sala de visita, olhava com insistência, imóvel, para o pássaro, que também olhava para a coisa para a qual estivesse olhando, parado no sol, alerta, pronto para fugir. Ela odiava aquelas etiquetas de preço fluorescentes que vêm nas caixas compradas no mercado, frascos de remédio e tubos de loção corporal, uma etiqueta grudada num pêssego, imperdoável, e eu a via enfiar a unha debaixo da etiqueta para arrancá-la, para não ter mais que vê-la, porém mais do que isso, para aderir a um princípio, e por vezes levava alguns minutos para conseguir descolar a tal etiqueta, com calma, aos pedaços, depois fazia uma bolinha com os pedaços e jogava-a na lata de lixo debaixo da pia da cozinha. Ela e o pássaro e a posição em que eu estava, olhando, um pardal, às vezes um pintassilgo, sabendo que se eu mexesse a mão, o pássaro bateria asas, e o fato de que eu sabia disso, a possibilidade de minha intercessão, isso tudo me fazia pensar se minha mãe sequer perceberia se o pássaro fosse embora, mas minha única ação era enrijecer minha postura, de modo imperceptível, e esperar que alguma coisa acontecesse.

Eu pegava o recado do amigo de minha mãe, Rick Linville, e dizia a ela que ele havia telefonado, e aí esperava que ela respondesse à ligação. O seu amigo do teatro, o Rick, eu dizia, e aí recitava o número do telefone dele, uma vez, duas, três vezes, só de pirraça, vendo minha mãe guardar as compras, metodicamente, como um médico-legista preservando restos mortais recolhidos no campo de batalha.

Madeline preparava refeições frugais para nós e só bebia vinho raramente — jamais, que eu soubesse, bebidas destiladas. Às vezes me deixava cozinhar enquanto dava uma ou outra instrução da mesa da cozinha, onde se ocupava com algum trabalho do escritório trazido para casa. Eram essas as rotinas simples que estruturavam o dia e aprofundavam a presença dela. Eu queria crer que ela era minha mãe com muito mais ênfase do que queria crer que meu pai era meu pai. Mas ele tinha ido embora, por isso não havia sentido em contrapor um ao outro.

Ela queria manter intacto o guardanapo de papel. Substituía o pano pelo papel e depois achava impossível distinguir papel de pano. Eu dizia a mim mesmo que acabaria havendo uma linhagem, um esquema de descendência direta — guardanapos de pano, guardanapos de papel, toalhas de papel, lenços de papel, papel higiênico, por fim pedaços catados no lixo de embalagens de plástico reutilizáveis sem as etiquetas de preço fosforescentes, que ela já teria retirado e amassado.

Havia um outro homem cujo nome Madeline não me dizia. Ela só o encontrava às sextas, duas vezes por mês mais ou menos, ou apenas uma, nunca quando eu estava presente, e eu imaginava um homem casado, um homem procurado pela polícia, um homem com um passado, um estrangeiro com uma capa de chuva com cinto e alças nos ombros. Isso era para disfarçar a inquietação que eu sentia. Parei de fazer perguntas sobre o homem, e aí as sextas-feiras terminaram e eu me senti melhor e voltei a fazer perguntas. Perguntei se ele usava uma capa de chuva com cinto e alças nos ombros. O nome dessa capa é impermeável, ela explicou, e na sua voz havia um toque decisivo de fim de conversa e assim resolvi acabar com o homem num desastre de monomotor ao largo da costa de Sri Lanka, antigo Ceilão, corpo jamais encontrado.

Algumas palavras pareciam situadas no ar à minha frente, ao alcance do meu braço. *Bessarábio, recôndito, pelúcido, falafel.* Eu me via nessas palavras. Eu me via no passo manco, na maneira como eu o refinava e cultivava. Mas eu parava de mancar sempre que meu pai aparecia para me levar ao Museu de História Natural. O museu era o território nativo dos maridos separados, e lá estávamos nós, pais e filhos, perambulando por entre os dinossauros e ossadas de antepassados da espécie humana.

Ela me deu um relógio de pulso, e voltando da escola para casa eu ficava conferindo o ponteiro dos minutos, encarando-o como um marco geográfico, uma espécie de dispositivo de circum-navegação que indicasse certos locais dos quais eu talvez estivesse me aproximando, em algum lugar no hemisfério Norte ou Sul, dependendo de onde estivesse o ponteiro dos minutos quando eu começava a caminhar, talvez da Cidade do Cabo à Terra do Fogo à ilha da Páscoa e depois talvez a Tonga. Eu não sabia com certeza se Tonga ficava nessa rota semicircular, mas o nome do lugar recomendava sua inclusão, juntamente com o nome do capitão Cook, que descobriu Tonga ou passou por Tonga ou voltou para a Inglaterra levando um tonganês no navio.

Quando o casamento morreu, minha mãe começou a trabalhar em tempo integral. Mesmo escritório, mesmo patrão, um advogado especializado em imóveis. Ela havia estudado português nos seus dois anos de faculdade, o que lhe veio a calhar porque a firma tinha certo número de clientes brasileiros interessados em comprar apartamentos em Manhattan, muitas vezes como investimento. Ela acabou encarregando-se dos detalhes das transações entre o advogado do vendedor, a financiadora imobiliária e a administradora. Gente comprando, vendendo, investindo. Pai, mãe, dinheiro.

Entendi anos depois que era possível exprimir com palavras as linhas de afeto. Minha mãe era a fonte amorosa, a presença confiável, um equilíbrio firme entre mim e meus pequenos delitos de autopercepção. Ela não insistia comigo para eu ser mais sociável ou dedicar mais tempo a meus deveres de casa. Ela não me proibia de assistir ao canal de sexo. Ela dizia que já era tempo de eu voltar a andar normalmente. Que mancar era uma perversão cruel de um defeito verdadeiro. Que aquele crescente mais claro junto à raiz da unha se chama lúnula. Que aquele sulco entre o nariz e o lábio superior se chama depressão infranasal. Na antiquíssima arte chinesa de ler rostos, a depressão infranasal representa não sei quê. Ela não lembrava exatamente o que era.

Resolvi que o homem com quem ela se encontrava nas sextas era provavelmente brasileiro. Ele me interessava mais do que Rick Linville, que tinha nome e forma, mas sempre havia o tema implícito de como acabavam as noites de sexta, o que eles diziam e faziam juntos, em inglês e em português, que para mim era importante manter sem nome e sem forma, e havia também o silêncio dela a respeito do homem em si, que talvez nem fosse um homem. Era a outra coisa com que eu tinha que me deparar. Talvez nem fosse um homem. Coisas que vêm à mente, saídas do nada ou de tudo, quem sabe, o que é que tem, e daí. Eu dava uma volta no quarteirão e ficava vendo os cidadãos de terceira idade jogando tênis na quadra de asfalto.

Então vieram o dia e o ano em que olhei de relance para uma revista num jornaleiro em algum aeroporto, e lá estava Ross

Lockhart na capa da *Newsweek*, juntamente com duas outras divindades das finanças internacionais. Ele usava um terno de risca de giz e um penteado novo, e liguei para Madeline para falar a ela sobre as costeletas de *serial killer* de Ross. A vizinha dela atendeu o telefone, a mulher da bengala de metal, a bengala quadrúpede, e ela me disse que minha mãe tinha sofrido um derrame, que eu precisava voltar para casa imediatamente.

Na memória, os atores estão petrificados em suas posições, uma coisa nada realista. Eu numa cadeira com um livro ou revista, minha mãe vendo tevê com o som desligado.

Momentos corriqueiros compõem uma vida. É isso que ela achava confiável, e foi isso que aprendi, aos poucos, com base naqueles anos que vivemos juntos. Nenhum salto, nenhuma queda. Eu inalo os pequenos detalhes do passado, feito chuva fina, e sei quem sou. O que eu não sabia antes agora está mais claro, filtrado pelo tempo, uma experiência que não pertence a mais ninguém, nem de longe, ninguém, jamais. Vejo Madeline usando o rolador para remover fiapos do tecido de seu casaco. Defina *casaco*, digo a mim mesmo. Defina *tempo*, defina *espaço*.

“Você raspou a barba. Levei uns minutos pra perceber. Eu estava começando a me acostumar com a barba.”

“Tenho pensado umas coisas.”

“Vamos lá.”

“Coisas que eu venho ruminando há algum tempo”, disse ele. “Depois tudo ficou claro. Compreendi que tem um negócio que eu preciso fazer. É a única resposta.”

“Vamos lá.”

Ross na poltrona, Jeff no banco acolchoado, dois homens tensos conversando, e Artis no quarto esperando a morte.

Ele disse: “Eu vou com ela”.

Será que entendi na mesma hora o que ele queria dizer, lendo o sentido em seu rosto, e então fingi estar confuso?

"Você vai com ela."

Precisei repetir as palavras. *Ir com ela*. Em algum nível eu compreendia que meu papel era pensar e falar de modo convencional.

"Você diz que vai estar com ela quando ela for levada lá pra baixo pra eles fazerem o que têm que fazer. Você quer monitorar os procedimentos."

"Vou com ela, acompanhar, compartilhar com ela, ao lado dela."

Houve uma longa espera até que um de nós voltasse a falar. O simples fato dessas palavras, a força imensa se acumulando atrás delas, me virando do avesso.

"Eu sei o que você está dizendo. Mas as perguntas que eu devia perguntar, não sei, não estão saindo."

"Estou pensando nisso há algum tempo."

"Você já disse isso."

"Não quero levar a vida que vou ter que levar sem ela."

"Não é assim que todo mundo se sente quando uma pessoa próxima, muito íntima, está morrendo?"

"Eu só posso ser o homem que eu sou."

Isso foi bonito, com um toque de impotência.

Mais um silêncio prolongado, Ross com um olhar perdido no espaço. Ele vai com ela. Uma negação de tudo que ele já disse e fez. Que transformava numa história em quadrinhos a vida dele, ou a minha. Seria aquilo uma tentativa de redenção, uma espécie de salvação espiritual depois de todas as aquisições, toda a riqueza que ele havia administrado para os outros e acumulado ele mesmo, o mestre das estratégias de mercado, o dono de coleções de arte e ilhas remotas e jatos supermédios. Ou estaria ele tendo um breve surto de loucura com consequências a longo prazo?

Ou então o quê?

Poderia ser simplesmente amor? Todas essas palavras incondicionais. Será que ele fazia jus a elas, um homem com nome falso, marido pela metade, pai ausente. Eu ordenei a mim mesmo que parasse com aquela explosão, aquela espiral de ressentimento interior. Um homem com os recursos que ele tinha optando por se transformar num espécime congelado numa cápsula armazenada num depósito vinte anos antes da hora natural.

"Não era você que vivia me dizendo que a vida é muito curta? As nossas vidas medidas em segundos. E agora você vai encurtar a sua vida mais ainda, por opção."

"Vou terminar uma versão da minha vida pra entrar em outra, muito mais permanente."

"Na versão atual, você faz check-up regularmente, imagino. Claro que faz. E o que é o que os médicos dizem? É só um médico, um sujeitinho manco com mau hálito? Ele por acaso te disse que tem alguma coisa potencialmente grave acontecendo no seu organismo?"

Ross despachou a ideia com um gesto.

"Ele pediu exames, depois mais exames. Pulmões, cérebro, pâncreas."

Ross olhou para mim e disse: "Um morre, o outro tem que morrer. Acontece, não é?".

"Você é um homem saudável."

"Sou."

"E mesmo assim vai com ela."

"Vou."

Eu não havia parado de procurar motivações vis.

"Me diga uma coisa. Você cometeu algum crime?"

"Crime."

"Uma fraude gigantesca. Essas coisas acontecem o tempo todo no tipo de trabalho que você faz, não é? Os investidores são roubados. Ou então o quê? Quantias enormes são transferidas de modo ilegal. Ou então o quê? Não sei. Mas isso seria uma razão, uma boa razão, pra um homem desaparecer."

"Para de dizer essas idiotices, porra."

"Vou parar, sim. Mas só mais uma idiotice. A pessoa não tem que morrer *antes* de ser congelada?"

"Tem uma unidade especial. Zero K. É para pessoas dispostas a fazer um certo tipo de transição pro próximo nível."

"Em outras palavras, eles ajudam você a morrer. Mas neste caso, no seu caso, o indivíduo em questão está muito longe de morrer."

"Um morre, o outro tem que morrer."

Novamente, silêncio.

"Estou tendo uma experiência completamente irreal. Estou olhando pra você e tentando entender que você é meu pai. É isso mesmo? O homem pra quem eu estou olhando é meu pai."

"Isso é irreal pra você."

"O homem que está me dizendo essas coisas é meu pai. É isso mesmo? E ele diz que vai com ela. 'Eu vou com ela.' É isso mesmo?"

"Seu pai, sim. E você é meu filho."

"Não, não. Não estou preparado pra isso. Você está indo rápido demais pra mim. Estou me esforçando pra reconhecer o fato de que você é meu pai. Não estou preparado pra ser seu filho."

"Talvez você precise pensar sobre isso."

"Me dá um tempo. Com o tempo pode ser que eu consiga pensar sobre isso."

Eu tinha a sensação de estar fora de mim mesmo, consciente do que eu estava dizendo, mas menos dizendo do que apenas ouvindo o que era dito.

"Pro seu próprio bem", disse ele, "escuta o que eu tenho a dizer."

"Acho que você sofreu uma lavagem cerebral. Você é uma vítima deste ambiente. Você entrou pra uma seita. Você não vê isso? Fanatismo puro e simples. Uma pergunta. Cadê o líder carismático?"

"Eu tomei medidas pensando em você."

"Você não vê como isso me diminui?"

"Seu futuro está garantido. Você opta por aceitar ou rejeitar. Você vai embora amanhã sabendo disso. Um carro vem te pegar ao meio-dia. O voo já está acertado."

"Estou envergonhado, totalmente diminuído."

"No meio da viagem um colega meu vai encontrar com você, vai lhe passar todos os detalhes, todos os documentos que você pode vir a precisar, um arquivo seguro, pra te ajudar a decidir o que você quer a partir de hoje."

"A opção é minha."

"Aceitar, rejeitar."

Tentei rir.

"Tem um prazo final?"

"Todo o tempo que você precisar. Semanas, meses, anos."

Ele continuava olhando para mim. Era esse o homem que estava andando descalço, de uma parede a outra, balançando os braços, dez minutos atrás. Agora fazia sentido. O prisioneiro andando de um lado ao outro da cela, pensando seus últimos pensamentos, voltando atrás, se perguntando se haveria banheiro na unidade especial.

"E a Artis está sabendo disso há quanto tempo?"

"Há tanto tempo quanto eu. Assim que eu tive certeza, falei com ela."

"E o que foi que ela disse?"

"Tenta entender que eu e ela temos uma vida em comum. A decisão que eu tomei só faz aprofundar esse vínculo. Ela não disse nada. Só fez olhar pra mim de uma maneira que eu nunca ia conseguir exprimir em palavras. Nós queremos ficar juntos."

Eu não tinha nada a dizer em resposta a essa afirmação. Também não consegui pensar em outras questões, menos um detalhe.

"As autoridades daqui. Elas vão fazer a sua vontade."

"A gente não precisa entrar nisso."

"Vão fazer a sua vontade. Porque é você. Uma simples injeção, um crime grave."

"Deixe isso pra lá", ele disse.

"E em troca disso, o quê? Você preparou testamentos e fundos que lhes concedem alguns recursos e ativos muito além do que você já deu a eles."

"Terminou?"

"Será assassinato puro e simples? Uma forma de auxílio a suicídio horrivelmente prematuro? Ou será um crime metafísico que precisa ser analisado por filósofos?"

Disse ele: "Chega".

"Morrer por um tempo, depois viver pra sempre."

Eu não sabia mais o que dizer, o que fazer, aonde ir. Três, quatro, cinco dias, sei lá quanto tempo que eu havia passado ali — tempo comprimido, tempo compactado, tempo engatado, sem dias, sem noites, muitas portas, janela nenhuma. Eu entendia, é claro, que aquele lugar ficava no distante limiar do plausível. Ele mesmo o dissera. Ninguém seria capaz de inventar isso aqui, era o que ele tinha dito. Era essa a questão, a questão para eles, em três dimensões. Literalmente, um marco de implausibilidade.

"Preciso olhar por uma janela. Preciso saber que existe alguma coisa lá fora, além dessas portas e paredes."

"Tem uma janela no quarto extra anexo ao quarto."

Retruquei: "Não vem ao caso", e permaneci sentado no banco.

Eu havia falado em janela porque imaginava que não houvesse janela nenhuma. Talvez eu quisesse mais uma coisa a atuar contra mim. Pobre do homem preso numa armadilha.

"Você pensava que sabia quem era o seu pai. Não foi isso que você quis dizer quando disse que se sentia reduzido por essa decisão?"

"Não sei o que eu quis dizer."

Ele afirmou que eu ainda não havia feito nada. Não tinha vivido ainda. Você só faz passar o tempo, disse ele. Mencionou minha firme indecisão, de semana a semana, ano a ano. Queria saber se essa condição tinha sido ameaçada pelo que ele acabava de me contar. De um emprego a outro, uma cidade a outra.

"Você está superestimando a sua influência", retruquei.

Ele estava me encarando diretamente.

A anticarreira, disse ele. A não carreira. Isso vai ter que mudar agora? Ele a chamava de minha seita pessoal de ausência de compromisso.

Ele estava ficando mais irritado. O que ele dizia não importava. As palavras em si, o crescendo de sua voz, era o que dava forma à situação.

"As mulheres que você já conheceu. Você se interessa por elas de acordo com as condições que você anota no seu smartphone? Não vai durar, não tem como durar, nunca vai durar."

Ela cravou uma faca nele. Minha mãe cravou uma faca de cortar carne neste homem.

Minha vez, agora.

"Então você vai com ela. Você está transformando a Artis numa miragem", disse eu. "Você está entrando num efeito de luz distorcida."

Ele parecia prestes a dar o bote.

Disse eu, em voz baixa: "Você vai poder tomar decisões executivas congelado? Examinar as relações entre crescimento econômico e retorno sobre o capital? Solidificar a clientela? A China continua a crescer mais que a Índia?".

Ele me acertou, bateu com a base do polegar no meu peito,

e doeu. Me desequilibrei, e o banco estremeceu sob meu corpo. Levantei-me, atravessei o cômodo e fui até o quarto extra, e lá andei diretamente até a janela. Parei e olhei. Uma terra austera, pele e osso, serras distantes cuja altitude eu não podia estimar por falta de referencial. Céu pálido e vazio, dia morrendo no oeste, se era mesmo o oeste, se era mesmo o céu.

Fui andando para trás aos poucos, vendo a vista se reduzir dentro dos limites da janela. Então olhei para a janela em si, alta e estreita, com um arco em cima. Uma janela ogival, pensei, evocando o termo, e isso me fez voltar a pensar em mim mesmo, voltar a uma perspectiva diminuída, uma coisa inabalável, uma palavra com sentido.

A cama estava desfeita, havia roupas espalhadas, e compreendi que era ali que meu pai dormia e voltaria a dormir, mais uma noite, aquela noite, só que não ia dormir. Artis estava no quarto ao lado, entrei lá e parei e depois me aproximei da cama. Não disse nada, simplesmente me curvei. Então esperei que ela me reconhecesse.

Ela mexeu os lábios, duas palavras não ditas.

Venha conosco.

Era uma brincadeira, uma última brincadeira amorosa, mas em seu rosto não havia nenhum sinal de sorriso.

Ross estava de novo andando de uma parede à outra, mais devagar agora. Estava de óculos escuros, e portanto se tornara invisível, ao menos para mim. Saí pela porta afora. Ele não me disse para estar ali, naquele quarto, de manhã cedo, assim que o dia nascesse.

Amor por uma mulher, sim. Porém lembrei o que os gêmeos Stenmark tinham dito na sala de pedra, falando diretamente para os benfeitores ricos. Dê o salto, eles disseram. Viva o mito de imortalidade, o mito dos bilionários. E por que não agora, pensei. Que mais havia que Ross ainda não tivesse comprado? Dê aos futuristas o preço que eles cobram, em sangue, que eles lhe darão a vida eterna.

A cápsula seria o santuário de Ross, seu último privilégio.

9

Bati na porta e esperei. Fui à porta ao lado e bati e esperei. Depois fui descendo o corredor batendo em todas as portas sem esperar. Ocorreu-me já ter feito a mesma coisa dois ou três dias antes, ou talvez dois ou três anos antes. Eu caminhava e batia na porta e olhava para trás de vez em quando para ver se alguma das portas havia se aberto. Imaginei um telefone tocando numa escrivaninha atrás de uma daquelas portas, com o volume da campainha bem baixo. Bati na porta e tentei pegar a maçaneta, me dando conta de que não havia maçaneta. Procurei por alguma fenda na porta onde eu pudesse encaixar o disco da minha pulseira. Segui pelo corredor, virei a esquina e verifiquei cada porta, primeiro batendo e depois procurando algum componente magnético. As portas eram pintadas de vários tons pastel. Encostei-me na parede em frente às portas, uma parede cega, e corri os olhos por todas as portas que eu via dali, dez ou onze, e percebi que não havia duas que fossem idênticas. Aquilo era uma forma de arte que pertence ao mundo do além. Uma arte que acompanha as coisas derradeiras, simples, onírica e delirante. Você morreu, era o que ela dizia. Segui pelo corredor e virei a esquina e bati na primeira porta.

No meu quarto, tentei pensar na situação. Não era possível que Ross fosse o único ali que estava preparado para entrar na câmara muito antes de seu organismo pifar. Essas pessoas estariam loucas ou fariam parte da vanguarda de uma nova consciência? Deitei-me na cama e olhei para o teto. Aquela conversa entre pai e filho deveria ter sido mais serena, considerando-se a natureza da revelação feita. Na manhã seguinte eu conversaria com Ross e ficaria a seu lado quando ele e Artis fossem levados para os níveis inferiores.

Dormi um pouco e depois fui à unidade de alimentação. Vazia, sem cheiros, sem Monge, sem comida na fenda, tarde demais para o almoço, cedo demais para o jantar, mas será que eles seguem essas convenções aqui?

Eu não queria voltar para meu quarto. Cama, cadeira, parede etc. etc. etc.

Venha conosco, ela disse.

Na tela havia fogo ardendo em vários lugares, e uma frota de aviões de combate a incêndios despejava uma névoa espessa de substâncias químicas sobre as copas das árvores em chamas.

Então uma figura solitária surgiu caminhando pelas ruas vazias de uma cidade onde as casas haviam implodido por efeito do calor e das chamas, e os enfeites dos gramados estavam reduzidos a escombros.

Então uma imagem de satélite de linhas paralelas de fumaça branca serpenteando por uma paisagem cinzenta.

Em outros lugares, agora, pessoas com máscaras, centenas delas se deslocando no nível da câmara, caminhando ou sendo carregadas, e aquilo era uma doença, um vírus, longas fileiras de homens e mulheres se deslocando lentamente, e seria alguma coisa transmitida por insetos ou animais nocivos e levada pela poeira, indivíduos de olhar morto, milhares agora, andando num passo atônito com algo de eterno.

Então uma mulher sentada no teto do carro, cabeça entre as mãos, chamas — o incêndio outra vez — descendo uma encosta à distância média.

Então fogo se espalhando pelo capim na planície e uma manada de bisões, silhuetas contra o brilho das chamas, galopando paralelamente a uma cerca de arame farpado, saindo do enquadramento.

Então corte rápido para imensas ondas oceânicas se aproximando e depois água ultrapassando quebra-mares e imagens se fundindo umas nas outras, muito bem montadas mas difícil de entender, torres balançando, uma ponte desabando, um close-up incrível de cinzas e lava brotando de uma fissura na crosta terrestre, e eu queria que durasse mais, a coisa estava bem ali, pouco acima de mim, lava, magma, pedra derretida, mas segundos depois aparecia o leito seco de um lago com um único tronco de árvore recurvado, depois de novo o fogo se espalhando pela floresta e pelo campo aberto e chegando à cidade e às estradas.

Então cenas filmadas à distância de encostas cobertas de mata sendo engolidas por ondas de fumaça e uma equipe de bombeiros com capacetes e mochilas subindo uma trilha na serra até sumir, ressurgindo numa floresta de pinheiros partidos e terra nua cor de bronze.

Então um close, a tela quase explodindo com chamas que saltam por cima de um riacho e parecem pular para dentro da câmara e sair no corredor onde estou assistindo.

Caminhei a esmo por um tempo, vendo uma mulher abrir

uma porta e entrar no espaço que lá havia, fosse qual fosse. Segui uma equipe de trabalho por cinquenta metros, e em seguida entrei num desvio, um corredor que se tornava uma longa rampa descendente que terminava numa porta com maçaneta. Hesitei, a cabeça vazia, e em seguida girei a maçaneta e abri a porta e entrei num espaço de terra, ar e céu.

Me vi num jardim murado, árvores, arbustos, flores. Fiquei parado olhando. O calor estava menos intenso do que no dia em que eu havia chegado. Era disso que eu estava precisando, sair daqueles cômodos, corredores, unidades — um lugar externo onde eu pudesse pensar com calma no que haveria de ver e ouvir e sentir na cena que se anunciava, ao romper da manhã, quando Artis e Ross fossem levados lá para baixo. Andei por meio minuto num caminho de pedra tortuoso e só então me dei conta, pasmo, de que aquilo não era um oásis num deserto, e sim um típico jardim inglês, com sebes bem aparadas, árvores para dar sombra, rosas silvestres subindo uma treliça. Então algo mais estranho ainda, cascas de árvores, folhas de relva, flores de toda espécie — tudo parecia recoberto ou esmaltado, com um brilho discreto. Nada daquilo era natural e nada era agitado pela brisa que percorria o jardim.

As árvores e plantas tinham placas, e li alguns dos nomes latinos, o que teve o efeito de aprofundar ainda mais o mistério ou paradoxo ou truque, fosse o que fosse. Eram os gêmeos Stenmark, era isso. *Carpinus betulus fastigiata*, uma árvore piramidal, folhas verdes, tronco estreito que se oferecia limpo e liso ao tato, uma espécie de plástico ou fibra de vidro, qualidade de museu, e eu consultava as placas, não conseguia parar de fazer isso, fragmentos de latim se entrechocando e imiscuindo, *Helianthus decapetalus*, folhas afiladas na ponta, um remoinho de pétalas de um amarelo vivo, então um banco à sombra de um carvalho alto e um vulto imóvel sentado nele, aparentemente humano, com uma camisa cinzenta larga, calças cinzentas e um solidéu prateado. Ele virou-se para mim e acenou com a cabeça, um gesto de consentimento, e me aproximei devagar. Era um homem de idade avançada, magro, com uma pele escura amanteigada, rosto fino e mãos delgadas, tendões no pescoço que eram como cabos de uma ponte pênsil.

"Você é o filho", disse ele.

"Acho que sou, sim."

"Não sei como você conseguiu burlar as barreiras e chegar aqui."

"Parece que meu disco está com defeito. O enfeite no meu pulso."

"Magicamente", disse ele. "E hoje temos uma brisa. O que também é mágico."

Convidou-me a sentar ao seu lado no banco, que parecia um banco de igreja encurtado. Seu nome era Ben-Ezra, e ele gostava de ir até ali, disse ele, para pensar sobre o dia, num futuro distante, em que ele voltaria ao jardim e se sentaria no mesmo banco, renascido, para pensar no tempo em que ele costumava ficar sentado aqui, normalmente sozinho, imaginando aquele exato momento.

"Mesmas árvores, mesma hera."

"É o que eu espero", disse ele.

"Ou então uma coisa completamente diferente."

"O que está agora é que é completamente diferente. Isto aqui é a pós-vida lunar do planeta. Materiais artificiais, um jardim de sobrevivência. Tem uma ligação especial com uma vida que não está mais em trânsito."

"Mas este jardim não tem também um sentido de pastiche? Ou será uma espécie de nostalgia?"

"Você é muito novo aqui, ainda não conseguiu se livrar das convenções que vieram com você."

"E o Ross? E ele?"

"O Ross rapidamente adquiriu uma compreensão bem firme."

"E agora estou aqui, enfrentando a morte de uma mulher que eu admiro e a morte absurdamente prematura do homem que ela ama, que por acaso é o meu pai. E o que é que estou fazendo? Estou sentado num banco num jardim inglês no meio de um deserto inóspito."

"Nós não o incentivamos a tomar essa decisão."

"Mas vão deixar que ele faça o que quer fazer. Vão deixar que a sua equipe entre em ação."

"As pessoas que passam um tempo aqui acabam descobrindo quem elas são. Não através de conversas com outras pessoas, mas da autoanálise, autorrevelação. Uma extensão de terra perdida, uma sensação de vazio avassaladora. Esses cômodos, esses corredores, um silêncio, um estado de espera. Todos nós aqui estamos esperando que uma coisa aconteça, não é? Alguma coisa num outro lugar que vai definir melhor o nosso objetivo aqui. E uma coisa muito mais íntima, também. Esperando a hora de entrar na câmara, a hora de descobrir o que vamos encontrar lá. Uns poucos dos que estão esperando se encontram razoavelmente saudáveis, sim, muito poucos, mas eles optaram por abrir mão do que resta da sua vida atual para descobrir um nível radical de autorrenovação."

"Ross sempre foi extraordinário em matéria de expectativa de vida", disse eu. "Então, aqui, agora, de uns três ou quatro dias para cá, estou vendo esse homem se desintegrar."

"Um outro estado de espera. Esperando para tomar a decisão final. Ele tem o resto do dia de hoje e uma longa noite insone pra pensar a questão mais a fundo. E se ele precisar de mais tempo, vai ter mais tempo."

"Mas nos termos humanos mais simples, o homem não acredita que consiga viver sem a mulher."

"Então cabe a você dizer a ele que o que lhe resta vale uma mudança de ideia e de sentimento."

"O que é que resta? Estratégias de investimento?"

"Resta o filho."

"Isso não vai funcionar", retruquei.

"O filho e o que ele é capaz de fazer pra manter o pai intacto nesse mundo cruel."

A voz dele tinha um leve balanço musical que ele acompanhava com um movimento rítmico dos dedos indicador e médio. Assumi o impulso de adivinhar a origem do homem, ou inventá-la. O nome Ben-Ezra era ele próprio inventado, foi o que decidi. O nome combinava com o homem, sugerindo uma combinação de temas bíblicos e futuristas, e estávamos nós dois sentados no seu jardim pós-apocalíptico. Lamentei que ele tivesse me dito seu nome, que tivesse se dado um nome antes que eu pudesse fazê-lo por ele.

O homem não havia encerrado o tema pais e filhos.

"Dê a seu pai a dignidade de sua escolha. Esqueça o dinheiro dele. A vida que ele leva está além dos limites da sua experiência. Dê a ele o direito de sofrer a dor dele."

"A dor dele, sim. Agora, a escolha dele, não. Também não o fato de que isso é permitido aqui, faz parte do programa."

"Aqui e em outros lugares, no futuro, uma coisa até comum."

Ficamos calados por algum tempo. O homem usava chinelos escuros com pequenas marcas brilhantes em cima. Comecei a fazer perguntas sobre a Convergência. Ele não deu respostas diretas, porém observou que a comunidade ainda estava crescendo, cargos a serem preenchidos, projetos de construção por começar, no subsolo. Mas a pista de pouso ia continuar simples, sem expansão nem modernização.

Disse ele: "O isolamento não é um problema pra quem entende que o isolamento é o objetivo".

Tentei imaginá-lo em um contexto cotidiano, no banco de trás de um carro seguindo lentamente por ruas apinhadas, ou à cabeceira de uma mesa na sala de jantar de sua casa, no alto de um morro distante das ruas apinhadas, mas não havia convicção nessa ideia. Eu só conseguia vê-lo ali, naquele banco, cercado por um vazio imenso além dos muros do jardim. Ele era um nativo dali. O isolamento era o objetivo.

"Nós sabemos que a ideia de prolongamento da vida vai gerar métodos de aperfeiçoar o congelamento de corpos humanos. Desfazendo o processo de envelhecimento, revertendo a bioquímica das doenças progressivas. Nós realmente acreditamos que vamos estar na vanguarda de qualquer inovação genuína. Nossos centros de pesquisa na Europa estão examinando estratégias novas. Ideias que podem ser adaptadas ao nosso formato. Estamos avançando à frente de nós mesmos. É aí que queremos estar."

Um homem assim teria família? Será que ele escovava os dentes, consultava o dentista quando sentia dor de dentes? Será que eu conseguia ao menos tentar imaginar a vida dele? A vida de outra pessoa. Nem mesmo por um minuto. Até mesmo um minuto é inimaginável. Físico, mental, espiritual. Nem sequer um mísero segundo. Há coisas demais assumidas naquele corpo compacto.

Eu disse a mim mesmo que precisava me acalmar.

Ele disse: "Nós somos muito frágeis. Não é? Todo mundo em todo lugar neste mundo".

Ouvi-o falar sobre centenas de milhões de pessoas e bilhões no futuro lutando para encontrar algo para comer, não uma ou duas vezes por dia, mas o dia inteiro, todos os dias. Ele falou detalhadamente sobre sistemas alimentares, sistemas meteorológicos, a perda das florestas, o aumento das secas, a enorme mortandade de aves e formas de vida marítima, os níveis de dióxido de carbono, a falta de água potável, as ondas de vírus que se estendem por extensas regiões.

Esses elementos da desgraça do planeta eram um componente natural do pensamento dominante ali, mas na sua fala não havia nenhum sinal de repetição mecânica. Ele sabia do que estava falando, tinha estudado os assuntos, vivenciado alguns aspectos deles, sonhado com eles. E falava num tom de voz baixo com uma eloquência que era impossível não admirar.

E havia também a guerra biológica com suas formas diferentes de extinção em massa. Toxinas, agentes, entidades que se replicavam. E refugiados por toda parte, vítimas da guerra em grandes números, vivendo em acampamentos improvisados, sem poder voltar a suas aldeias devastadas, morrendo no mar quando os barcos em que fogem naufragam.

Ele estava olhando para mim, tentando descobrir alguma coisa.

"Você não vê e sente essas coisas mais intensamente do que antes? Os perigos e os sinais de alerta? Alguma coisa se acumulando, por mais que você se sinta seguro dentro dessa tecnologia que cerca você. Todos os comandos de voz e hiperconexões que lhe permitem sair do seu corpo."

Eu disse a ele que o que estava se acumulando podia muito bem ser uma espécie de pandemia psicológica. A percepção assustada que tende a refletir um desejo. Alguma coisa que as pessoas querem e necessitam de tempos em tempos, puramente atmosférica.

Gostei do que disse. Puramente atmosférica.

Ele me dirigiu um olhar ainda mais penetrante, ou por achar o comentário idiota demais para merecer resposta ou por interpretar minha frase como um gesto em direção às convenções sociais, obrigatório naquelas circunstâncias.

"Atmosférica, sim. Uma hora está tudo calmo. De repente acende-se uma luz no céu, vêm um estrondo profundo e uma onda de choque — e então uma cidade russa entra numa realidade comprimida que seria estonteante se não fosse tão abruptamente real. É o golpe da natureza, que se impõe a todos os nossos esforços, nossa capacidade de previsão, todos os recursos engenhosos que usamos para nos proteger. O meteoro. Tcheliábinsk."

Ele sorriu para mim.

"Diga o nome. Vamos lá. Tcheliábinsk", disse ele. "Não muito longe daqui. Bem perto, aliás, se dá para dizer que algum lugar é perto aqui, nessa parte do mundo. As pessoas correm de um lado pro outro catando documentos valiosos. Se preparam pra procurar um lugar seguro. Põem os cachorros e os gatos em transportadores."

Parou e pensou.

"Aqui a gente inverte o texto, lê as notícias de trás pra frente. Da morte pra vida", disse ele. "Nossos dispositivos entram no corpo de modo dinâmico e se tornam peças refeitas e caminhos de que precisamos pra voltar à vida."

"É no deserto que os milagres acontecem? Então estamos aqui pra repetir as crenças e superstições de antigamente?"

Ele achou graça da minha atitude obstinada.

"Uma reação antiquada a ideias que visam enfrentar um futuro de destruição. Tente compreender. Isso tudo está acontecendo no futuro. Este futuro, este instante. Se você não consegue absorver esta ideia, melhor voltar pra casa."

Eu me perguntava se Ross havia pedido àquele homem para falar comigo, me abrir a mente, com autoridade, me tranquilizar. Será que eu estava interessado em ouvir o que ele tinha a dizer? Dei por mim pensando na noite terrível e na manhã que eu tinha pela frente.

"Aqui nós partilhamos um sentimento, uma percepção. Nós nos consideramos transracionais. O lugar em si, toda essa estrutura, a ciência que derruba tudo em que se acreditava antes. Estamos testando a viabilidade humana."

Nesse momento fez uma pausa para tirar o lenço do bolso da calça e assoar o nariz, de modo incondicional, com alguns movimentos adicionais de dedos, o que fez que eu me sentisse melhor. A vida real, as funções do organismo. Esperei que ele terminasse o que estava dizendo.

"Nós que estamos aqui, este é o único lugar pra nós. Nós pulamos fora da história. Abandonamos as pessoas que éramos antes e os lugares onde estávamos pra ficar aqui."

Ele examinou o lenço e o dobrou com cuidado. Levou algum tempo para enfiar o pequeno quadrado no bolso.

"E que espécie de lugar é este?", disse ele. "Reservas virgens de minerais raros, o trovão incessante dos petrodólares e dos Estados repressivos e das violações dos direitos humanos e dos funcionários corruptos. Contato mínimo. Desligamento. Desinfestação."

Eu queria interpretar as marcas que havia nos chinelos do homem. Talvez elas fornecessem uma pista de sua linhagem cultural. Não encontrei nada, sentindo que a brisa ficava mais forte e ouvindo a voz mais uma vez.

"Este lugar é estável. Não estamos numa região sujeita a terremotos nem mesmo tremores menores, mas a construção tem contramedidas sísmicas em todos os detalhes, bem como todos os dispositivos de segurança concebíveis contra panes do sistema. A Artis vai estar protegida, e também o Ross, se ele resolver ir com ela. O lugar é estável, nós somos estáveis."

Ben-Ezra. Eu precisava pensar no nome verdadeiro do homem, seu nome de batismo. Precisava de uma forma de autodefesa, uma maneira de penetrar insidiosamente na vida dele. Queria lhe dar uma bengala para completar a imagem, um cajado de caminhante, madeira de bordo, um homem num banco, ambas as mãos pousadas no castão curvo, bengala perpendicular ao chão, extremidade grossa entre os pés dele.

"Os que um dia emergirem das cápsulas serão seres humanos a-históricos. Livres das assistolias do passado, o minuto e a hora atenuados."

"E vão falar uma língua nova, segundo Ross."

"Uma língua isolada, sem nenhum parentesco com as outras", disse ele. "Que será ensinada a alguns, implantada em outros, os que já estão em criopreservação."

Um sistema que oferecerá novos significados, níveis de percepção totalmente novos.

Que expandirá nossa realidade, aprofundará o alcance de nosso intelecto.

Que nos refará a todos, disse ele.

Nós nos conheceremos como nunca antes, sangue, cérebro e pele.

Vamos nos aproximar da lógica e da beleza da matemática pura na fala comum.

Nada de símiles, metáforas, analogias.

Uma língua que não recuará diante de quaisquer formas de verdade objetiva já experimentadas.

Ele falava, eu escutava, o tema de uma magnitude crescente.

O universo, o que ele foi, o que ele é, para onde ele vai.

O universo que se expande, acelera, evolui infinitamente, tão cheio de vida, de mundos dentro de mundos imensos, disse ele.

O universo, o multiverso, tantas infinidades cósmicas que a ideia de iterabilidade se torna inevitável.

A ideia de dois indivíduos sentados num banco num jardim num deserto tendo a conversa que nós estamos tendo, eu e você, palavra por palavra, só que com indivíduos diferentes, num jardim diferente, a milhões de anos-luz daqui — trata-se de um fato inevitável.

O que estava acontecendo era um velho se empolgando com suas próprias palavras ou um homem mais jovem tentando resistir a ironias sutis e relevantes?

Fosse o que fosse, comecei a encará-lo como um sábio biruta.

"É uma coisa humana, querer saber mais, e depois mais, e depois mais", disse eu. "Mas também é verdade que o que não sabemos é o que nos torna humanos. E o não saber é infinito."

"Continue."

"E também é infinito o não viver pra sempre."

"Continue", disse ele.

"Se alguém ou algo não teve início, então posso acreditar que ele ou ela não tem fim. Mas se você foi parido, foi chocado ou brotou do chão, então os seus dias já estão contados."

Ele pensou por um momento.

"'A pedra mais pesada que a melancolia é capaz de atirar no homem é dizer-lhe que ele está no final de sua natureza, ou que não há nenhum estado futuro por vir.'"

Esperei.

"Século XVII", disse ele. "Sir Thomas Browne."

Esperei mais um pouco. Mas era só isso. Século XVII. Ele deixou que eu calculasse nosso progresso desde então.

Agora a brisa era vento de verdade, o jardim permanecia imóvel, a fixidez sinistra das flores, da grama e das folhas resistindo ao perceptível movimento do ar. Mas não se trata de uma cena insossamente estática. Há tons e cores, brilhos por toda parte, sol começando a se pôr, árvores iluminadas nos estertores do dia.

"Você está sentado sozinho num quarto silencioso na sua casa e aguça os ouvidos. O que é que você ouve? Não o trânsito na rua, nem vozes nem chuva nem o rádio do vizinho", disse ele. "Você ouve alguma coisa, mas o quê? Não é o tom do cômodo, nem o nível de ruído do ambiente. É uma coisa que pode mudar à medida que a sua escuta se aprofunda, a cada segundo, e o som fica cada vez mais alto — não mais alto, mas de algum modo mais largo, prolongando-se, circundando-se. O que é? A mente, a vida em si, a sua vida? Ou será o mundo, não a massa material, terra e mar, mas o que habita no mundo, a inundação da existência humana. O zumbido do mundo. Você, alguma vez, já ouviu?"

Eu não conseguia encontrar um nome para ele. Não conseguia imaginá-lo como um homem mais jovem. Ele nasceu velho. Viveu a vida inteira naquele banco. Faz parte do banco permanentemente, Ben-Ezra, chinelos, quipá, longos dedos de aranha, corpo em repouso num jardim de fibra de vidro.

Deixei-o lá e comecei a buscar a saída por entre os canteiros, agora por um caminho de terra, entrando numa parte do jardim do outro lado de um portão onde eram mais abundantes as árvores falsas. Então uma coisa me fez parar de repente, um vulto em pé na penumbra, quase inseparável das árvores, rosto e corpo escuros, queimados, braços cruzados sobre o peito, punhos cerrados, e mesmo quando me dei conta de que estava olhando para um manequim, continuei imobilizado, tão fixo ao chão quanto o próprio vulto.

Ele me dava medo, uma coisa sem rosto, nua, sem sexo, não mais um boneco a ser vestido, mas uma sentinela, numa postura ameaçadora. Era diferente do manequim que eu tinha visto num corredor vazio. Havia uma tensão naquele encontro, e segui em frente cauteloso e vi alguns outros, semiocultos entre as árvores. Eu não olhava para eles, e sim os observava, perscrutava-os, nervoso. Sua imobilidade parecia intencional. Estavam em pé, braços cruzados ou caídos junto ao corpo ou estendidos à frente, um deles sem braços, um outro sem cabeça, objetos fortes e emudecidos que faziam parte do lugar, pintados em tons escuros.

Numa pequena clareira havia uma estrutura que se elevava

do chão, inclinada, uma espécie de telhado acima de uma entrada. Desci oito ou nove degraus e me vi num interior de teto abobadado, uma cripta, parcamente iluminada, úmida, toda de pedra cinzenta rachada, com nichos nas paredes onde havia corpos, corpos pela metade, manequins como se fossem cadáveres preservados, da cabeça à cintura trajando túnicas esfarrapadas com capuzes, cada um em seu nicho.

Fiquei ali, tentando absorver o que via. Procurava a palavra. Havia uma palavra que eu queria, nem *cripta* nem *gruta*, e nesse ínterim só me restava olhar com atenção e tentar acumular os detalhes. Esses manequins tinham feições, gastas, erodidas, olhos, nariz, bocas, rostos destruídos, cor de cinza, e mãos engelhadas, ainda que intactas. Segui em frente, corpos à direita e à esquerda, e a cena era impactante, e o lugar em si, a palavra em si — a palavra era *catacumba*.

Essas figuras, esses santos do deserto, mumificados, ressecados numa tumba subterrânea, o poder claustrofóbico da cena, o débil fedor de podridão. Por um momento prendi a respiração. Como não interpretar aquelas figuras como uma versão ancestral de homens e mulheres em pé em suas cápsulas criônicas, seres humanos de verdade no limiar da imortalidade? Eu não queria interpretar. Queria ver e sentir o que havia ali, mesmo não estando à altura daquela experiência que me envolvia.

Como podiam os manequins ter tamanho impacto, mais profundo ainda do que a visão de seres humanos embalsamados há séculos numa igreja ou mosteiro? Eu nunca estivera num desses lugares, um ossuário na Itália ou na França, mas me parecia inimaginável uma reação mais forte que aquela. O que era que eu estava vendo naquele buraco no chão? Não esculturas de mármore, nem faixas delicadas de pinho entalhadas à mão com um cinzel e recobertas de folha de ouro. Eram pedaços de plástico, substâncias sintéticas recobertas de capas e capuzes de defuntos, e elas emprestavam à cena um leve toque de anseio, a ilusão de aspirações humanoides. Mas eu estava interpretando de novo, não estava? Sentindo fome e fraqueza e tão mexido com os acontecimentos daquele dia que eu esperava que as estátuas falassem.

Mais adiante, além das duas fileiras de corpos, havia uma luz branca flutuante, e tive que levar a mão à altura do rosto quando me aproximei, para desviar o brilho forte. Ali havia figuras submersas numa vala, manequins numa massa convulsa, nus, braços se destacando, cabeças horrivelmente retorcidas, crânios expostos, uma confusão de vultos com membros articulados e corpos, seres humanos neutralizados, homens e mulheres despidos de identidade, rostos vazios com exceção de uma única figura despigmentada, albina, a olhar fixamente para mim, os olhos rosados faiscando.

Na unidade de alimentação, rosto quase enfiado no prato, mastiguei os últimos bocados do jantar. Todas as unidades de alimentação do complexo, uma pessoa em cada uma, se empilhavam em minha mente. Fui para o quarto, acendi a luz e me sentei na cadeira, pensando. Tive a sensação de já ter feito isso mil vezes, sempre o mesmo quarto, a mesma pessoa na cadeira. Dei por mim aguçando os ouvidos. Tentei esvaziar a mente e apenas escutar. Eu queria ouvir o que Ben-Ezra havia mencionado, o som oceânico de pessoas vivendo e pensando e conversando, bilhões, em toda parte, esperando o trem, marchando rumo à guerra, lambendo os dedos sujos de comida. Ou simplesmente sendo quem eram.

O zumbido do mundo.

10

Preciso encarar a coisa da maneira mais simples.

Ele está sentado, olhando fixamente para a parede, um homem inatingivelmente isolado. Já está imerso na retrospecção, vendo Artis, pensei, em imagens soltas, algo que ele não consegue controlar, lembranças flamejantes, aparições, tudo desencadeado pela sua decisão.

Ele não vai mais com ela.

Aquilo o estava massacrando, tudo aquilo, o peso esmagador de toda uma existência, tudo que ele já disse e fez trazido a este momento. Ei-lo, lasso, desgrenhado, aparvalhado, gravata desamarrada, mãos largadas sobre a virilha. Estou perto dele, em pé, sem saber que postura assumir, como me ajustar à situação, mas decidido a observá-lo do modo mais explícito. Como as coisas mudam da noite para o dia, e o que era uma decisão férrea se torna o testemunho débil da oscilação de um coração humano, e o homem que ontem falava com firmeza, andando de uma parede a outra com passos largos, agora está largado na cadeira, pensando na mulher que ele abandonou.

Ele tinha me comunicado sua decisão do modo mais seco. Era um som saído diretamente da natureza, sem processamento, sem expressividade emocional. Nem precisou me dizer que Artis já havia sido levada para os níveis numerados. Sua voz deixava isso claro. Era só isto, o quarto, a cadeira, o homem sentado na cadeira. E o filho atento, constrangido. E as duas acompanhantes, uma de cada lado da porta.

Esperei que alguém desse o primeiro passo. Em seguida, fui eu quem o deu, mudando ligeiramente de posição, assumindo uma postura de luto mais ou menos formal, cônscio de estar usando a mesma calça e a mesma camisa sujas desde que chegara ali, com cuecas e meias que eu havia esfregado, ao nascer do sol, usando desinfetante para as mãos.

Logo em seguida Ross levantou-se da cadeira e andou até a porta, e eu o acompanhei de perto, nenhum dos dois dizendo nada, minha mão em contato com o cotovelo dele, não o guiando nem lhe dando apoio, oferecendo apenas o conforto do toque.

Um homem epicamente rico tem o direito de ser devastado pela dor?

Das duas acompanhantes, uma tinha um coldre, a outra, a mais jovem, não. Elas nos conduziram a um espaço que se tornou uma abstração, uma ocorrência teórica. Não sei como me expressar de outro modo. Uma ideia de movimento que era também uma mudança de posição ou lugar. Não era a primeira vez que eu tinha uma experiência assim ali, agora éramos quatro a observar um silêncio que tinha algo de reverente. Para mim não estava claro se era por efeito das circunstâncias melancólicas ou da natureza do meio de transporte, a sensação de descer em ângulo, de se desligar do aparato sensorial, deslizando de um modo que era mais mental do que físico.

Resolvi testar a situação, dizer alguma coisa, qualquer coisa.

"Como é que se chama, esse negócio em que a gente está andando?"

Eu tinha certeza de que havia falado, mas não me sentia seguro de que minhas palavras haviam gerado algum som. Olhei para as acompanhantes.

Então Ross disse: "É o guina".

"O guina", disse eu.

Pus a mão no ombro dele, apertei, agarrei com força, para ele saber que eu estava ali, nós dois estávamos ali.

"O guina", repeti.

Eu ficava o tempo todo repetindo coisas ali, verificando, tentando me estabelecer com firmeza. Artis estava em algum lugar lá embaixo, lá aonde ia o guina, contando gotas d'água numa cortina de boxe.

Eu estava em pé, olhando por um estreito painel de vidro na altura de meus olhos. Era este o meu papel ali, assistir ao que quer que eles pusessem à minha frente. A equipe do Zero K estava preparando Artis para a criopreservação, médicos e outros técnicos com trajes diferentes, alguns em movimento, outros de olho nos monitores, ajustando os equipamentos.

Artis estava em algum lugar entre eles, coberta por um lençol, numa mesa. Só era possível vê-la por alguns momentos, de modo fragmentário, a metade inferior do corpo, as pernas e os pés, nunca o rosto. A equipe trabalhava acima dela e em volta dela. Eu não sabia se devia encarar a forma física com que trabalhavam como "o corpo". Talvez ela ainda estivesse viva. Talvez fosse justamente naquele momento, naquele exato segundo, que ela estava sendo quimicamente induzida a expirar.

A outra coisa que eu não sabia era o que constituía o fim.

Quando é que uma pessoa passa a ser um corpo? Devia haver níveis de falência, pensei. O corpo abre mão de uma função e depois, talvez, de outra, ou talvez não — coração, sistema nervoso, cérebro, diferentes partes do cérebro, até o mecanismo de células individuais. Ocorreu-me que havia mais de uma definição oficial, nenhuma delas totalmente consensual. Eles as inventavam à medida que a situação exigia. Médicos, advogados, teólogos, filósofos, professores de ética, juízes e júris.

Ocorreu-me também que minha mente estava perdendo o foco.

Pensar em Ross naquela mesa, se ele tivesse se decidido a fazê-lo, um homem saudável com o organismo entrando em colapso. Ele estava na antessala, aguardando a hora. Eu era a única testemunha voluntária, e de repente o rosto dela, um vislumbre emocionante, Artis, os membros da equipe passando por ela, com capuzes, máscaras, vestimentas cirúrgicas, túnicas, jalecos.

Então o painel de visualização se fechou.

A guia de cabelo rastafári nos levou até um lugar, sem dizer nada, deixando que assimilássemos o que víamos.

Ross fazia uma pergunta de vez em quando. Tinha penteado o cabelo, dado nó na gravata e ajeitado o paletó do terno. A voz não era exatamente a sua, mas ele estava falando, tentando se inserir no meio das coisas.

Estávamos acima de um pequeno balcão curvo e olhávamos para três figuras humanas num espaço despojado, onde a iluminação era tão engenhosa que as margens externas se dissolviam nas sombras. Eram indivíduos em invólucros transparentes, cápsulas de corpos, e estavam nus, um homem, duas mulheres, cabeças raspadas, todos os três.

Um *tableau vivant*, pensei, só que os atores estavam mortos, e seus figurinos eram tubos de plásticos superisolados.

A guia nos explicou que aquelas três pessoas eram das que haviam decidido ser preservadas precocemente. Talvez ainda lhes restasse cinco ou dez anos de vida, ou vinte, ou mais. Seus órgãos essenciais tinham sido removidos e estavam sendo preservados separadamente, inclusive os cérebros, em recipientes isolados chamados cápsulas de órgãos.

"Eles parecem estar em paz", disse Ross.

Os corpos não estavam numa postura formal. Os olhos estavam arregalados de espanto, os braços repousavam em posições espontâneas ao longo do tronco, os joelhos tinham os calombos e dobras naturais, peles totalmente despidas de pelos.

"Estão apenas esperando", disse ele. "Têm todo o tempo imaginável."

Ele estava pensando em Artis, sabe-se lá no que mais, perguntando-se como ela estaria se sentindo, se é que sentia alguma coisa, e que estado havia atingido no processo de resfriamento.

Vitrificação, criopreservação, nanotecnologia.

Valorize a linguagem, pensei. Que a linguagem reflita a busca por métodos cada vez mais obscuros, até chegar a níveis subatômicos.

A guia falava com um sotaque que me pareceu russo. Usava jeans elegantes e uma blusa comprida com franjas, e tentei me convencer de que ela adotava uma postura idêntica à dos corpos. Isso não era verdade, mas levei algum tempo para me livrar dessa ideia.

Ross não parava de olhar. Eram vidas em latência. Ou molduras vazias de vidas irrecuperáveis. E o homem em si, meu pai. Eu me perguntava de que modo sua mudança de ideia afetaria seu status honorário ali, seu ímpeto de chefia executiva. Eu sabia o que estava sentindo, um sentimento de solidariedade esvaziado pela decepção. O homem havia voltado atrás.

Ele falava com a guia sem desviar a vista das figuras em pé à nossa frente.

"Que nome vocês dão a eles?"
"Somos instruídos a chamá-los de arautos."
"Faz sentido", disse ele.
"Indicando a trajetória, abrindo caminho."
"Os pioneiros, os primeiros", disse ele.
"Eles não esperaram."
"Eles optam por ir antes do tempo."
"Arautos", disse ela.
"Têm um ar de serenidade."

Pensando em Artis, vendo Artis, decidido a ir com ela. Mas ele havia voltado atrás. A ideia de acompanhá-la fora ditada por uma onda irracional de amor. Mas, uma vez tendo se comprometido a fazê-lo, precisava ser fiel à promessa. No auge da vida e da carreira, um homem no centro do campo magnético do dinheiro. Está bem, estou exagerando sua reputação e seu valor material. Mas isso é um componente dessa vida desmesurada. Excesso gera excesso.

Ele sentou-se na última fileira, e depois de algum tempo sentei-me a seu lado. Então olhei para os corpos.

A pergunta a ser feita: quem eram eles, que vida haviam tido, qual seria sua experiência inexprimivelmente densa de homens ou mulheres vivendo na Terra. Ali eram formas de vida de laboratório, nuas, depiladas, dispostas em cápsulas e reunidas numa unidade, depois de submetidas a sabe-se lá que processos de enlatamento e beneficiamento. E estavam num espaço anônimo, sem onde nem quando, uma tática que correspondia exatamente à minha experiência ali.

A guia explicou o sentido da expressão Zero K. Era uma narrativa decorada, com pausas e recomeços já estabelecidos, e dizia respeito a uma unidade de temperatura chamada zero absoluto, que equivale a duzentos e setenta e três vírgula quinze graus Celsius abaixo de zero. Um físico chamado Kelvin foi mencionado, a origem do K da expressão. A coisa mais interessante que a guia tinha a dizer era que a temperatura utilizada na criopreservação na verdade nem chega perto de zero K.

A expressão, portanto, era puro efeito dramático, mais uma marca dos gêmeos Stenmark.

"Vamos embora juntos. A gente faz a mala e vai embora", disse Ross.

"Eu estou de mala feita desde que cheguei."

"Bom."

"Não preciso fazer a mala."

"Bom. Vamos embora juntos", repetiu.

Eram as palavras cotidianas, os sons que ele tinha necessidade de produzir para reinstaurar uma sensação de funcionalidade. Tive a impressão de que havia mais por vir, talvez não muito tranquilizador nem para mim nem para ele.

"Eu disse a mim mesmo, no meio da noite, que tinha a obrigação de continuar vivendo. Sofrer a perda, viver e sofrer e esperar que o sofrimento se atenuasse — atenuasse não, mas que se alojasse lá no fundo, a perda, a ausência, de modo que eu possa aguentar. Ir com ela seria uma entrega equivocada. Eu não tinha esse direito. Seria abusar de um privilégio. O que foi que você disse quando discutimos?"

"Não sei."

"Você disse que, se eu fosse com ela, você ia se sentir diminuído. Meu domínio supremo, a coisa de que você não pode escapar. Até mesmo amá-la demais, até mesmo optar por morrer cedo demais. Seria o tipo de entrega em que eu assumo o controle em vez de abrir mão dele."

Eu examinava a cor dos corpos. Mulher, homem, mulher. A gama era estreita, mas será possível atingir a precisão quando se trata de tons de pele em qualquer situação? Amarelo pardo negro branco, todos os termos errados, apenas rótulos práticos.

Será que eu queria recorrer a nuanças, âmbar, úmbria, lunar? Se eu ainda tivesse catorze anos, eu morreria tentando.

"O que foi que eu acabei fazendo? Tentei encarar", disse ele. "O que me obrigou a falar com ela. Eu me sentei à cabeceira dela no quarto escuro. Será que ela entendeu o que eu disse? Será que me ouviu? Eu não tinha certeza. Será que ela me perdoou? Pedi perdão a ela várias vezes. E aí continuei falando, falando. Eu precisava de uma resposta? Eu tinha medo de uma resposta? *Me perdoe. Espere por mim. Eu vou acompanhar você em breve.* Falando, falando, cochichando. Eu pensava: talvez ela me ouça se eu cochichar."

"Talvez ela estivesse viva, só que incomunicável."

"Então fiquei ali, sentado ao lado dela, até que vieram para levá-la."

Aqui e ali a pele estava um pouco caída, completamente normal, no tórax, nos seios e no ventre. Depois de algum tempo de contemplação, até mesmo as cabeças raspadas das mulheres parecem estar em conformidade com o frio primevo da natureza. Era uma função das cápsulas, pensei, o rigor detalhista do método científico, seres humanos despidos de todo e qualquer adorno, retornados à condição de fetos.

A guia disse que havia uma outra coisa que talvez achássemos interessante ver.

Quantos dias agora, quantas coisas interessantes para ver? As telas, as catacumbas, o crânio na parede do salão de pedra. Estavam me afogando em coisas finais. Pensei nessas duas palavras. Escatologia é isso, não é? Não apenas o eco amortecido de uma vida que se esvai, mas palavras com um impacto avassalador, imune aos apelos à razão. *Coisas finais.* Ordenei a mim mesmo: pare com isso.

Ross baixou a cabeça, fechou os olhos.

Pensando em Artis. Imaginei-o em casa, sentando em seu

escritório com um uísque na mão, ouvindo sua própria respiração. A vez em que ele foi ter com ela numa expedição arqueológica nos arredores de um deserto perto de uma aldeia beduína. Tento ver o que ele vê, mas só consigo imaginá-la num outro deserto, esse em que estou, todo o corpo suspenso, olhos fechados, cabeça raspada, uma nesga de cérebro ainda intacto. Ele precisa acreditar nisso — lembranças embebidas no tecido encefálico.

A hora da partida se aproxima. Carro blindado à espera, janelas de vidro fumê, motorista armado. Uma atmosfera de proteção que faz que eu me sinta pequeno, fraco e ameaçado.

Mas seria apenas o amor que o levou a querer acompanhá-la? Talvez eu preferisse pensar que ele fora impelido por uma ânsia obscura, uma necessidade de ser privado do que ele é e do que possui, despido de tudo, esvaziado, os órgãos armazenados, o corpo colocado ao lado dos outros numa colônia de cápsulas. É a mesma força submersa de autorrepulsa que o fez mudar de nome, só que mais profunda e mais forte. Uma ânsia obscura, gostei disso. Mas aonde eu queria chegar? O que me levava a querer imaginar algo assim a respeito de meu pai? Porque esse lugar está me encharcando de ressentimento. E porque esta é a versão fajuta do que acontece com os self-made men. Eles se fazem e acabam se desfazendo.

Quando ele se juntar a ela, daqui a três ou treze anos, os nanotecnólogos vão diminuir as idades dos dois? E, ao voltarem à vida, seja lá quando isso acontecer, no primeiro momento de suas além-vidas aqui mesmo na Terra, Artis terá vinte e cinco, vinte e sete anos, e Ross trinta ou trinta e um? Pense nesse reencontro emocionante. Vamos ter um filho. E onde estarei eu, com que idade, ranzinza, todo mijado, horrorizado de abraçar meu pai jovem e animado e meu meio-irmão recém-nascido, segurando meu dedo engelhado com sua mãozinha trêmula.

Nanorrobô — uma palavra infantil.

Eu continuava olhando para a frente, olhando e pensando. O fato de que esses indivíduos, esses arautos, haviam optado pela morte muito antes do tempo natural. O fato de que os órgãos indispensáveis haviam sido retirados de seus corpos. O fato de estarem encerrados, alinhados, corpos colocados em posições fixas. Mulher homem mulher. Ocorreu-me que eram seres humanos na condição de manequins. Permiti-me encará-los como objetos desprovidos de cérebro representando um espetáculo que era o contrário do que eu vira antes — manequins recurvados numa urna mortuária, com capuzes e capas. E agora, aquela imagem congelada de seres humanos nus em cápsulas.

A guia nos disse novamente que havia uma outra área que talvez nos interessasse.

Eu queria ver beleza naquelas figuras imobilizadas, um padrão imponente não de corpos mecânicos, mas da estrutura humana pura e simples, com suas extensões internas e externas, cada indivíduo implacavelmente único em tato, paladar e espírito. Ei-los, não tentando nos dizer alguma coisa, mas mesmo assim apontando para as maravilhas heterogêneas das nossas vidas, aqui, na Terra.

Em vez disso, eu me perguntava se estaria vendo o futuro controlado, homens e mulheres sendo subordinados, voluntariamente ou não, a alguma forma de comando centralizado. Vidas de manequins. Seria uma ideia superficial? Pensei em questões locais, o disco da minha pulseira que diz a eles, teoricamente, onde estou a qualquer momento. Pensei no meu quarto, pequeno e enxuto, mas de algum modo dotado de uma estranha totalidade. Outras coisas ali, os corredores, os guinas, o jardim fabricado, as unidades de alimentação, a comida impossível de identificar, ou quando é que utilitarismo vira totalitarismo.

Haveria algo de vazio nesses pensamentos? Talvez não passassem de indícios de minha forte vontade de voltar para casa.

Será que eu me lembro onde moro? Ainda tenho emprego? Ainda posso pedir um cigarro a uma namorada ao sair do cinema?

A guia nos havia falado sobre cérebros preservados em recipientes isolados. Agora ela acrescentou que cabeças, cabeças inteiras com os cérebros intactos, eram às vezes removidas dos corpos e armazenadas separadamente. Um dia, daqui a décadas, a cabeça será enxertada num nanocorpo saudável.

E será que todas as vidas restauradas seriam idênticas, tornadas enxutas pelo processo em si? Morrer humano, renascer como androide isométrico.

Cutuquei meu pai e lhe disse em voz baixa: "Será que eles ficam de pau duro, os mortos nas cápsulas? Por efeito de algum problema de funcionamento, uma mudança no nível de temperatura que faz uma espécie de arrepio percorrer o corpo, e aí o pau levanta, todos os homens ao mesmo tempo, em todas as cápsulas".

"Pergunte à guia", disse ele.

Dei um tapinha com as costas da mão em seu braço, nos levantamos e seguimos a mulher por um corredor que se estreitava gradualmente, até que fomos obrigados a seguir em fila indiana. Os sons começaram a se amortecer, nossos passos morrendo, o roçar de nossos corpos contra as paredes que nos confinavam.

Há mais uma coisa, uma coisa interessante, a guia tinha dito.

Paramos à entrada de uma sala branca ampla. As paredes não tinham a superfície áspera que eu havia observado em outros lugares. Eram de pedra dura e lisa, e Ross encostou a mão na parede e disse que era de mármore branco de granulação fina. Ele sabia disso, eu não. A sala era gélida, um frio de pedra, e de início, em todas as direções, era toda igual, só paredes, soalho e teto. Abri bem os braços, num gesto dramático idiota que exprimia a grandiosidade do espaço, mas me impedi de tentar estimar comprimento, largura e altura.

Avancei um pouco, e Ross me seguiu. Olhei para a guia, que estava atrás dele, esperando que ela dissesse alguma coisa, nos desse uma pista sobre a natureza do local. Seria um local ou só a ideia de um local? Eu e meu pai examinamos a sala juntos. Tentei imaginar o que estava vendo ao mesmo tempo que o via. O que tornava aquela experiência tão inapreensível? Uma sala ampla, dois homens parados olhando. Uma mulher à entrada, totalmente imóvel. Uma galeria de arte, pensei, sem nada dentro. A galeria é a obra de arte, o espaço em si, paredes e chão. Ou então um imenso túmulo de mármore, uma tumba coletiva esvaziada de corpos, ou aguardando os corpos. Nenhuma cornija ou frisa ornamental, apenas paredes lisas de mármore branco reluzente.

Olhei para Ross, que não olhava para mim, e sim para um canto distante da sala. Levei um momento, tudo ali levava um momento. Então vi o que ele via, uma figura sentada no chão perto da junção de duas paredes. Uma pequena figura humana, imóvel, penetrando gradualmente meu nível de consciência. Fui obrigado a dizer a mim mesmo que não estava em outro lugar tentando visualizar o que eu estava vendo de fato, aqui e agora, em forma sólida.

Meu pai andou naquela direção, com passos hesitantes, e eu o segui, andando e parando. A figura sentada era uma moça, descalça, de pernas cruzadas. Usava calças brancas largas e uma blusa branca que ia até os joelhos. Um braço estava levantado e curvado em direção ao corpo no nível no pescoço. O outro, à altura da cintura, formava o mesmo ângulo.

Paramos de falar, eu e Ross. Ainda estávamos a certa distância da figura, mas aproximarmo-nos mais parecia uma intrusão, uma violação. Corte de cabelo masculino, cabeça ligeiramente abaixada, pés com as solas viradas para cima.

Eu tinha certeza de que não era um rapaz?

Seus olhos estavam fechados. Eu sabia que os olhos estavam fechados mesmo não dando para vê-los de onde estávamos. Sua juventude não era necessariamente visível, mas eu me sentia livre para acreditar que ela era jovem. Tinha de ser jovem. E não tinha nacionalidade. Era necessário que ela não tivesse nacionalidade.

Um silêncio frio e branco por toda a sala. Eu cruzei os braços sobre o peito para conter minha reação à beleza da cena, ou só por estar com frio?

Recuamos então, um pouco, simultaneamente. Mesmo se eu soubesse o motivo de ela estar ali, fazendo aquela pose, seria impossível atribuir-lhe um sentido. O sentido se esgotava na figura em si, na cena em si.

"A Artis saberia como interpretar isso", disse Ross.

"E eu perguntaria a ela se é um rapaz ou uma moça."

"E ela diria, que diferença faz."

O fato da vida, um corpo pequeno com o coração batendo naquele mausoléu imenso, e ela continuaria ali muito depois que nós fôssemos embora, dia e noite, disso eu sabia, um espaço concebido e projetado para uma figura imóvel.

Antes de sairmos dali virei-me para olhar pela última vez, e sim, lá estava ela, num método vazio, uma forma de arte viva, a respirar, rapaz ou moça, com uma espécie de pijama, não oferecendo mais nada para que eu pensasse ou imaginasse. A guia nos levou a um corredor comprido que não era ladeado por portas, e Ross começou a falar comigo, uma voz longínqua, próxima do tremor.

"As pessoas quando ficam mais velhas se apegam mais aos objetos. Acho que isso é verdade. Coisas específicas. Um livro encadernado em couro, um móvel, uma foto, uma pintura, a moldura da pintura. Essas coisas fazem o passado parecer permanente. Uma bola de beisebol assinada por um jogador famoso, morto há muito tempo. Uma simples caneca de café. Coisas em que confiamos. Elas contam uma história importante. A vida de uma pessoa, todos os que entraram e saíram, há uma profundidade, uma riqueza. A gente costumava ficar numa certa sala, muitas vezes, a sala das pinturas monocromáticas. Eu e ela. A sala da casa com aquelas cinco pinturas e os ingressos que nós guardamos e emolduramos, como dois turistas adolescentes, dois ingressos de uma tourada em Madri. Ela já não estava nada bem. A gente falava pouco. Ficávamos sentados, só lembrando."

Havia pausas longas entre as frases, e seu tom de voz era quase um murmúrio, um sussurro, e eu ouvia com atenção e esperava.

Então perguntei: "Qual o objeto a que você se apega?".

"Ainda não sei. Talvez eu nunca fique sabendo."

"Não são os quadros."

"São muitos. São demais."

"Os ingressos. Dois pedacinhos de papel."

"*Sol y sombra*. Plaza de Toros Las Ventas", disse ele. "Estávamos sentados numa área que ora ficava no sol, ora na sombra. Ar livre. *Sol y sombra*."

Não havia terminado, estava imerso numa reflexão obsessiva. Ele falava, eu ouvia, a voz dele mais hesitante, o tema mais impalpável. Será que eu queria olhar para a guia e tentar imaginar nós dois juntos num quarto, o meu quarto, eu e ela, a guia, a acompanhante, ou apenas imaginá-la sozinha, em lugar nenhum, uma mulher tirando os sapatos. Eu sentia uma ânsia erótica, mas não conseguia lhe dar forma.

Estávamos no guina, saindo do Zero K, dos níveis numerados. Pensei em números primos. Pensei: defina número primo. O guina era um ambiente, ocorreu-me, próprio para pensamentos rigorosos. Sempre fui bom em matemática. Eu me sentia seguro quando lidava com números. Os números eram a linguagem da ciência. E agora eu necessitava encontrar a formulação verbal precisa, perpétua, mais ou menos obrigatória, que constituiria a definição de número primo. Mas por que eu precisava fazer isso? A guia estava parada, de olhos fechados, pensando em russo. Meu pai estava num estado de vigília de esvaziamento mental, fugindo da dor. Pensei: número primo. Número inteiro positivo não divisível. Mas como era o resto da definição? Os primos eram o que mais? Os números inteiros eram o que mais?

Eu caminhava pelos corredores em direção ao quarto, ansioso por pegar minha mala, encontrar-me com meu pai e voltar para casa. Era a única energia que me restava, a expectativa da volta. Calçadas, ruas, sinal verde, sinal vermelho, segundos medidos para chegar vivo ao outro lado.

Mas tive que parar, parar e olhar, porque a tela começou a baixar do teto e uma série de imagens se estendeu de lado a lado do corredor.

Gente correndo, homens e mulheres correndo, uma multidão densa e desesperada, dezenas, depois centenas, roupas de trabalho, camisetas, moletons, ombros e cotovelos se esbarrando, olhando diretamente para a frente, a câmara colocada um pouco acima, formando um ângulo, sem cortes, movimentos verticais nem horizontais. Recuei instintivamente. Não há trilha sonora, mas quase se pode ouvir o pulsar da respiração coletiva, dos pés contra o chão. Correm sobre uma superfície que mal se pode divisar por entre os corpos amontoados. Vejo pares de tênis, botas, sandálias, há uma mulher descalça, um homem com tênis desamarrado, cadarços a se debater.

Eles não param de vir, tentando fugir de algum espetáculo terrível ou ameaça ominosa. Observo atentamente e tento apreender a ação que vejo na tela, sua uniformidade, o deslocamento ordenado e o ritmo constante que subjaz à cena tensa. Começo a pensar que talvez eu esteja vendo o mesmo grupo de pessoas correndo de modo repetitivo, a mesma cena filmada e refilmada, umas vinte pessoas transformadas em centenas, um feito impecável de montagem.

Lá vêm eles, boquiabertos, balançando os braços, faixas na testa, viseiras, bonés de camuflagem, ao que parece sem diminuir o ritmo da corrida, e então uma outra ideia me ocorre. Será possível que isso não seja uma documentação factual apresentada de modo seletivo, e sim algo radicalmente diverso? É uma tessitura digital, cada fragmento sendo manipulado e realçado, tudo projetado, montado, reprojetado. Por que essa ideia não me ocorreu antes, nas imagens anteriores, as chuvas de monção, os tornados? Eram ficções visuais, os incêndios na mata e os monges em chamas, bits digitais, código digital, tudo gerado por computadores, nada daquilo era real.

Fiquei assistindo até que as imagens se apagaram e a tela começou a subir, silenciosamente, e eu havia avançado apenas um pouco pelo corredor quando ouvi um barulho, difícil de identificar, crescendo depressa. Dei mais uns passos e tive que parar, o barulho quase chegando até onde eu estava, e então eles viraram a esquina e vieram correndo em minha direção, homens e mulheres correndo, imagens que ganharam corpo, tendo saltado da tela. Corri para o único lugar seguro que havia, a parede mais próxima, costas encostadas na parede, braços abertos, a multidão vindo a toda a velocidade, nove ou dez em cada fileira, na disparada, olhos esbugalhados. Eu via o suor deles, sentia seu fedor, e eles continuavam vindo, todos olhando exatamente para a frente.

Fique calmo. Veja o que está acontecendo. Pense com clareza.

Um ritual local sendo realizado, uma maratona de pânico

sagrado, alguma obscura tradição secular. Era todo o tempo de que eu dispunha para teorias. Eles se aproximaram e passaram por mim e olhei para os rostos e depois para os corpos e vi o homem com os cadarços soltos e tentei encontrar a mulher descalça. Quantos corredores, quem eram eles, por que estavam sendo filmados, ainda estarão sendo filmados? Vi as pessoas vindo e indo e depois, na rabeira rarefeita, com a aproximação dos últimos corredores, vi um par de homens altos, alourados, e inclinei-me para a frente para ver melhor quando passaram por mim, lado a lado, e eram os gêmeos Stenmark, inconfundíveis, Lars e Nils, ou Jan e Sven.

Eles estavam me inundando, me trapaceando, havia vários dias, durante toda essa subvida extrema. O que seria aquilo, além de uma lição concentrada de atordoamento?

Era o jogo deles, a multidão deles, e eles, suando, esbaforidos, faziam parte dela. Os Stenmark. Continuei encostado na parede, vendo-os passar por mim bufando e descendo o longo corredor. Quando os corredores desapareceram, permaneci na mesma posição, junto à parede, por mais um momento. Estaria eu surpreso por constatar que era a única testemunha daquilo que eu acabara de ver, fosse o que fosse?

Um corredor vazio.

O fato é que eu não esperava ver outras pessoas. Jamais me ocorrera a possibilidade de haver outros no corredor. Com base na minha experiência, era raro haver outros, com poucas exceções momentâneas. Então afastei-me da parede, mente e corpo zumbindo, o corredor parecendo tremer com o ímpeto abafado da multidão que corria.

A caminho do meu quarto, me dei conta de que estava mancando.

Artis Martineau

Mas será que sou quem eu era.

Acho que sou alguém. Tem alguém aqui e eu sinto isso em mim ou comigo.

Mas onde é aqui e há quanto tempo estou aqui e serei eu só o que está aqui.

Ela conhece essas palavras. Ela é toda palavras, mas não sabe como sair das palavras e entrar em ser alguém, ser a pessoa que sabe as palavras.

O tempo. Eu sinto o tempo em mim por toda parte. Mas não sei o que ele é.

O único tempo que eu sei é o que eu sinto. É tudo agora. Mas não sei o que isso quer dizer.

Ouço palavras que estão me dizendo coisas repetidamente. Mesmas palavras o tempo todo indo embora e voltando.

Mas será que sou quem eu era.

Ela está tentando entender o que aconteceu com ela e onde está e o que quer dizer ser quem ela é.

O que é que eu estou esperando.

Será que sou só aqui e agora. O que aconteceu comigo que fez isto.

Ela é primeira pessoa e terceira pessoa ao mesmo tempo.

O único aqui é onde eu estou. Mas onde é aqui. E por que só aqui e nenhum outro lugar.

O que não sei está aqui mesmo comigo, mas como fazer com que eu mesma saiba disso.

Será que sou alguém ou são só as palavras em si que me fazem pensar que sou alguém.

Por que será que não posso saber mais. Por que só isto e mais nada. Ou será que preciso esperar.

Ela consegue dizer o que sente e ela é também a pessoa que está do lado de fora dos sentimentos.

Será que as palavras em si são tudo que há. Será que eu sou só as palavras.

É a sensação que eu tenho de que as palavras querem me dizer coisas mas não sei como escutar.

Eu escuto o que ouço.

Só ouço o que sou eu. Sou feita de palavras.

Será que vai continuar assim.

Onde estou. O que é um lugar. Conheço a sensação de algum lugar, mas não sei onde fica.

O que eu entendo não vem de lugar nenhum. Não sei o que entendo até a hora que o digo.

Estou tentando me tornar alguém.

As involuções, a divagação mental.

Eu quase sei algumas coisas. Sinto que vou saber coisas, mas aí não acontece.

Sinto algo fora de mim que pertence a mim.

Onde está meu corpo. Será que eu sei o que isso é. Só conheço a palavra e esse conhecimento saiu de lugar nenhum.

Sei que estou dentro de uma coisa. Sou alguém dentro dessa coisa onde estou.

Será que isso é meu corpo.

Será que isso é o que me faz o que quer que eu saiba e o que quer que eu seja.

Não estou em nenhum lugar que eu possa conhecer ou sentir.

Vou tentar esperar.

Tudo que não sei está aqui comigo, mas como fazer com que eu o saiba.

Será que sou alguém ou serão só as palavras em si que me fazem pensar que sou alguém.

Por que não posso saber mais. Por que só isso e mais nada. Ou será que preciso esperar.

Ela está vivendo dentro dos duros limites do eu.

Será que as palavras são tudo que há. Será que eu sou só as palavras.

Será que vou parar de pensar algum dia. Preciso saber mais mas também preciso parar de pensar.

Tento saber quem sou.

Mas será que sou quem eu era e será que sei o que isso quer dizer.

Ela é primeira pessoa e terceira pessoa sem ter como juntar as duas.

O que eu tenho que fazer é calar esta voz.

Mas então o que acontece. E há quanto tempo estou aqui. E será esse todo o tempo ou apenas o tempo mais mínimo que há.

Será que todo o tempo ainda está por vir.

Será que não posso deixar de ser quem sou e me tornar ninguém.

Ela é o resíduo, tudo que resta de uma identidade.

Eu escuto o que ouço. Só posso ouvir o que sou eu.

Posso sentir o tempo. Sou todo o tempo. Mas não sei o que isso quer dizer.

Sou só o que está aqui agora.

Há quanto tempo estou aqui. Onde é aqui.

Acho que consigo ver o que estou dizendo.

Mas será que sou quem eu era. E o que isto quer dizer. E será que alguém fez alguma coisa comigo.

Será isto o pesadelo do eu tão apertado em torno dela que ela está presa nele para todo o sempre.

Tento saber quem sou.

Mas tudo que sou é o que estou dizendo e isso é quase nada.

Ela não pode se ver, se dar um nome, estimar o tempo que decorreu desde que ela começou a pensar o que está pensando.

Acho que sou alguém. Mas estou apenas dizendo palavras.

As palavras nunca vão embora.

Minutos, horas, dias e anos. Ou será que tudo que ela sabe está contido em um único segundo atemporal.

Tudo isto é tão pequeno. Acho que mal estou aqui.

É só quando digo alguma coisa que sei que estou aqui.

Será que preciso esperar.

Aqui e agora. É isso que sou, mas só isso.

Ela tenta ver as palavras. Não as letras das palavras, mas as palavras em si.

O que significa tocar. Quase consigo tocar o que está aqui comigo, seja o que for.

Será isto o meu corpo.

Acho que sou alguém. O que será que quer dizer ser quem sou.

Todos os eus que um indivíduo possui. O que restará dela senão uma voz em seus últimos resquícios.

Tento ver as palavras. As mesmas palavras o tempo todo.

As palavras passam flutuando.

Será que sou só as palavras. Sei que há mais.

Será que ela precisa da terceira pessoa. Que ela viva nas sondagens dentro de si própria. Que só dirija perguntas a si própria.

Mas será que sou quem eu era.

E assim por diante. Olhos fechados. Corpo de mulher numa cápsula.

PARTE II
NO TEMPO DE KONSTANTÍNOVKA

1

O escritório pertencia a um homem chamado Silverstone. Era o antigo escritório do meu pai, e dois dos quadros que eram dele continuavam na parede, escuros com faixas de sol poeirentas, ambos. Tive que me obrigar a olhar para Silverstone, sentado à mesa reluzente, enquanto ele recitava uma cantilena global que ia da Hungria à África do Sul, do forinte ao rand.

Ross tinha dado um telefonema por mim, e mesmo sentado ali eu tentava experimentar a sensação de separação, o distanciamento que para mim sempre definia o tempo passado num escritório, um homem com um emprego, um cargo — não exatamente uma profissão, mas um posto, um papel, um título.

Este emprego faria de mim o Filho. As pessoas ficariam sabendo dessa entrevista e todos aqui passariam a me ver dessa forma. O emprego não era uma dádiva incondicional. Eu teria que fazer por merecer o direito de conservá-lo, mas o nome de meu pai acompanharia cada passo que eu desse, cada palavra que eu dissesse.

Por outro lado, eu já sabia que recusaria a proposta, qualquer proposta, qualquer que fosse o posto ou papel.

Silverstone era um homem corpulento e quase totalmente calvo, cujas mãos tinham participação ativa no monólogo que ele recitava, e dei por mim imitando seus gestos de modo abreviado, em vez de assentir com a cabeça ou murmurar microdecibéis de concordância. Éramos como professor e aluno numa sessão de aprendizado de linguagem de sinais.

O forinte mereceu um rodopiar de dedo, o rand um punho cerrado.

As duas pinturas eram os restos espectrais da presença de meu pai. Pensei na última vez em que eu estivera ali, e lá estava Ross ao lado da janela, à noite, de óculos escuros. Isso foi antes da viagem que ele faria com a esposa e da viagem de volta de lá em companhia do filho, desde a qual se passara um tempo inchado, pelo menos para mim, dois anos lerdos e dispersivos.

Silverstone começou a entrar em detalhes, me dizendo que eu faria parte de um grupo ligado à infraestrutura hídrica. Eu nunca tinha ouvido essa expressão antes. Ele falou em estresse hídrico e conflitos hídricos. Fez referência a mapas de risco hídrico que orientava investidores. Havia gráficos, segundo ele, que analisavam a interseção do capital com a tecnologia hídrica.

As pinturas nas paredes não eram aquarelas, mas resolvi não mencionar esse fato. Não valia a pena pôr a nu os rasos do meu humor.

Ele ia consultar meu pai e várias outras pessoas e depois faria a proposta. Eu esperaria alguns dias, dizendo a mim mesmo que estava muito precisado de um emprego, e depois rejeitaria a proposta, delicadamente, sem maiores comentários.

Eu ouvia o homem falando e de vez em quando fazia algum comentário. Eu disse coisas inteligentes. Estava me achando inteligente. Mas por que eu estava ali? Era mesmo necessário mentir, em três dimensões, durante certo período de tempo, com gestos? Estaria eu desafiando o ímpeto persistente de me submeter às pressões da realidade? Eu tinha uma única certeza. Estava agindo daquele modo porque isso me tornava mais interessante. Parece maluquice? Assim eu revelava quem era de maneiras que eu nem tentava compreender.

Ross não entrava nesses meus pensamentos. Eu e ele estávamos decididos a não terminar afundando num ressentimento obstinado, e nenhuma dessas manobras era dirigida a ele. Ross provavelmente ficaria aliviado quando eu recusasse a proposta.

Durante todo o episódio com Silverstone eu me via sentado ali no escritório ouvindo o homem falar sobre água. Quem era mais ridículo, eu ou ele?

À noite eu descreveria o homem para Emma, repetiria o que ele tinha dito. Isso é uma coisa que eu fazia bem, às vezes palavra por palavra, e eu aguardava com prazer um jantar tarde da noite num restaurante modesto numa rua arborizada em meio ao tráfego ruidoso das avenidas, nosso estado de espírito muito bem conduzido pela infraestrutura da água.

Quando voltamos da Convergência, anunciei a Ross que agora havíamos voltado para a história. Os dias têm nomes e números, formam uma sequência perceptível, e existe um agregado de eventos passados, tanto imediatos quanto remotos, que podemos tentar compreender. Certas coisas são previsíveis, mesmo havendo alguns pontos de afastamento da ordem comum. Os elevadores sobem ou descem mas não andam para o lado. Nós vemos as pessoas que servem a comida que comemos em lugares públicos. Andamos em superfícies pavimentadas e paramos nas esquinas para chamar um táxi. Os táxis são amarelos, os carros do Corpo de Bombeiros são vermelhos, as bicicletas em sua maioria são azuis. Posso retomar meus dispositivos, catando dados, a cada instante, nos êxtases entorpecentes da web.

Ficou claro que meu pai não estava interessado na história nem na tecnologia nem em chamar um táxi. Ele deixou o cabelo crescer desordenadamente e passou a quase só andar a pé quando queria ir a algum lugar, coisa que quase nunca acontecia. Estava lento e um pouco curvado, e quando eu lhe falava em exercício, dieta e senso de responsabilidade, nós dois sabíamos que era apenas uma sequência de sons vazios.

Suas mãos tremiam às vezes. Ele olhava para as mãos, eu olhava para o rosto dele, vendo ali apenas uma indiferença árida. Quando uma vez segurei suas mãos para que não tremessem, ele limitou-se a fechar os olhos.

A proposta de trabalho viria. E eu diria não.

Na sua casa na cidade, ele por vezes desce a escada e se instala na sala das pinturas monocromáticas. Isso quer dizer que minha visita chegou ao fim, mas às vezes vou atrás dele e fico por algum tempo parado à porta, vendo o homem olhar fixamente para algo que não está na sala. Ele está rememorando ou imaginando e não sei se tem consciência da minha presença, mas sei que sua mente está mergulhada num túnel que vai dar nas terras mortas onde corpos aguardam, estocados.

2

Entrei num táxi com Emma e o filho dela, Stak, os três corpos se comprimiram no banco de trás, o garoto verificou a identificação do motorista e na mesma hora começou a falar com ele num idioma irreconhecível.

Consultei Emma discretamente, e ela me informou que seu filho estava estudando pachto, por conta própria, nas horas vagas. Afegão, acrescentou, para facilitar.

Fiz um comentário referente ao urdu, num tom pensativo, num gesto de autodefesa, por ser a única palavra que me veio à mente naquelas circunstâncias.

Estávamos inclinados um em direção ao outro, eu e Emma, e ela exagerou o grau de cumplicidade entre nós, falando comicamente com o canto da boca, dizendo-me que Stak ficava andando em círculos em seu quarto pronunciando frases em pachto, seguindo as instruções dadas pelo aparelho preso em seu cinto.

Stak, sentado bem atrás do motorista, falava com o rosto virado para a divisória de acrílico, indiferente ao barulho do trânsito e das obras de rua. Tinha catorze anos, nascera no estrangeiro, uma torre inclinada, um metro e noventa e três ainda em fase de crescimento, a voz apressada e densa. O motorista não parecia surpreso por estar trocando palavras e expressões em seu idioma nativo com um garoto branco. Coisas de Nova York. Exemplares de todos os genótipos vivos entravam em seu táxi em algum momento do dia ou da noite. E se isso era exagero, o exagero também era coisa de Nova York.

Na tela de televisão à nossa frente, duas pessoas falavam remotamente sobre o tráfego nas pontes e túneis.

Emma me perguntou quando eu ia começar a trabalhar no meu novo emprego. Dentro de duas semanas. Qual grupo, qual divisão, que bairro. Eu disse a ela algumas das coisas que já tinha dito a mim mesmo.

"Terno e gravata."

"É."

"Barba bem-feita, sapatos engraxados."

"É."

"Você está animado."

"Estou sim."

"Isso vai transformar você?"

"Vai me lembrar que eu sou o homem que sou."

"Bem no fundo", disse ela.

"Qualquer que seja a profundeza."

O motorista entrou na faixa dos ônibus, temporariamente ganhando posição, vantagem, domínio, fazendo gestos para o garoto sentado atrás dele enquanto falava, três semáforos verdes pela frente — pachto, urdu, afegão —, e eu disse a Emma que estávamos num táxi dirigido por um motorista que entrava na faixa dos ônibus ilegalmente correndo como um louco, com uma mão no volante e meio que olhando para trás para conversar com um passageiro numa língua longínqua. O que isso quer dizer?

"Você está me dizendo que ele só dirige assim quando fala nessa língua?"

"Isso quer dizer que é apenas mais um dia como os outros."

Emma examinou as opções abaixo da tela e pôs o dedo num pequeno quadrado com a palavra OFF. Nada aconteceu. Estávamos de volta à faixa normal de trânsito, descendo a Broadway lentamente, e eu disse a Emma, a troco de nada, que queria parar de usar meu cartão de crédito. Queria pagar em dinheiro vivo, viver uma vida em que é possível pagar em dinheiro vivo, em quaisquer circunstâncias. Viver uma vida, repeti, examinando a expressão. Então me inclinei em direção à tela e apertei o quadrado OFF. Nada aconteceu. Ficamos ouvindo Stak a conversar com o motorista dentro das limitações de seu pachto, intensamente. Emma olhava com atenção para as imagens da tela. Eu esperava o momento em que ela apertaria o quadrado OFF.

Ela e o ex-marido, um homem cujo nome ela não pronunciava, foram à Ucrânia e encontraram o menino numa instituição para crianças abandonadas. Ele tinha cinco ou seis anos, e eles assumiram o risco e passaram por todos os trâmites e o levaram de avião para seu novo lar em Denver, que mais tarde passou a se alternar com Nova York quando os pais se divorciaram e Emma mudou-se para o Leste.

Trata-se apenas dos contornos gerais, é claro, e ela foi completando os detalhes para mim, no decorrer de semanas, e mesmo quando a voz demonstrava cansaço e remorso, eu me sentia absorvido por uma outra espécie de lar, no que havia de mais imediato, o toque, as meias palavras, os lençóis azuis, o nome de Emma como um murmúrio de bebê às duas da manhã.

As buzinas produziam ruídos esporádicos, e Stak continuava falando com o motorista do outro lado da divisória. Falando, gritando, escutando, hesitando até encontrar a palavra ou expressão correta. Eu falava com Emma sobre meu dinheiro. O dinheiro vem à mente, eu falo sobre ele, os números quase se apagando, as pequenas discrepâncias que aparecem nos comprovantes cuspidos pelos caixas eletrônicos. Vou para casa e examino minha planilha e faço as contas e encontro uma aberração de um dólar e doze centavos.

"Erro do banco, e não seu."

"Vai ver nem é do banco, mas é uma coisa estrutural. Que vai além dos computadores e grades e algoritmos digitais e serviços de informações. É a raiz, a fonte, estou quase falando sério, onde as coisas se encaixam ou degringolam. Três dólares e sessenta e sete centavos."

O trânsito estava totalmente parado, eu mexi no botão da janela e ouvi as buzinas chegando ao volume máximo. Estávamos presos em nosso próprio clamor obsessivo.

"Estou falando sobre questões menores que são definidoras pra nós."

Fechei a janela e pensei em qual seria meu próximo comentário. Sons suaves referentes ao noticiário e à meteorologia vinham da tela à altura dos joelhos de Emma.

"Aquelas eternidades vazias no aeroporto. Chegar lá, ficar esperando, sem os sapatos, numa fila enorme. Pense nisso. A gente tira os sapatos e remove os objetos metálicos e aí entra numa cabine e levanta os braços e é revistada e recebe uma dose de radiação e é reduzida à nudez numa tela em algum lugar e depois fica totalmente impotente de novo esperando dentro do avião parado, com o cinto de segurança apertado, nosso voo é o décimo oitavo da fila, e é tudo normal, tudo rotineiro, a gente se obriga a esquecer isso. Aí é que está."

Ela perguntou: "Aí é que está o quê?".

"O quê? Tudo. São as coisas que a gente esquece que nos dizem quem a gente é."

"Isso é uma afirmativa filosófica?"

"O engarrafamento é uma afirmativa filosófica. Eu quero pegar a sua mão pra enfiar entre as minhas pernas. Isso é uma afirmativa filosófica."

Stak afastou-se da divisória. Empertigou-se e ficou imóvel, olhando para o vazio.

Nós esperamos.

"O homem. O motorista. Ele já foi talibã."

Stak falava num tom normal, mantendo o olhar vazio. Pensamos no que ele dissera, eu e Emma, e por fim ela perguntou: "Isso é verdade?".

"Ele falou, eu ouvi. Talibã. Esteve metido em escaramuças, combates, várias operações."

"Sobre o que mais vocês falaram?"

"A família dele, a minha."

Emma não gostou de ouvir isso. O tom leve que havíamos adotado deu lugar ao silêncio. Imaginei um bar onde poderíamos ir depois de largar o garoto, gente amontoada diante do balcão, casais em três ou quatro mesas, conversas animadas, mulheres rindo. Talibã. Como é que tantas pessoas acabam aqui, as que fogem do terror e as que o praticam, todos dirigindo táxis.

Estávamos no táxi porque Stak rejeitava o metrô. O calor absurdo, o fedor da estação. A espera em pé. Os vagões superlotados, as vozes gravadas, os corpos se tocando. Seria ele um membro da espécie que rejeita todas as coisas que temos que tolerar para manter nosso precário controle sobre a ordem comum?

Ficamos em silêncio por algum tempo e eu apertei o OFF e depois Emma fez o mesmo e eu repeti o gesto. As buzinas diminuíram, mas o trânsito continuou parado e logo o barulho voltou, uns poucos motoristas depravados estimulando outros e mais outros até que o som amplificado se transforma numa força independente, barulho só para fazer barulho, avassalando os detalhes referentes a tempo e lugar.

Engarrafamento, centro da cidade, domingo, não faz sentido.

Disse Stak: "Se você fechar os olhos, o barulho vira um som que é mais ou menos normal. Ele não vai embora, mas passa a ser só uma coisa que você está ouvindo, porque os olhos estão fechados. Vira um som seu".

"E quando a gente abre os olhos de novo?", perguntou a mãe.

"O som vira barulho outra vez."

Por que adotar um menino dessa idade, cinco ou seis ou sete anos, um menino que você viu pela primeira vez numa cidade em que você nunca ouviu falar, a muitos quilômetros da capital, num país que é ele próprio um filho adotivo, que uma potência vem passando para outra há séculos. Emma me havia contado que seu marido tinha raízes na Ucrânia, mas pelo lado dela eu estava certo de que devia ser algo no rosto do menino, nos olhos dele, uma necessidade, uma súplica, que lhe inspirou uma compaixão avassaladora. Emma viu ali uma vida despida de expectativas que ela podia tomar e salvar, dando-lhe sentido. Mas havia também, é ou não é, uma coisa de pegar ou largar, uma aposta em carne e osso, vamos nessa, desdenhando tudo aquilo que podia dar errado. E quem sabe aquele estranho na casa não lhe traria, a longo prazo, a sorte que talvez viesse a salvar seu casamento?

Ela disse que Stak contava os pombos pousados no telhado do prédio em frente e nunca deixava de informar os números. Dezessete, vinte e três, apenas doze, decepcionante.

Então, parada na calçada, não um sem-teto de rosto melancólico com uma placa escrita com creiom, pedindo dinheiro, mas uma mulher numa postura meditativa, corpo ereto, saia comprida e blusa larga, braços dobrados acima da cabeça, dedos quase se tocando. Os olhos estavam fechados e ela permanecia imóvel, uma imobilidade natural, com um menino pequeno a seu lado.

Eu já vira aquela mulher antes, ou então mulheres diferentes, aqui e ali, braços caídos junto ao corpo ou cruzados sobre o peito, olhos sempre fechados, e agora o menino, primeira vez, calças bem passadas, camisa branca, gravata azul, ar um pouco assustado, e até aquele momento eu nunca me perguntara qual era a causa, nem por que não havia placa nenhuma, nem folhetos nem panfletos, só a mulher, a imobilidade, o ponto fixo no torvelinho incessante. Fiquei a observá-la, sabendo que não seria capaz de inventar um único detalhe a respeito da vida que pulsava por trás daqueles olhos.

O tráfego começou a andar, e Stak voltou a falar com o motorista, testa colada no acrílico.

"Às vezes eu mando ele calar a boca e comer o espinafre. Ele levou um bom tempo", disse ela, "pra entender que é uma brincadeira."

Stak vinha a Nova York de vez em quando passar um feriadão e ficar dez dias, quando terminava o período escolar. Só isso. Emma não tinha me explicado por que se separara do marido, e certamente havia uma razão para eu não ter perguntado. Em consideração à discrição dela, talvez, mas talvez o motivo fosse algo mais essencial, o fato de que éramos dois indivíduos explorando uma semelhança de mentalidades, decididos a guardar distância do passado, desafiar todo e qualquer impulso no sentido de recontar nossos históricos pessoais. Não éramos casados, não morávamos na mesma casa, mas nossas vidas estavam firmemente entrelaçadas, uma pessoa fazendo parte da outra. Era assim que eu encarava a coisa. Uma ligação intuitiva, recíproca, um número vinculado ao outro de tal modo que quando um é multiplicado pelo outro, dia ou noite, o produto é um.

"Ele não entende as piadas, e isso é interessante porque o pai dele dizia a mesma coisa a respeito de mim."

Emma trabalhava como consultora numa escola para crianças com dificuldades de aprendizagem e problemas de desenvolvimento, uma escola que funcionava o ano inteiro. Emma Breslow. Eu gostava de pronunciar o nome. Eu gostava de dizer a mim mesmo que jamais teria conseguido adivinhar aquele nome, nem inventá-lo, se ela não tivesse se apresentado no casamento de amigos comuns numa fazenda de criação de cavalos em Connecticut, onde nos vimos pela primeira vez. Quem sabe aquilo não haveria de se tornar um tema nostálgico que retomaríamos em anos futuros? Estradas no interior, pastos gramados, os noivos com botas de montaria. A ideia de anos futuros era um assunto amplo e aberto demais para que nós o explorássemos.

Aqui as torres eram cada vez mais altas e o motorista simplesmente dirigia o carro, deixando que Stak praticasse seu pachto. Duas moças atravessaram a rua no sinal, cabeças raspadas, e na tela um homem e uma mulher falavam em tons remotos sobre mais uma onda de derretimento de geleiras no oceano Ártico, e ficamos aguardando a exibição de alguma cena, um vídeo amador ou filmagem de helicóptero da estação, mas eles mudaram de assunto e eu apertei o OFF e eles continuaram lá, e então Emma apertou de novo e eu apertei de novo, com calma, e nos resignamos ao teor mortalmente sedativo da imagem e do som.

Então Emma disse: "Ele fala o tempo todo sobre meteorologia. Não só sobre o tempo que está fazendo hoje, mas o fenômeno geral do clima em lugares específicos. Por que é que Phoenix é sempre mais quente que Tucson embora Tucson fique mais ao sul? Ele não me diz a resposta. Não é uma coisa que eu normalmente saberia, e é uma coisa que ele sabe, e ele não tem a menor intenção de compartilhar esse conhecimento. Ele gosta de recitar temperaturas. Os números dizem a ele alguma coisa. Tucson, cento e três graus Fahrenheit. Ele sempre especifica, Fahrenheit ou Celsius. Ele saboreia as duas palavras. Phoenix, cento e sete graus Fahrenheit. Bagdá. Quanto está fazendo hoje em Bagdá?".

"Ele se interessa pelo clima."

"Ele se interessa pelos números. Alta, média, baixa. Nomes de lugares e números. Shanghai, ele diz. Precipitação, zero vírgula zero um polegadas de precipitação. Mumbai, ele diz. Ele adora dizer Mumbai. Mumbai. Ontem, noventa e dois graus Fahrenheit. Então diz quanto é em Celsius. Então consulta um dos aparelhos dele. Então diz quanto que é hoje. Depois, quanto vai ser amanhã. Riad, diz ele. Fica decepcionado quando Riad perde pra outra cidade. Uma decepção emocional."

"Você está exagerando."

"Bagdá, diz ele. Cento e treze graus Fahrenheit. Riad. Cento e nove graus Fahrenheit. Ele está me fazendo desaparecer. O tamanho dele, a presença dele numa sala, ele faz nosso apartamento encolher, não consegue ficar no mesmo lugar, anda de um lado pro outro e fala, recita dados de memória, e as exigências, os ultimatos dele, e a voz com que ele diz essas coisas, com um eco próprio. Estou exagerando um pouquinho."

O táxi se esgueirava pelas ruas congestionadas do centro, e se Stak estava ouvindo o que sua mãe dizia, não dava sinal disso. Estava falando em inglês, agora, tentando guiar o motorista no jogo de tabuleiro das ruas de mão única e sem saída.

"Não sei quem ele é, não sei quem são os amigos dele, não sei quem eram os pais dele."

"Ele não teve pais. Teve uma mãe e um pai biológicos."

"Detesto a expressão *mãe biológica*. Parece coisa de ficção científica. Ele lê ficção científica, em quantidades terminais. Isso é uma coisa que eu sei."

"E ele vai embora quando?"

"Amanhã."

"E como você vai se sentir quando ele for embora?"

"Vou sentir falta dele. Assim que ele abrir a porta e sair."

Deixei que o comentário se estabilizasse no ar.

“Então por que você não exige que ele fique mais tempo com você?”

“Eu não ia suportar”, disse ela. “Nem ele.”

O táxi parou numa rua quase vazia logo abaixo do poço das finanças, e Stak fez um ângulo com o corpo para saltar do carro e acenou com a mão virada para trás num adeus irônico. Ficamos a vê-lo entrar num loft onde passaria duas horas numa sala cheia de poeira e fedor, aprendendo os princípios do jiu-jítsu, um método engenhoso de defesa pessoal que deu origem ao atual judô.

O motorista abriu o painel do meio e Emma lhe pagou. Caminhamos por algum tempo, a esmo, ruas que pareciam abandonadas, um hidrante aberto do qual saía um fio magro de água ferrugenta.

Depois de algum tempo, ela disse: “Ele inventou essa história de talibã”.

Mais uma ideia para eu absorver.

“Você tem certeza?”

“Ele improvisa de vez em quando, exagera alguma coisa, expande alguma coisa, leva uma história até um limite que pode ou não testar a sua credulidade. O talibã era ficção.”

“Você percebeu na hora.”

“Mais do que isso. Eu sabia”, disse ela.

“Eu caí.”

“Não sei qual a motivação dele. Acho que nenhuma. É uma espécie de experimento recorrente. Ele testa a si próprio e a mim e você e todo mundo. Ou então é puro instinto. Pensar numa coisa e dizer. O que ele imagina se torna realidade. No fundo, não é tão estranho assim. Só que às vezes me dá vontade de bater com a frigideira nele.”

“E o jiu-jítsu?”

“Isso é real, é uma coisa séria, uma vez me deixaram assistir.

O corpo dele está disposto a seguir um formato estrito se ele respeita a tradição. A tradição é o combate dos samurais. Guerreiros feudais."

"Catorze anos."

"Catorze."

"Não é treze nem quinze. Catorze é o momento da eclosão final."

"E você passou por essa eclosão final?"

"Ainda estou esperando por ela."

Mergulhávamos em longos silêncios, caminhando para dentro, passo a passo, e uma chuva leve não provocou nenhuma palavra nem nos fez buscar proteção. Caminhamos rumo ao norte, até as barricadas antiterror na Broad Street, onde o guia de um grupo de turistas falava a seus seguidores protegidos por guarda-chuvas sobre as marcas deixadas no muro pela bomba de um anarquista há cem anos. Caminhávamos pelas ruas vazias, e nossos passos sincronizados começaram a parecer um coração batendo e logo se transformaram num jogo, um desafio tácito, cada vez mais rápido. O sol reapareceu segundos antes de a chuva parar e passamos por um carrinho de *shish kebab* desacompanhado e vimos um garoto passar deslizando de skate no final da rua, aparecer e sumir, e nos aproximamos de uma mulher com um véu árabe, pele branca, blusa branca, saia tingida de azul, falando sozinha e andando de um lado para o outro, descalça, cinco passos para o leste, cinco para o oeste numa calçada onde uma rede cobria os andaimes de uma obra. Então o Money Museum, o Police Museum, os velhos prédios de pedra na Pine Street e nosso passo apertou novamente, ali não havia carros nem gente, só os postes de ferro, os separadores de trânsito baixos ao longo da rua, e eu me dei conta de que ela me ganharia, ela manteria o ritmo mais uniforme, ela era movida pela força de vontade mesmo quando seguia até uma caixa de correio com um cartão-postal na mão. Um som ao nosso redor que não conseguimos identificar nos fez parar e ficar ouvindo, o tom, o timbre, um zumbido grave e baixo e contínuo, inaudível até o momento em que você o ouve, quando então ele está em todos os lados, a cada passo que você dá, vindo dos prédios vazios em ambos os lados da rua, e ficamos parados diante das portas giratórias trancadas do Deutsche Bank escutando os sistemas que rodavam lá dentro, as redes de componentes a interagir. Agarrei Emma pelo braço e levei-a até a entrada de uma loja fechada e nós nos atracamos e nos apertamos um contra o outro e chegamos quase a ponto de trepar.

Então nos entreolhamos, sem uma palavra, um daqueles olhares cujo sentido é mas quem é você, afinal. Era o olhar dela. As mulheres são donas desse olhar. O que é que estou fazendo aqui e quem é que está comigo, um bobalhão que apareceu assim do nada. Nós ainda estávamos nos primórdios, e mesmo se o namoro durasse ele ia continuar parecendo os primórdios. Não precisávamos descobrir mais nada, e não se tratava de um cálculo contratual frio, como pode parecer. É apenas as pessoas que éramos e a maneira como falávamos e nos sentíamos. Retomamos nossa caminhada, agora sem pressa, vendo um velho sem camisa, as calças do pijama arregaçadas, pegando sol numa cadeira de praia na escada de incêndio de um cortiço. Aquilo era tudo. Compreendemos que a textura da nossa consciência compartilhada, o desenho, o esquema, continuaria marcada tal como nos primeiros dias e noites.

Fomos andando lentamente de volta à rua de onde havíamos partido, e me dei conta de que estávamos entrando num certo estado de espírito, de Emma, uma disposição atenuada cuja forma era influenciada pela presença iminente do filho dela. Chegamos ao loft, e Stak apareceu com suas coisas amarradas numa trouxa, a qual ele levaria para Denver. Caminhamos para o norte e para o oeste e dei por mim imaginando que o motorista do táxi que a gente ia pegar teria nome e sotaque da Ucrânia e ia gostar de conversar em sua língua com Stak, dando ao menino mais uma oportunidade de transformar a vida esparsa de um desconhecido numa ficção luxuriante.

3

Eu verifico vez após vez o fogão depois de desligar as bocas. À noite me certifico de que a porta está trancada e em seguida retomo o que estava fazendo, mas daí a pouco volto à porta sorrateiramente, examino a tranca, tento virar a maçaneta para checar, confirmar, testar a verdade de, antes de me deitar. Quando foi que isso começou? Na rua, fico vendo se trouxe a carteira e depois as chaves. Carteira no bolso esquerdo de trás, chaves no direito da frente. Sinto e apalpo a carteira por fora do bolso e às vezes enfio o polegar dentro dele para tocar na carteira em si. Não faço o mesmo em relação às chaves. Me contento em ter contato com elas por fora do bolso, agarrando o chaveiro por cima de duas camadas de pano, o bolso da calça e o lenço. Não acho necessário embrulhar as chaves no lenço. As chaves ficam embaixo do lenço. Digo a mim mesmo que assim é menos anti-higiênico do que a possibilidade de embrulhar as chaves no lenço, se e quando eu assoar o nariz.

Fui ver Ross na sua sala de pinturas monocromáticas, onde ele ficou pensando e eu, esperando. Ele me pedira para vir, dizendo que tinha uma ideia que queria me propor. Ocorreu-me que aquela sala era sua cela de isolamento, lugar formal de todas as lembranças queridas. Ross fechou os olhos, deixou a cabeça cair para a frente e então, como se obedecendo a uma regra predeterminada, ficou vendo sua própria mão começar a tremer.

Quando o tremor parou, ele virou-se para mim.

"Ontem eu lavei o rosto e me olhei no espelho, a sério, demoradamente. E percebi que estava ficando desorientado", disse ele, "porque no espelho esquerda é direita e direita é esquerda. Mas não foi assim. O que devia ser minha orelha direita falsa era a direita de verdade."

"Era o que parecia."

"Era o que era."

"Devia haver uma disciplina chamada física da ilusão."

"Existe, só que o nome é outro."

"Isso foi ontem. O que aconteceu hoje?", perguntei.

Ele não tinha resposta para isso.

Então Ross disse: "A gente teve um gato uma época. Acho que você não chegou a ficar sabendo. O gato descia pra cá e se enroscava no tapete e havia uma certa imobilidade, uma graça especial, dizia a Artis, que o gato instaurava na sala. O gato ficou inseparável das pinturas, o gato pertencia a elas. Quando ele estava aqui, a gente falava em voz baixa e tentava não fazer nenhum movimento abrupto ou desnecessário. Isso seria trair o gato. Acho que levávamos a coisa a sério. Seria trair o gato, dizia a Artis, com aquele sorriso de quando ela estava sendo uma personagem de um filme inglês antigo. Seria trair o gato".

A barba de Ross transbordava do rosto, mais solta e mais branca do que os modelos arquitetônicos do passado. Ross passava boa parte do tempo naquela sala, envelhecendo. Acho que ele ia lá para envelhecer. Contou-me que estava doando algumas de suas obras de arte para instituições e dando umas peças pequenas a amigos. Fora por isso que ele havia me chamado. Sabia que eu admirava as obras daquelas paredes, pinturas de intensidade contida em diversos graus, óleo sobre tela, todas as cinco. E a sala em si, parcamente mobiliada, exprimia essa contenção de tal modo que o visitante podia sentir que sua própria presença era uma violação. Eu não era sensível a esse ponto.

Falamos sobre as pinturas. Ele havia aprendido o idioma, eu não, mas nossa maneira de ver, no final das contas, não era muito diferente. Luz, equilíbrio, cor, rigor. Ele queria me dar um quadro. Escolha um, é seu, e talvez mais de um, disse ele, e além disso, tem também a questão de onde você vai querer morar depois.

Deixei que este último comentário ficasse em suspenso. Surpreendeu-me constatar que ele imaginava que eu pudesse querer morar ali num futuro não especificado. Ele falava nessa possibilidade de modo prático, uma questão de negócios da família, mas não estava pensando no valor financeiro da propriedade. Detectei um toque de hesitação, uma sugestão de curiosidade inocente em sua voz. Talvez ele estivesse me perguntando quem eu era.

Ele estava inclinado para a frente, eu estava recostado no espaldar.

Respondi que eu não saberia morar ali. Era uma bela casa de arenito escuro com porta da frente de carvalho talhado, interior revestido de madeira com uma mobília severa. Meu comentário não visava apenas ter impacto. Ali eu seria um turista, preso a uma disposição temporária. Fora Artis que o levara a mudar-se de sua cobertura dúplex com decoração suntuosa, jardins ensolarados e vistas deslumbrantes de crepúsculos atômicos. Eram as coisas que combinavam com seu ego global naquela época.

Você tem duas sacadas majestosas, ela lhe disse, uma a mais do que o papa. Ali, parte de sua coleção de arte, todos os seus livros, tudo que ele conseguira aprender, amar e adquirir.

Eu sabia morar onde eu morava, um prédio antigo no Upper West Side com um pátio interior pequeno e melancólico sempre imerso na sombra, um hall outrora grandioso, uma lavanderia que precisava de seguro contra enchentes — num apartamento com instalações tradicionais, pé-direito alto, vizinhos discretos, dar bom-dia aos rostos conhecidos no elevador, subir com Emma para o terraço coberto de asfalto quente, nós dois voltados para o oeste, vendo uma tempestade cruzar o rio em nossa direção.

Foi o que eu disse a ele. Mas será que a coisa se resumia a isso? Havia um toque de agressividade nesses comentários, uma rejeição barata arrancada do fundo do passado. Todos esses níveis, esses liames espirais de envolvimento, fundamentais à situação que nos unia.

Eu disse que estava mexido e sugeri que nós dois pensássemos mais um pouco. Mas eu não estava mexido e não acreditava que ele fosse pensar mais. Eu disse que aquela sala era impressionante, com ou sem o gato. O que eu não disse é que havia umas fotos de Madeline no meu apartamento. Menina, moça, mãe com filho adolescente. E como eu poderia exibir aquelas fotos no ambiente hostil da casa de meu pai.

Emma tinha estudado dança por um tempo, anos antes, e havia nela algo de aerodinâmico, no rosto e no corpo, no jeito de andar, no passo, até mesmo nas frases aparadas. Por vezes eu imaginava que ela submetia até mesmo os momentos mais triviais a um plano detalhado. Eram as especulações aleatórias de um homem cujos dias e noites sem roteiro já começavam a definir o modo como o mundo se dobrava a seu redor.

Mas ela me protegia do descontentamento total. Era minha namorada. A ideia em si me consolava, a palavra em si, *namorada*, a bela nota musical, os *aa* abertos. Como eu mergulhava em devaneios bestas, examinando a palavra, vendo nela uma forma de mulher, sentindo-me como um adolescente antegozando o dia em que poderá dizer a si mesmo que tem uma namorada.

Fomos para a casa dela, um apartamento modesto num prédio construído antes da guerra, East Side, e ela me mostrou o quarto de Stak, que em visitas anteriores eu só vira de passagem. Dois bastões de esqui num canto, uma cama desmontável com um cobertor do Exército, um mapa imenso da União Soviética na parede. Senti-me atraído pelo mapa, procurando naquele espaço amplo nomes de lugares que eu conhecia e os muitos que eu nunca vira antes. Aquilo era a parede da memória do menino, disse Emma, um grande arco de conflitos históricos que se estendia da Romênia ao Alasca. Todas as vezes que Stak vinha ficar com a mãe, havia um momento em que ele simplesmente ficava parado olhando para o mapa, comparando suas fortes lembranças pessoais de abandono com a memória coletiva de crimes antigos, as fomes provocadas por Stálin que mataram milhões de ucranianos.

Ele conversa com o pai sobre os acontecimentos recentes, disse ela. Não tem muito a me dizer. Pútin, Pútin, Pútin. É o que ele diz.

Parado diante do mapa, comecei a recitar em voz alta nomes de lugares. Eu não sabia por que estava fazendo isso. Arkhánguelsk, Semipalátinsk e Sverdlovsk. Isso era poesia ou história ou uma caminhada infantil por uma superfície desconhecida? Eu imaginava Emma unindo-se a mim neste recital, enfatizando cada sílaba, nós dois, o corpo dela apertado contra o meu. Kírensk e Svobódni, e então imaginei nós dois no quarto dela, onde tirávamos os sapatos e nos deitávamos na cama, recitando os nomes cara a cara, cidades, rios, repúblicas, cada um de nós retirando uma peça de roupa para cada nome recitado, eu tirando a jaqueta por Górki, ela o jeans por Kamchatka, seguindo lentamente até Khárkov, Sarátov, Omsk, Tomsk, e comecei a me sentir um idiota a essa altura mas continuei por mais algum tempo, recitando interiormente, num fluxo de insensatez, nomes em forma de gemidos, a imensa massa territorial dando forma a um mistério que envolvesse nossa noite de amor.

Porém estávamos no quarto de Stak, não no de Emma, e parei de recitar e parei de imaginar, mas ainda não quis abrir mão do mapa. Havia tantas coisas para ver e sentir e desconhecer, tantas coisas para não saber, e também Tcheliábinsk, bem ali, onde o meteoro havia caído, e a própria Convergência enterrada em algum lugar do mapa na antiga União Soviética, cercada pela China, o Irã, o Afeganistão e não sei que mais. Seria mesmo possível que eu tivesse estado ali, no meio de narrativas tão profundas e contundentes, e está tudo ali, décadas de convulsões achatadas, reduzidas a topônimos.

O mapa era de Stak, não meu, e me dei conta de que a mãe dele não estava mais parada ao meu lado, porém havia saído do quarto e voltado para o tempo e espaço locais.

A cidade parece achatada, tudo próximo ao nível das ruas, os andaimes das construções, obras de rua, sirenes. Olho para os rostos das pessoas, faço uma análise instantânea, sem palavras, da pessoa contida no rosto, então me lembro de olhar para cima, ver as geometrias sólidas das estruturas altas, linhas, ângulos, superfícies. Virei um estudioso dos semáforos para pedestres. Gosto de atravessar a rua correndo quando só restam três ou quatro segundos no semáforo. Sempre há um segundo e pouco de lambuja entre a hora em que o sinal de pedestres fica vermelho e a hora em que o de trânsito fica verde. Essa é a minha margem de segurança, e saboreio essas oportunidades, atravessando uma avenida larga com passos decididos, às vezes uma corridinha civilizada. Isso faz que me sinta fiel ao sistema, sabendo que o risco desnecessário é parte do código da patologia urbana.

Era o dia em que os pais visitavam a escola onde Emma trabalhava, e ela me convidou a acompanhá-la. As crianças tinham deficiências de todos os tipos, desde defeitos de fala a problemas emocionais. Elas enfrentavam obstáculos ao aprendizado normal, para atingir certas formas básicas de consciência, compreender, fixar as palavras na ordem apropriada, adquirir experiências, ficar alerta, informar-se, descobrir coisas.

Eu estava encostado na parede, numa sala cheia de meninos e meninas sentados a uma mesa comprida com livros para colorir, jogos e brinquedos. Os pais ficavam em torno, sorrindo e conversando, e havia motivo para sorrir. As crianças estavam animadas e interessadas, escreviam histórias e desenhavam bichos, as que eram capazes de fazer isso, e eu assistia e escutava, tentando captar algo daquelas vidas em pleno andamento no tumulto informal de vozinhas entremeadas e corpos grandes ao redor.

Emma aproximou-se de mim, gesticulando para uma menina que estava debruçada sobre um quebra-cabeça, uma menina que tinha medo de dar um único passo, daqui para ali, de um minuto a outro, e precisava de muitas palavras de apoio e de uma mãozinha a toda hora. Tem dias que são melhores que os outros, disse Emma, e era essa a frase que haveria de me ficar na cabeça. Todas essas deficiências tinham siglas que as designavam, mas Emma comentou que não as utilizava. Na extremidade da mesa há um garoto que não consegue produzir os movimentos musculares específicos que lhe permitiriam pronunciar palavras que seriam compreendidas pelos outros. Nada é natural. Fonemas, sílabas, tônus muscular, movimentos da língua, dos lábios, da mandíbula, do palato. A sigla é AFI, disse ela, mas não traduziu o termo. Segundo ela, a sigla parecia um sintoma do próprio mal.

Pouco depois ela estava de novo no meio da criançada, e era evidente sua autoridade, sua autoconfiança, mesmo em sua modalidade mais suave, falando, sussurrando, mexendo numa peça sobre um tabuleiro ou simplesmente observando uma criança ou falando com um dos pais. Para todos os lados a atmosfera era de alegria e atividade, mas eu me sentia grudado à parede. Tentava imaginar a criança, esta ou aquela, a que não conseguia reconhecer padrões e formas, ou a que era incapaz de fixar a atenção ou seguir instruções faladas, por mais simples que fossem. Olhava para o menino com o alfabeto ilustrado e tentava vê-lo no final do dia, no ônibus escolar, conversando com os colegas ou olhando pela janela, e o que será que ele vê e até que ponto o que ele vê difere do que o motorista vê, ou as outras crianças veem, e o imaginava sendo esperado na esquina dessa rua com aquela avenida pela mãe ou pai ou irmã ou irmão mais velho ou a babá ou a empregada da família. Nada disso me aproximava da vida em si.

Mas por que haveria de fazê-lo? Como poderia fazê-lo?

Havia outras crianças em outras salas e umas poucas que eu tinha visto antes andando pelos corredores, sendo guiadas para uma das salas por um dos pais ou dos professores. Gente grande. Conseguiriam algumas dessas crianças chegar à idade adulta, virar gente grande em termos de visão do mundo e atitude, capazes de comprar um chapéu, atravessar uma rua. Olhei para a garota que não conseguia dar um passo sem pressentir algum perigo predeterminado. Ela não era uma metáfora. Cabelo castanho-claro, agora iluminado pelo sol, um rubor natural no rosto, um olhar atento, mãozinhas pequenas, seis anos de idade, pensei, Annie, pensei, ou talvez Katie, e resolvi ir embora antes que ela terminasse de jogar o jogo colocado diante dela, o dia dos pais chegara ao fim, as crianças estavam livres para passar para a próxima atividade.

Jogar um jogo, fazer uma lista, desenhar um cachorro, contar uma história, dar um passo.

Tem dias que são melhores que os outros.

4

Finalmente chegou a hora, telefonei para Silverstone e rejeitei a oferta de emprego. Ele disse que compreendia. Eu queria dizer: não compreende, não, você não compreende tudo, principalmente a parte que faz de mim uma pessoa interessante.

Eu estava esse tempo todo seguindo as pistas mais promissoras e não tinha opção, o jeito era continuar assim, me perguntando de vez em quando se eu havia me tornado obsoleto. Na rua, no ônibus, dentro da tempestade da *touch screen*, eu me via entrando automaticamente na meia-idade, um homem involuntário, guiado pelos atos do sistema nervoso.

Eu disse a Emma algo a respeito do emprego. Que não era o que eu queria, não atendia às minhas necessidades. Em resposta, ela disse menos ainda. Isso não me surpreendeu. Ela aceitava as coisas como eram, não passivamente nem com indiferença, mas interpondo um espaço entre ela e a coisa. Ele e ela, aqui e ali. Isso não se aplicava a Stak. O filho dela foi o tema de uma de nossas conversas no terraço, dia nublado, nosso lugar costumeiro no lado oeste, vendo uma barca sendo rebocada rio abaixo, centímetro por centímetro, de modo descontínuo, alguns prédios altos fragmentando nossa vista.

"É o que ele faz agora. Sites de apostas on-line. Ele aposta em desastres aéreos, de verdade, a probabilidade postada depende da empresa, do país, do intervalo temporal, outros fatores. Ele aposta em ataques de drones. Onde, quando, quantos mortos."

"Ele te falou isso?"

"Atentados terroristas. Entrar no site, examinar as condições, fazer a aposta. Qual país, qual grupo, número de mortos. Sempre o intervalo temporal. Tem que acontecer num período de tantos dias, semanas, meses, outras variáveis."

"Ele te falou isso?"

"O pai dele me falou. O pai mandou que ele parasse. Assassinatos de figuras públicas, de chefes de Estado a líderes rebeldes e outras categorias. A probabilidade depende da classificação hierárquica do indivíduo e do país. Tem outros tipos de aposta também, muitos. Parece que o site vai de vento em popa."

"Acho difícil. Essas coisas não acontecem o tempo todo."

"Acontecem. As pessoas que fazem as apostas torcem pra que elas aconteçam, ficam esperando acontecer."

"A aposta torna o acontecimento mais provável. Eu entendo isso. Pessoas comuns sentadas em casa."

"Uma força que muda a história", disse ela.

"É nessa que eu estou", disse eu.

Estaríamos começando a gostar disso? Olhei de relance para a outra extremidade do terraço e vi uma mulher de sandálias, short e bustiê arrastando uma toalha para um lugar onde, ao que parecia, ela achava que ia bater sol. Olhei para as nuvens pesadas, depois voltei a olhar para a mulher.

"Você fala sempre com o pai dele?"

"A gente fala quando necessário. De vez em quando é necessário. Ele tem outros hábitos, coisas que ele faz."

"Conversar com motorista de táxi."

"Isso não merece um telefonema pra Denver."

"Que mais?"

"Ele fica uns dias com a voz alterada. Uma voz meio apática que ele faz. Não consigo imitar. Uma voz submersa, um som digital, unidades sonoras encaixadas. E mais o pachto. Ele começa a falar pachto na rua com pessoas que ele acha que podem ser falantes nativos. Quase nunca são. Ou com um empregado do supermercado ou um comissário de bordo no avião. O comissário fica achando que aquilo é o começo de um sequestro. Já vi isso acontecer uma vez, o pai viu duas."

Percebi que me incomodava saber que ela conversava com o pai de Stak. Claro que os dois conversavam, por mil motivos. Imaginei um sujeito forte, bem moreno, parado em pé numa sala com fotos na parede, pai e filho com indumentárias de caçadores. Ele e o menino vendo o noticiário da tevê num canal pouco conhecido de televisão a cabo, programação da Europa Oriental. Eu precisava de um nome para o pai de Stak, o ex de Emma, em Denver, a uma milha de altitude.

"Ele parou de apostar em carros-bombas?"

"O pai dele não está totalmente convencido. De vez em quando ele dá uma incerta nos aparelhos do Stak."

A mulher da toalha estava imóvel, supremamente supina, pernas abertas, braços abertos, palmas da mão para cima, rosto para cima, olhos fechados. Talvez tivesse se informado de que o sol ia sair, talvez não quisesse sol, talvez fizesse isso todos os dias na mesma hora, uma concessão, uma disciplina, uma religião.

"Ele volta daqui a uns quinze dias. Tem que ir à academia de jiu-jítsu. O *dojo* dele", disse ela. "Um acontecimento especial."

Ou então ela só queria sair do apartamento, uma moradora do prédio que eu não conhecia, meia-idade, escapando da vida cúbica por algumas horas, tal como nós, tal como as centenas de pessoas que veríamos quando fôssemos atravessar o parque em direção à casa de Emma, gente correndo, não fazendo nada, jogando softbol, pais empurrando carrinhos, o alívio palpável de passar algum tempo num espaço não medido em metros quadrados, fazer parte de uma multidão espalhada por si só inspirava segurança, pessoas livres para olhar uma para a outra, para reparar, admirar, invejar, espantar-se.

Pense nisso, quase cheguei a dizer. Tantos outros lugares, multidões se formando, milhares gritando, recitando, enfrentando a polícia com seus cassetetes e escudos. Minha mente penetrando nas coisas, incontornável, gente morta e morrendo, mãos amarradas atrás, crânios rachados.

Começamos a andar mais depressa porque ela queria chegar em casa a tempo de assistir a uma partida de tênis em Wimbledon, a jogadora favorita dela, a mulher letã que gemia de modo erótico cada vez que rebatia a bola com ferocidade.

Se nunca tivesse conhecido Emma, o que eu veria quando ando pelas ruas sem rumo, indo ao correio ou ao banco. Veria o que está lá, não é, ou o que eu pudesse montar a partir do que está lá. Mas agora é diferente. Vejo ruas e gente com Emma nas ruas e no meio das pessoas. Ela não é uma aparição, mas apenas um sentimento, uma sensação. Não estou vendo o que acho que ela estaria vendo. A percepção é minha, mas Emma está presente dentro dela, ou dispersa através dela. Eu a percebo, sinto, sei que ela ocupa algo dentro de mim que torna possível esses momentos, de vez em quando, ruas e gente.

As notas de vinte dólares emergiram da fenda do caixa automático e fiquei na cabine contando o dinheiro e virando umas notas de cabeça para baixo, outras do verso para o anverso, deixando o maço uniforme. Disse a mim mesmo, sensato, que esse procedimento deveria ter sido feito pelo banco. O banco devia entregar o dinheiro, o meu dinheiro, de modo ordenado, dez notas, cada uma de vinte dólares, todas viradas para cima, dinheiro limpo, dinheiro higienizado. Contei de novo, cabeça baixa, ombros curvados, separado das pessoas nas cabines a meu lado, isolado mas consciente, sentindo a presença delas à esquerda e à direita, segurando meu dinheiro junto ao peito. Não parecia ser eu. Parecia outra pessoa, um recluso que acabou por se meter numa situação semipública, parado ali contando dinheiro.

Toquei na tela para obter um recibo, e depois um extrato da conta, embrulhei as notas naqueles papeizinhos frágeis e tóxicos, e saí da cabine, do caixa eletrônico, recibos e dinheiro no punho cerrado. Não olhei para as pessoas na fila. Ninguém olha para ninguém no entorno do caixa eletrônico. E tentei não pensar nas câmaras de segurança, mas lá estava eu no dispositivo de autovigilância da minha mente, corpo recurvo ao retirar o dinheiro da fenda, contá-lo, organizá-lo e contá-lo de novo.

Mas aquilo seria mesmo tão introspectivo, uma cautela tão anormal? O manuseio das notas, o estado de alerta, as pessoas agem assim mesmo, não é, verificam a carteira, as chaves, apenas mais um nível do cotidiano.

Em casa, estou às voltas com registros de transições, recibos de saques, extratos de contas, meu smartphone já ultrapassado, o extrato de meu cartão de crédito, novo extrato, pagamento atrasado, taxas adicionais, tudo espalhado à minha frente na velha escrivaninha de nogueira que fora de Madeline, e tento encontrar a fonte de uma série de pequenos erros persistentes, desvios da lógica numérica, da imposição objetiva dos números confiáveis que determinam o valor de uma pessoa, enquanto o total diminui a cada semana.

* * *

Relatei para Emma em detalhes algumas das entrevistas de emprego, e ela gostou das minhas narrativas — imitações de vozes, às vezes ipsis litteris, dos comentários dos entrevistadores. Ela entendia que eu não estava ridicularizando aqueles homens e mulheres. Era uma abordagem de documentarista a um tipo específico de diálogo, e nós dois sabíamos que o próprio imitador, ainda desempregado, era o tema de toda a performance.

Agora estava fazendo sol, e pensei na mulher escarrapachada no telhado do meu prédio. Mulheres há por toda parte, Emma numa cadeira de diretor ao alcance de meu braço, e a mulher letã e sua adversária na tela da tevê, suando, gemendo, rebatendo uma bola de tênis de modo a formar padrões que poderiam ser analisados a fundo por estudiosos do comportamento humano.

Há cerca de uma hora que não tínhamos uma conversa séria. Eu me submetia a Emma nessas ocasiões. Emma tinha um filho adotivo, um casamento fracassado, um emprego que envolvia crianças deficientes, e eu tinha o quê — acesso a um terraço arejado com vista desimpedida do rio.

Disse ela: "Acho que você curte essas entrevistas. Faz a barba, engraxa os sapatos".

"Só estou com um sapato decente. Não é desleixo total, não, só uma espécie de descuido cotidiano."

"Você sente um certo afeto por esse sapato decente?"

"Sapato é que nem gente. Se adapta às circunstâncias."

Ficamos assistindo ao jogo de tênis e tomando cerveja em copos altos que ela guardava deitados no congelador de sua pequena geladeira. Copos gelados, cerveja *lager* escura, ponto, game, partida, uma mulher acertando a bola com a raquete, a outra saindo do alcance da câmara, a primeira mulher caindo de costas na grama da quadra com uma exuberância alegre, os braços bem abertos como a mulher no terraço, fosse ela quem fosse.

"Defina raquete de tênis. É o tipo de coisa que eu era capaz de dizer a mim mesmo quando estava entrando na adolescência."

"E aí você fazia o que dizia."

"Ou tentava."

"Raquete de tênis."

"Entrando na adolescência."

Eu disse a ela que tinha o hábito de ficar parado num quarto escuro, olhos fechados, mente imersa na situação. Disse a ela que ainda faço isso, se bem que raramente, e que nunca sei quando estou prestes a fazê-lo. Parado no escuro. A luminária fica na cômoda ao lado da cama. E eu ali, de olhos fechados. Meio assim como o Stak.

Ela disse: "Parece uma espécie de meditação formal".

"Não sei, não."

"Vai ver que você está tentando esvaziar a mente."

"Você nunca fez isso."

"Quem, eu, não."

"Eu fecho os olhos pra escuridão."

"E fica pensando quem você é."

"Talvez de uma maneira vazia, se isso é possível."

"Qual a diferença entre olhos fechados num quarto iluminado e olhos fechados num quarto escuro?"

"Duas coisas totalmente diferentes."

"Estou tentando não dizer nada de engraçado."

Ela disse isso num tom normal, com o rosto sério.

Conhecer o momento, sentir a mão deslizando, reunir todos os fragmentos esquecíveis, toalhas limpas no banheiro, um bom sabonete novinho, lençóis limpos na cama, a cama dela, nossos lençóis azuis. Isso bastava para me levar de um dia para o outro, e eu tentava encarar esses dias e noites como a contraordem sussurrada, por nós, em oposição à crença generalizada de que o futuro, o de todo mundo, será pior do que o passado.

Uma pessoa da firma do meu pai me ligou dando detalhes. Lugar, hora, traje. Era um almoço — mas por quê. Eu não precisava almoçar num templo da alta cozinha em Midtown que exige passeio completo, e a comida e os arranjos de flores, pelo que se diz, são deslumbrantes, e os empregados são mais competentes que os carregadores de féretros em funerais de Estado. Era fim de semana, e minhas camisas sociais estavam na lavanderia sendo aprontadas para a próxima série de entrevistas. Tive que vestir uma camisa usada e reusada, cuspindo antes no dedo para limpar o colarinho por dentro.

Sou sempre o primeiro a chegar, sempre chego antes dos outros. Resolvi esperar já na mesa, e quando Ross entrou, sua aparência me surpreendeu. O terno cinza com colete e a gravata colorida contrastavam com a barba de maluquinho de rua e o passo hesitante, e eu não sabia se ele parecia uma ruína impressionante ou um famoso ator de teatro representando o papel que define sua longa carreira.

Ele posicionou-se no banco de veludo deslizando para o lado.

"Você não quis o emprego. Recusou."

"Não tinha a ver. Estou conversando com uma pessoa importante de um grupo de estratégias de investimentos. É uma possibilidade concreta."

"Tem gente desempregada. Você recebeu a oferta de uma posição numa empresa forte."

"Grupo de empresas. Mas eu não fiz pouco da oferta. Analisei todos os aspectos."

"Ninguém se incomoda de você ser meu filho. Tem filho e

filha em tudo que é lugar, em cargos sólidos, fazendo trabalho produtivo."

"Está bem."

"Você dá importância demais a isso. Pai e filho. Você ia se tornar independente em poucos dias."

"Está bem."

"Tem gente desempregada", ele repetiu, sensato.

Conversamos e fizemos os pedidos e eu não parava de olhar para o rosto dele, pensando em certa palavra. Penso em palavras que me levam a realidades densas, esclarecendo uma situação ou circunstância, ao menos em teoria. Lá estava Ross, olhos cansados e ombros caídos, mão direita tremendo um pouco, e a palavra era *dessuetude*. A palavra tinha algo de estiloso que a tornava adequada ao ambiente. Mas o que ela queria dizer? Estado de inação, pensei, talvez uma energia perdida. Eu olhava para Ross Lockhart, muito bem-vestido, mas sem a inexorabilidade e a argúcia que lhe tinham dado forma.

"Última vez que eu estive aqui, há uns cinco anos, eu convenci a Artis a vir. A saúde dela ainda não estava em declínio total. Não me lembro muito bem. Mas teve uma coisa, um intervalo. Isso está muito nítido. Um momento em particular. Ela olhou pra uma mulher sendo levada para uma mesa perto da nossa. Esperou a mulher se sentar e ficou olhando mais um pouco. Então disse: 'Se essa mulher estivesse usando um pouco mais de maquiagem, ela pegava fogo'."

Eu ri do comentário e vi que a lembrança continuava viva nos olhos dele. Ross estava vendo Artis do outro lado da mesa, do outro lado do intervalo de anos, uma espécie de onda quase imperceptível. Chegou o vinho, e ele conseguiu olhar para o rótulo e em seguida realizar o ritual de balançar o copo e provar, mas não cheirou a rolha e não fez sinal de aprovar o vinho. Ainda estava rememorando. O garçom levou um tempo para concluir que estava autorizado a servir o vinho. Eu observava tudo isso com ar de inocência, como um adolescente.

Disse eu: "O nome deles é Selected Assets Inc.".

"Eles quem?"

"As pessoas com quem eu estou conversando."

"Compra uma camisa nova. Quem sabe isso os ajuda a se decidirem", ele observou.

Quando é que um homem se transforma no pai? Eu estava longe disso, mas me ocorreu que a coisa podia acontecer um dia em que eu estivesse olhando para a parede, todas as minhas defesas assimiladas no momento correspondente.

Chegou a comida, e ele começou a comer na mesma hora, enquanto eu o olhava e pensava. Então lhe contei uma história que o fez parar.

Contei-lhe que a mulher dele, a primeira, minha mãe, tinha morrido em casa, na cama, sem poder falar comigo nem me ouvir nem me ver sentado a seu lado. Eu nunca lhe contara isso e não sabia por que o estava fazendo agora, as horas que passei à cabeceira dela, Madeline, com a vizinha parada na porta apoiada na bengala. Dei por mim entrando em detalhes, contando tudo de que eu me lembrava, falando baixo, descrevendo a cena. A vizinha, a bengala, a cama, a colcha. Descrevi a colcha. Mencionei a velha cômoda de carvalho com puxadores em forma de asas de madeira talhada. Ele certamente se lembrava disso. Creio que eu queria que ele se emocionasse. Queria que ele visse as últimas horas tal como haviam sido. Não havia um motivo maligno. Eu queria que nós dois compartilhássemos aquilo. E como era curioso falar nisso ali, com garçons andando na ponta dos pés e caules de açucenas brancas nas paredes, um toque funéreo, e a solitária orquídea branca no vasinho no centro da nossa mesa. Não havia nenhum ressentimento por trás de meus comentários. A cena em si, no quarto de Madeline, não permitiria isso. A mesa, a luminária, a cama, a mulher na cama, a bengala com perninhas abertas.

Ficamos pensando, e depois de algum tempo um de nós comeu mais um pouco e bebericou o vinho, e então o outro fez o mesmo. Por toda parte, no salão, corria uma maré vibrante de conversações, coisa que até então eu não havia reparado.

"Onde que eu estava quando isso aconteceu?"

"Você estava na capa da *Newsweek*."

Observei-o tentando entender essa frase e então expliquei que tinha visto a revista com meu pai na capa momentos antes de ficar sabendo que minha mãe estava em estado crítico.

Ele recurvou-se ainda mais sobre a mesa, apoiando o queixo nas costas da mão.

"Você sabe por que nós estamos aqui?"

"Você disse que veio aqui pela última vez com a Artis."

"E ela vai estar sempre ligada ao assunto que viemos aqui para discutir."

"Me parece que ainda é cedo."

"Não penso em outra coisa", disse ele.

Ele não pensa em outra coisa. Artis na câmara. Também penso nela, de vez em quando, cabeça raspada, nua, em pé, esperando. Será que ela sabe que está esperando? Estará ela numa lista de espera? Ou estará simplesmente morta, sem sequer o menor tremor de autoconsciência?

"Hora de voltar", disse ele. "E quero que você venha comigo."

"Você quer uma testemunha."

"Quero companhia."

"Entendo."

"Uma pessoa apenas. Mais ninguém", disse ele. "Estou fazendo os preparativos."

Ele esvaziaria seus anos de vida na longa viagem de avião.

Imaginei-o perdendo toda a sua lockhartitude, se transformando em Nicholas Satterswaitte. O modo como uma vida exausta reverte às origens. Milhares de milhas de voo, todas aquelas horas amorfas de entorpecimento, dia e noite. Seremos os Satterswaite, eu e ele? *Dessuetude*. Ocorreu-me que a palavra era mais adequada ao filho do que ao pai. Desuso, mau uso. Desperdício de tempo como opção de carreira.

"Você ainda acredita na ideia."

"Completamente", ele respondeu.

"Mas não será uma ideia que não tem mais a convicção interna de antes?"

"A ideia continua a ganhar força no único lugar que realmente importa."

"De volta aos níveis numerados", comentei.

"Tudo isso já foi discutido."

"Há muito tempo. Não é a impressão que dá? Dois anos. Parece que se passou metade de uma vida."

"Estou nos preparativos."

"Você já disse isso, agora mesmo. Onde a civilização perdeu as botas. Nós vamos, sim, eu e você. Fazer os preparativos."

Esperei pelo que viria em seguida.

"E você vai pensar sobre as outras questões."

"Não quero quadro nenhum. Não quero o que as pessoas supostamente querem. Não que eu abra mão das coisas materiais. Não sou nenhum asceta. Vivo com bastante conforto. Mas não quero excessos."

Ele disse: "Tenho que deixar instruções precisas".

"Eu não corro atrás de dinheiro. Dinheiro pra mim é um negócio que se conta. Que eu ponho na carteira e tiro da carteira. Dinheiro é um negócio de números. Você diz que tem que deixar instruções precisas. Instruções precisas, isso me intimida. Eu gosto de me deixar levar pelas coisas."

Os pratos e talheres já tinham sido levados, e estávamos tomando um vinho Madeira envelhecido. Talvez todos os vinhos Madeira sejam envelhecidos. O restaurante estava se esvaziando, e eu gostava de ver aquelas pessoas voltando com passos decididos a suas situações, seus afazeres. Eles tinham que voltar a escritórios e salas de reunião, e eu, não. Isso me dava uma sensação de liberdade, de estar fora da rotina dos executivos, quando na verdade eu estava era desempregado.

Ficamos calados, eu e Ross. O garçom estava no lado oposto do salão, uma figura imóvel emoldurada por flores em cestas penduradas, esperando ser chamado para trazer a conta. Eu queria acreditar que estava chovendo para que pudéssemos sair do restaurante na chuva. Enquanto isso, pensávamos na viagem que tínhamos pela frente e bebíamos nosso vinho fortificado.

5

Olho para Emma, parada diante do espelho de corpo inteiro. Ela está verificando se tudo está em seu devido lugar antes de ir para a escola, para lidar com as crianças ansiosas, macambúzias ou rebeldes. Camisa e colete, calças sob medida, sapatos informais. Movido por um impulso, entro na imagem e me coloco ao lado dela. Ficamos nos olhando por alguns segundos, nós dois, sem fazer comentários nem sentir constrangimento nem achar graça, e me dou conta de que este é um momento revelador.

Cá estamos nós dois, a mulher elegante, determinada, não exatamente distanciada e sim tomando a medida de cada ocasião, inclusive esta, cabelo castanho penteado para trás, um rosto que não está interessado em ser bonito, o que lhe dá uma qualidade a que é difícil dar nome, uma espécie de integridade. Vemos um ao outro como nunca antes, dois pares de olhos, o homem sinuoso, mais alto, cabelo crespo, rosto estreito, queixo um pouco recuado, jeans desbotado e por aí vai.

Ele é um homem numa fila para comprar ingressos para

um balé que a mulher quer assistir, disposto a ficar ali horas esperando enquanto ela cuida de seus alunos. Ela é a mulher, rígida em sua poltrona, vendo um bailarino cortar os ares, da ponta dos dedos até os pés.

Cá estamos nós, tudo isso e mais, coisas que normalmente escapam de olhos inquisidores, um único olhar penetrante, tanta coisa para ver, cada um dos dois olhando para ambos, e então damos de ombros e descemos quatro lances de escada, mergulhando no piche dos barulhos urbanos, que nos faz compreender que estamos de novo em meio aos outros, num espaço implacável.

Foi só quase uma semana depois que voltamos a nos falar, pelo telefone.

"Depois de amanhã."

"Se você quiser que eu vá."

"Vou falar com ele. Vamos ver. As coisas ficaram meio tensas", disse ela.

"O que houve?"

"Ele não quer voltar pra escola. As aulas recomeçam em agosto. Ele diz que é uma perda de tempo. É tudo tempo morto. Ele não se interessa por nada que eles dizem lá."

Parado junto à janela, telefone na mão, eu olhava para os sapatos que eu acabara de engraxar.

"Ele propõe alguma alternativa?"

"Já fiz essa pergunta várias vezes. O menino está completamente esquivo. O pai dele parece perdido."

Não desgostei de saber que o pai dele estava perdido. Por outro lado, eu me sentia muito mal de pensar que Emma, ao que parecia, estava na mesma situação.

"Assim de saída, não sei como que eu posso ajudar. Mas vou

pensar nisso. Vou me lembrar como eu era com a idade dele. E se ele topar, a gente repete o passeio de táxi até o *dojo*."

"Ele não quer ir ao *dojo*. Vai largar o jiu-jítsu. Só topou vir pra cá porque eu insisti."

Imaginei-a insistindo, implacável, empertigada, falando depressa, segurando com força o celular. Ela disse que falaria com ele e me ligaria.

Essa frase me abalou, isso de que ela me ligaria. Era o que me diziam ao final das entrevistas de emprego. Eu tinha uma entrevista em menos de uma hora e havia engraxado os sapatos com a graxa tradicional, a escova de crina e a flanela, rejeitando o lustrador instantâneo com a esponja para todas as cores. Então olhei para meu rosto no espelho do banheiro, verificando de novo a barba caprichada feita vinte minutos antes. Lembrei o que Ross me tinha dito, que a orelha direita dele no espelho era de fato a orelha direita, e não a imagem especular da orelha esquerda. Tive que me concentrar bastante para me convencer de que isso não acontecia comigo.

Coisas que as pessoas fazem, de modo corriqueiro, sem guardar lembranças, coisas que respiram imediatamente abaixo da superfície do que reconhecemos como aquilo que temos em comum. Quero que esses gestos, esses momentos, tenham significado, verificar a carteira, as chaves, algo que nos une, de modo implícito, trancar e retrancar a porta da frente, verificar as bocas do fogão para ver se há alguma diminuta chama azul ou um vazamento de gás.

São os soporíferos da normalidade, o esmo de meus dias medianos.

Eu a vi de novo um dia de manhã, a mulher da pose estilizada, dessa vez sozinha, sem o menino. Estava parada numa esquina perto do Lincoln Center, e tive certeza de que era a mesma mulher, olhos fechados como antes, braços agora caídos junto ao tronco, porém mantidos afastados do corpo numa postura de alarme súbito. Estava imobilizada naquela posição. Mas talvez não seja isso. Ela havia simplesmente se comprometido com uma profundidade mental, virada para a calçada e para as pessoas que passavam apressadas. Uma adolescente parou o tempo suficiente para tirar uma foto. Uma perturbação crescendo à nossa volta, o ar espesso e escuro, prestes a romper-se, e me perguntei se ela continuaria ali quando a chuva desabasse.

Mais uma vez me dei conta de que não havia indício de sua causa, sua missão. Ela estava parada no espaço aberto, uma presença sem explicação. Eu queria ver uma mesinha com folhetos, ou um cartaz numa língua estrangeira. Queria uma língua com um alfabeto que não fosse o latino. Um ponto de partida. Havia um jeito, uma tonalidade, algo no rosto dela indicando que ela era de uma outra cultura. Eu queria uma placa em mandarim, grego, árabe, cirílico, a súplica de uma mulher que faz parte de uma facção ou grupo de algum modo ameaçado por forças daqui ou do estrangeiro.

Estrangeira, sim, mas eu imaginava que ela falasse inglês. Disse a mim mesmo que dava para ver isso no rosto dela, certo ar transnacional, uma adaptação.

Se fosse um homem, pensei, eu pararia para ver?

Eu precisava continuar vendo. Outros olhavam de relance, dois garotos tiraram fotos, um homem de avental passou afobado, o passo das ruas acelerado pela ameaça meteorológica.

Aproximei-me, tendo o cuidado de não chegar perto demais.

Disse eu: "Será que eu podia fazer uma pergunta".

Nenhuma reação, rosto como antes, braços rígidos, regimentais.

Disse eu: "Ainda não tentei adivinhar o seu motivo, a sua causa. E se houvesse um cartaz, pra mim está claro que seria uma mensagem de protesto".

Dei um passo atrás, retórico, embora ela não estivesse me vendo. Creio que eu não esperava que ela reagisse. A ideia de que ela poderia abrir os olhos e olhar para mim. A possibilidade de ela dizer algo. Então me dei conta de que eu começara dizendo que ia fazer uma pergunta e não tinha perguntado nada.

Disse eu: "E o menino da camisa branca e gravata azul. Da última vez, lá no Centro, tinha um menino com você. Cadê o menino?".

Permanecíamos em nossos lugares. Pessoas se posicionando, o tradicional pânico de pegar táxi, e ainda nem estava chovendo. Uma placa em mandarim, cantonês, umas palavras em híndi. Eu precisava de um desafio específico que me ajudasse a fazer frente à natureza aleatória daquele encontro. Uma mulher. Tinha que ser mulher? Será que alguém pararia para olhar se fosse um homem na mesma postura? Tentei imaginar um homem com uma placa em fenício, por volta do ano 1000 a.C. Por que eu estava me impondo aquilo? Porque a mente não para de trabalhar, incontrolável. Cheguei mais perto e encarei-a, mais para que ninguém tirasse foto dela. O homem do avental voltou, empurrando uma série de carrinhos de supermercado engatados, quatro, vazios. A mulher de olhos sempre fechados, ela fixava as coisas em seus lugares, parava o trânsito para mim, me permitia ver com clareza o que havia ali.

Teria sido um erro me dirigir a ela? Um gesto intrusivo, idiota. Eu havia traído alguma coisa no meu registro de comportamentos cuidadosos, violado a vontade da mulher de manter um silêncio decidido.

Fiquei ali vinte minutos, esperando para ver como ela reagiria à chuva. Eu queria ficar mais, teria ficado mais, me sentia culpado por ir embora, mas a chuva não veio e tive que ir para minha próxima entrevista.

Artis não tinha me dito uma vez que falava mandarim?

Encontramos um restaurante quase vazio não muito longe da galeria. Stak pediu brócolis, mais nada. Bom para os ossos, disse ele. Tinha uma expressão contrariada, os cabelos em pé e usava uma roupa de jogging com zíper atrás.

Emma lhe disse que terminasse de contar a história que começara a nos contar no táxi.

"Certo, aí comecei a me perguntar onde que fica Oaxaca. Eu imaginava que fosse no Uruguai ou no Paraguai, principalmente no Paraguai, embora tivesse noventa por cento de certeza de que era no México, por causa dos toltecas e dos astecas."

"Aonde você quer chegar?"

"Antigamente eu precisava saber as coisas na hora. Agora eu fico pensando nelas. Oaxaca. Como é que é? Tem *o*, *a* e depois *x a* e depois *c a*. Oa rá ca. Eu evitei o conhecimento sobre a população de Oaxaca e a composição étnica e até mesmo a língua que se fala lá, que podia ser espanhol ou alguma língua indígena misturada com o espanhol. E situei Oaxaca num lugar que sei que não é o lugar onde fica."

Eu havia falado a Emma sobre a galeria de arte e o único objeto lá exposto e ela contou para Stak e ele topou ir lá para ver. O que por si só não era pouca coisa.

Estava claro que eu era o mediador, recrutado para atenuar a tensão entre eles, e dei por mim tocando diretamente no assunto mais espinhoso.

"Você cansou da escola."

"Um cansou do outro. Um não precisa do outro. Cada dia é mais um dia desperdiçado."

"Acho que sei como você se sente, me lembro como era. Professores, matérias, colegas."

"Não faz sentido."

"Não faz sentido", concordei. "Mas tem escolas de outro tipo, menos formais, com pesquisa independente, tempo pra explorar um tema a fundo. Eu sei que você já falou sobre isso tudo."

"Já falei sobre isso tudo. São só caras. Eu ignoro as caras."

"Como que você faz isso?"

"A gente aprende a ver as diferenças entre os dez milhões de rostos que passam pelo nosso campo visual a cada ano. Certo? Eu desaprendi isso há muito tempo, na infância, no meu orfanato, como mecanismo de defesa. Deixo as caras passarem pela caixa da visão e saírem pela nuca. Vejo todas elas como um borrão só."

"Com umas poucas exceções."

"Muito poucas", ele disse.

Ele não fazia questão de acrescentar mais nada.

Olhei para ele fixamente e disse, com a voz mais firme de que eu era capaz: "'As pedras são, mas não existem'".

Depois de uma pausa, acrescentei: "Encontrei essa frase quando estava na faculdade, mas só fui me lembrar dela muito recentemente. 'Só o homem existe. As pedras são, mas não existem. As árvores são, mas não existem. Os cavalos são, mas não existem'".

Ele estava prestando atenção, cabeça baixa, olhos apertados. Os ombros se mexeram um pouco, encaixando-se na ideia. *As pedras são.* Nós estávamos ali para ver uma pedra. O objeto em exposição era oficialmente denominado uma escultura interior de pedra. Era uma pedra grande, uma única pedra. Eu disse a Stak que foi isso que resgatou a frase dos recantos mais distantes da minha consciência de universitário.

"'Deus é, mas não existe.'"

O que eu não disse a ele foi que essas ideias são de Martin Heidegger. Fora só recentemente que eu ficara sabendo que esse filósofo tinha mantido uma associação firme com os princípios e ideologias do nazismo. A história em todos os lugares, nos cadernos negros, até mesmo nas palavras mais inocentes, árvore, *cavalo*, *pedra*, escurecidas nesse processo. Stak também tinha uma história pessoal tortuosa em que pensar, a fome coletiva sofrida por seus ancestrais. Que ele imaginasse uma pedra incorrupta.

A mostra tivera início havia duas décadas, ainda estava lá, sempre, a mesma pedra, e eu fora vê-la três vezes nos últimos anos, sempre a única testemunha além da funcionária, a guardiã, uma mulher já velhusca sentada na outra ponta da galeria, com um chapéu navajo preto com uma pena presa na faixa.

Disse Stak: "Eu tinha o hábito de jogar pedra em cerca. Não tinha outra opção, era isso ou então jogar pedra em gente, e se eu não parasse de jogar em gente iam eles me prender e me fazer comer fertilizante duas vezes por dia".

Uma leveza na voz, a autoadmiração de um garoto de catorze anos, como criticá-lo por isso. Estávamos nos dando bem, eu e ele. Talvez por causa dos brócolis. A mãe estava sentada a seu lado, sem dizer nada, sem olhar para nada, ouvindo nós dois, sim, desconfiada, sem saber qual seria a próxima coisa que o menino ia dizer.

Fiz questão de pagar a conta e Emma topou, aceitando-me no papel de líder da tropa. A galeria ocupava todo o terceiro andar de um velho loft. Subimos as escadas em fila indiana, e havia algo na passagem estreita, na luz fraca, nas escadas em si e nas paredes em si que me fez imaginar que tínhamos sido transformados em preto e branco, perdendo a pigmentação da pele e os valores cromáticos das nossas roupas.

A sala era comprida e larga, com soalho de tábuas corridas e paredes cheias de marcas. A velha bicicleta da funcionária estava encostada na parede mais longe da entrada ao lado da cadeira dobrável dela, da mulher em si não havia sinal. Mas lá estava a pedra em si, apoiada numa sólida prateleira de metal com cerca de oito centímetros de altura. No chão havia faixas de fita branca assinalando até onde os visitantes podiam se aproximar. Pode ficar bem perto, mas não pode tocar. Eu e Emma paramos, a uma distância de meia sala, inserindo a pedra numa perspectiva nobre. Stak não perdeu tempo, caminhando com passos largos diretamente até o objeto, que era mais alto que ele, e encontrando tudo que ele precisava ver, todas as irregularidades da superfície, as protuberâncias e mossas que fazem parte de uma pedra, no caso um pedregulho, forma mais ou menos arredondada, talvez um metro e oitenta no ponto de maior largura.

Aproximamo-nos lentamente, eu e ela, em silêncio, mas era por conta do respeito religioso que nos inspirava a escultura de pedra, a obra de arte natural, ou então estávamos só observando a forma composta de objeto e observador — o menino esquivo que raramente se apega a alguma coisa sólida. Claro que ele estendeu a mão além do limite demarcado pela fita e conseguiu tocar na pedra, de leve, e senti que a mãe dele obedeceu a uma pausa anterior, uma cautela, esperando que um alarme começasse a tocar. Mas a pedra continuou parada onde estava.

Estávamos cada um de um lado dele, e eu me permiti um minuto ou dois com a pedra.

Então eu disse: “O.k., diga lá”.

“O quê?”

“Defina *pedra*.”

Eu estava pensando em mim, quando tinha a idade dele, decidido a encontrar o significado mais ou menos preciso de uma palavra, extrair outras palavras da escolhida a fim de localizar o cerne. Isso era sempre um esforço, e no caso em pauta a situação era a mesma, um pedaço de matéria que pertence à natureza, moldado por forças como erosão, água corrente, areia levantada pelo vento, chuva.

A definição tinha que ser concisa, conclusiva.

Stak bocejou categoricamente, depois afastou-se da pedra, avaliando-a, medindo-a de certa distância, seus parâmetros físicos, sua superfície sólida, suas pontas, beiras e fendas, e andou em torno dela, observando toda sua extensão bruta.

"É dura, dura feito pedra, é petrificada, tem conteúdo basicamente mineral, ou então totalmente mineral, com restos de plantas e animais que morreram há muito tempo fossilizados dentro dela."

Falou mais um pouco, os braços cruzados sobre o peito, as mãos misturando os fragmentos de seus comentários, um por um. Estava sozinho com a pedra, uma coisa que exigia apenas duas sílabas para ganhar contorno e forma.

"Oficialmente, podemos dizer que uma pedra é uma massa grande e dura de substância mineral encontrada no chão ou enterrada."

Fiquei bem impressionado. Continuávamos olhando para ela, nós três, com o ruído feroz do tráfego lá fora.

Stak dirigiu-se à pedra. Disse-lhe que estávamos olhando para ela. Referiu-se a nós como três representantes da espécie *H. sapiens*. Disse que a pedra sobreviveria a todos nós, provavelmente a toda a nossa espécie. Prosseguiu mais um pouco e então passou a não se dirigir a ninguém em particular, dizendo que há três tipos de pedra. Disse os nomes delas antes que eu pudesse tentar gravá-los e falou sobre petrologia e geologia e mármore e calcita, e a mãe dele e eu ouvíamos enquanto o menino ia ficando mais alto. Foi então que entrou a funcionária. Eu preferia encará-la como curadora, a mesma mulher, mesmo chapéu com pena, camiseta e sandálias, jeans largos com prendedores de calças para andar de bicicleta. Levava na mão um pequeno saco de papel, não disse nada, foi até sua cadeira e tirou um sanduíche do saco.

Nós olhávamos para ela escancaradamente, em silêncio. A enorme área da galeria, quase vazia, e o único objeto em destaque sendo exibido tornavam significativo o movimento mais simples, homem ou mulher, cachorro ou gato. Depois de uma pausa, perguntei a Stak a respeito de um outro tipo de natureza, as condições meteorológicas, e ele respondeu que não estava mais ligado no tempo. Que isso tinha ficado para trás havia muito. Que algumas coisas acabam se tornando desnecessitadas.

Então sua mãe falou, finalmente, num sussurro tenso.

"Claro que você está envolvido. A temperatura, Celsius e Fahrenheit, e as cidades, cento e quatro graus, cento e oito graus. Índia, China, Arábia Saudita. O que é que aconteceu pra você dizer que não está envolvido? É claro que está. Pra onde foi tudo isso?"

A voz dela parecia perdida, e nesse dia tudo nela conotava tempo perdido. Seu filho prestes a voltar para o pai e depois acontece o quê, que vai ser do futuro se ele não voltar para a escola, o que estará à sua espera? Um filho ou filha que trilha um caminho enviesado sempre parece um castigo com que os pais têm que arcar — mas qual foi o crime sendo castigado?

Eu disse a mim mesmo que precisava de um nome para o pai de Stak.

Antes de irmos embora, o menino perguntou à curadora, do outro lado da sala, como que haviam trazido a pedra para dentro do prédio. Ela estava no ato de levantar a extremidade curva de uma das fatias de pão para inspecionar o interior do sanduíche. Respondeu que fizeram um buraco na parede e içaram a pedra de um caminhão equipado com guindaste. Eu tinha pensado em fazer a mesma pergunta da primeira vez que viera ali, mas resolvi que era interessante imaginar que aquela coisa sempre estivera ali, não documentada.

As pedras são, mas não existem.

Enquanto descíamos a escada escura, repeti a citação, e eu e Stak tentamos entender o significado dela. Era um tema que tinha tudo a ver com aquela descida em preto e branco.

Ouço música clássica no rádio. Leio o tipo de romance difícil, muitas vezes europeu, às vezes com um narrador anônimo, sempre em tradução, que eu tentava ler na adolescência. Músicas e livros, simplesmente ali, as paredes, o soalho, os móveis, o ligeiro desalinhamento de dois quadros pendurados na parede da sala de visita. Deixo os objetos como estão. Olho e deixo-os assim. Examino cada minuto físico.

Dois dias depois ela apareceu sem avisar, nunca acontecera antes, e nunca eu a vira tão desajeitada e afobada, não exatamente despindo o jeans, e sim o arrancando, sentindo necessidade de se livrar da espécie de tensão fervilhante sempre associada a qualquer questão referente a seu filho.

"Ele me abraçou e foi embora. Não sei o que me assustou mais, ele ir embora ou ele me abraçar. É a primeiríssima vez que ele oferece um abraço."

Ao que parecia, ela estava se despindo só para se despir. Eu estava parado ao pé da cama, de camisa, calça, sapatos e meias, e ela continuava a se despir e a falar.

"Quem é esse garoto? Eu já vi ele antes? Ele está aqui, ele vai embora. Me abraçou e foi embora. Foi pra onde? Ele não é meu filho, nunca foi."

"Ele foi e é, sim. Exatamente o menino que você tirou do orfanato. Aqueles anos que ficaram faltando. Os anos dele", disse eu. "Você sabia, desde o início, que ele tinha alguma coisa que você nunca ia poder dizer que era sua, fora da esfera legal."

"Orfanato. Parece uma palavra do século XVI. O orfãozinho vira príncipe."

"Príncipe regente."

"Pequeno príncipe", ela disse.

Eu ri, Emma não riu. Todo o controle que ela havia demonstrado com as crianças na sala de aula, lá e em outros lugares, a mulher diante do espelho que sabe quem é e o que quer, tudo aquilo abalado pela rápida visita do menino, e ali estava a necessidade urgente de se livrar, pernas e braços se debatendo na minha cama bagunçada.

Eu passaria a vê-la menos a partir daí, telefonava e esperava que ela ligasse, mais tempo no trabalho, e agora estava mais calada, jantava cedo e depois ia para casa, sozinha, raramente falava sobre o filho, disse apenas que ele havia largado o pachto, parado de estudar, parado de falar a menos que houvesse uma questão prática a resolver. Os comentários dela eram feitos num tom neutro, de uma distância protetora.

Resolvi passar a correr. Com camisa de moletom, jeans e tênis de corrida, eu ia correr no parque, em torno da represa, com sol ou chuva. Há um smartphone com um aplicativo que conta os passos que a pessoa dá. Passei a fazer minha contagem, dia a dia, passo a passo, chegando a dezenas de milhares.

6

A mulher deu meia-volta na sua cadeira giratória e afastou-se da tela do computador a fim de olhar para mim, pela primeira vez. Era recrutadora, e o cargo em questão era o de coordenador de conformidade e ética de uma faculdade no oeste de Connecticut. Eu repetia a expressão para mim mesmo periodicamente durante nossa conversa, omitindo o oeste de Connecticut, que era uma entidade tridimensional. Serras, árvores, lagoas, gente.

A mulher explicou que caberia a mim interpretar o estatuto da faculdade a fim de determinar as exigências regulatórias no contexto das leis estaduais e federais. Respondi que tudo bem. Ela falou alguma coisa a respeito de supervisão e coordenação. Respondi que tudo bem. Ela esperou para que eu fizesse perguntas, mas eu não tinha nenhuma pergunta a fazer. Ela levantou a expressão *mandato bilateral* e eu lhe disse que ela lembrava uma atriz cujo nome eu não sabia, alguém que trabalhava numa peça remontada recentemente, a que eu não havia assistido. Mas eu lera a matéria, expliquei, e tinha visto as fotos. A recrutadora esboçou um sorriso, seu rosto tornando-se semirreal na companhia amplificada da atriz. Ela compreendeu que meu comentário não era uma tentativa de conquistar sua simpatia. Eu estava apenas perdendo o foco.

Conversamos de modo bem-humorado sobre o teatro, e a partir daí ficou claro que ela queria me convencer a não tentar obter o cargo, não por eu não ter qualificações profissionais ou por demonstrar excesso de interesse, mas porque aquele ambiente não era meu lugar. Coordenador de conformidade e ética. Ela não se deu conta de que tudo que me havia dito sobre o cargo, na terminologia autorizada dos anúncios de trabalho, condizia com as minhas preferências e era central em relação à minha experiência profissional.

Gente aqui e ali, mãos estendidas, homem em pé com copo de papel, mulher acocorada ao lado do próprio vômito com as cores da náusea, mulher sentada em toalha, balançando o corpo, repetindo uma ladainha, e eu vejo isso o tempo todo e sempre paro para lhes dar alguma coisa, e o que eu sinto é que não sei imaginar as vidas por trás do contato momentâneo, o contato monetário, e o que digo a mim mesmo é que sou obrigado a olhar para elas.

Táxis, caminhões e ônibus. O barulho continua mesmo quando o trânsito para. Ouço o ruído da minha cobertura, enquanto o calor pulsa na minha cabeça. É o barulho que paira no ar, sem interrupções, a qualquer hora do dia ou da noite, se você sabe escutar.

Fiquei oito dias corridos sem usar o cartão de crédito. Qual o sentido, qual a mensagem. O dinheiro não deixa vestígio, seja lá o que isso quer dizer.

O telefone toca, mensagem gravada de um órgão estadual sobre interrupções generalizadas de serviços. A voz não diz que são generalizadas, mas é assim que interpreto a mensagem.

Verifico o fogão depois de desligar todas as bocas e depois vejo se a porta está trancada, destrancando-a e trancando-a de novo.

Vou para a janela e olho para os postes de iluminação e espero que alguém passe pela calçada, lançando uma sombra comprida num filme antigo.

Sinto o desafio de estar à altura do que vier. Ross e sua necessidade de encarar o futuro. Emma e as carinhosas revisões de nosso amor.

O telefone volta a tocar, a mesma mensagem gravada. Passo cerca de dois segundos me perguntando quais serviços serão interrompidos. Depois tento pensar em todos os telefones dos mais variados tipos que vão receber essa mensagem, milhões de pessoas, mas ninguém vai se lembrar de mencionar o fato a ninguém, porque o que todos nós sabemos não vale a pena compartilhar.

Breslow era o sobrenome de Emma, não o do marido. Isso eu sabia, e já havia meio que escolhido o primeiro nome do homem. Volodímir. Ele nasceu aqui, mas concluí que não havia sentido em lhe dar um nome se não fosse ucraniano. Então me dei conta de que isso era um desperdício, pensar nesses termos, a essa altura, um desperdício, uma coisa insensível e inapropriada.

Os nomes inventados têm a ver com a paisagem destroçada do deserto, fora o nome que é de meu pai e meu.

Atravessei a casa dele até que o encontrei, à mesa da cozinha, comendo um sanduíche de queijo grelhado. Alguém num outro cômodo estava passando o aspirador de pó. Ross me saudou levantando a mão, e eu lhe perguntei como ele estava.

“Agora eu não dou mais a minha clássica cagada matinal depois do café. Tudo agora é mais lerdo e mais burro.”

"Eu já devia estar fazendo as malas?"

"Leve pouca coisa. Eu estou levando pouca coisa", disse ele.

Não estava tentando fazer graça.

"Temos uma data? Eu preciso saber porque tenho uma proposta de trabalho."

"Quer comer alguma coisa? Que tipo de proposta?"

"Coordenador de conformidade e ética. Quatro dias por semana."

"Diz isso de novo."

"Vou ter sempre fins de semana prolongados", disse eu.

Ross tinha virado um homem de jeans. Usava o jeans todos os dias, o mesmo, uma camisa azul informal, tênis de corrida cinza sem meias. Comi um sanduíche e tomei uma cerveja e aos poucos o barulho do aspirador foi baixando, e tentei imaginar os dias e noites daquele homem sem a mulher. Todos os seus privilégios e confortos agora estavam esvaziados de sentido. Dinheiro. Será que é o dinheiro, o dinheiro de meu pai, que determina minha maneira de pensar e viver? Quer eu aceite o que ele oferece, quer o rejeite de cara, é isso que conta mais do que qualquer outro fator?

"Quando é que eu vou saber?"

"Daqui a uns dias. Você vai ser contatado", ele disse.

"Como?"

"Sei lá como eles fazem isso. Eu simplesmente vou embora. Já não estou ativo profissionalmente há algum tempo, e simplesmente vou embora."

"Mas tem pessoas que sabem o objetivo da viagem. Pessoas confiáveis."

"Elas sabem algumas coisas. Sabem que eu tenho um filho", disse ele. "E sabem que eu vou embora."

Voltamos a ficar calados, e esperei que as mãos dele começassem a tremer, mas ele continuou sentado, atrás da própria barba, e me contou uma história comprida sobre a vez em que ele explorou as estantes superiores do East Room da Morgan Library, depois do expediente da biblioteca, memorizando os títulos escritos nas lombadas dos volumes sem preço que ficavam bem perto do teto enfeitado com um mural vistoso, e resolvi não mencionar o fato de que eu estava com ele naquela ocasião.

Havia uma mulher na plataforma do metrô, do outro lado dos trilhos. Estava encostada na parede, com calças largas e um suéter leve, olhos fechados, e quem é que faz isso na plataforma do metrô, gente andando de um lado para o outro, composições chegando e partindo. Fiquei a observá-la, e quando chegou o meu trem, não entrei nele e esperei que fosse embora para que eu pudesse continuar olhando para ela, uma mulher que parecia cada vez mais voltada para seu próprio interior, foi o que resolvi acreditar. Eu queria que ela fosse a mulher que eu tinha visto antes, duas vezes, parada na rua, imóvel, olhos fechados. A plataforma foi se enchendo de gente e tive que mudar de posição para vê-la. Eu me perguntava se ela estaria envolvida em algum tipo de guerra cultural entre máfias de imigrantes, se era membro de uma facção no exílio que tentava interpretar qual seria seu papel, sua missão. Seria esse o sentido da placa, se houvesse placa, uma mensagem dirigida a outras facções, seguidores de uma outra teoria, de uma outra convicção.

Essa ideia me agradava, fazia todo o sentido, e me imaginei saindo da plataforma, com passos apressados subindo a escada e atravessando a rua e descendo a escada do outro lado da estação e passando a roleta até chegar à outra plataforma para perguntar à mulher a respeito disso, do seu grupo, sua seita.

Mas era uma mulher diferente e não havia placa alguma.

Claro que eu já sabia disso desde o início. Não me restava nada a fazer senão esperar que o trem dela chegasse à estação, pessoas saíssem dele, outras pessoas entrassem. Eu queria me certificar de que ela não estaria parada ali, não ficaria, mãos na cintura, olhos fechados, numa plataforma vazia.

Telefonei e deixei mensagens gravadas, e um dia dei por mim parado na rua na calçada oposta em frente ao prédio dela, de Emma. Passou um homem, botas empoeiradas, chaveiro pendurado no cinto. Verifiquei as minhas chaves. Depois atravessei a rua, entrei no saguão e toquei a campainha dela. O portão interno estava trancado, naturalmente. Esperei e toquei outra vez. Pensei em ir a pé até a escola dela e perguntar a alguém se eu podia falar com Emma Breslow. Pronunciei o nome por extenso para mim mesmo.

O celular dela não estava mais funcionando. Isso era um mergulho na pré-história. Qual seria a primeira coisa que eu lhe diria quando nos falássemos, finalmente?

Coordenador de conformidade e ética.

E depois?

Uma faculdade no oeste de Connecticut. Não muito longe do haras onde nos conhecemos. Você vem me visitar. Vamos andar a cavalo.

Não fui à escola dela. Dei uma longa caminhada pelas ruas apinhadas e vi quatro moças de cabeça raspada. Formavam um grupo, eram amigas, não estavam desfilando como modelos vestidas para o fim de um mundo exausto. Turistas, pensei, norte da Europa, e fiz uma tentativa frouxa de dar um sentido à aparência delas. Mas às vezes a rua me avassala, é coisa demais para absorver, e tenho que parar de pensar e seguir em frente.

Liguei para a escola e me disseram que ela havia tirado uma licença breve.

O emprego estava acertado, eu começaria em duas semanas, bem antes do início das aulas, daria tempo de viajar com Ross, tempo de voltar, me adaptar, e eu não sabia como encarar a ideia de voltar para lá, a Convergência, aquela fenda na terra. Aqui, no compasso medido dos dias e das semanas, não havia argumentos a levantar, alternativas a propor. Eu havia aceitado a situação, a situação do meu pai. Mas sentia necessidade de falar com Emma antes, contar tudo a ela, finalmente, pai, mãe, madrasta, mudança de nome, níveis numerados, todos os fatos do sangue que vão comigo para a cama à noite.

Ela me ligou naquela noite, já tarde, falando com uma voz que era toda urgência, uma pressão forte sobre ela, palavra por palavra. Stak havia desaparecido. Acontecera cinco dias antes. Ela estava em Denver com o pai do menino. Estava lá desde o segundo dia do sumiço. Tinham avisado a polícia. Havia uma equipe dando busca. O computador e outros aparelhos de Stak tinham sido confiscados. Os pais estavam em contato com um detetive particular.

Os dois, mãe e pai, a angústia compartilhada, o mistério de um filho que resolve desaparecer. O pai estava certo de que o menino não tinha sido sequestrado por terceiros. Antes havia sinais de algum tipo de atividade que ia além do comportamento arredio que era comum em Stak. Isso era tudo. O que mais poderia haver? Emma estava exausta. Falei rapidamente, dizendo o que tinha que dizer, e perguntei como eu podia contatá-la. Ela disse que voltaria a telefonar e desligou.

No meu quarto, sentia-me derrotado. Era um sentimento barato e egoísta, um ressentimento do espírito. A chuva golpeava a janela, e eu a abri para deixar entrar o ar fresco. Então olhei para o espelho em cima da cômoda e simulei um suicídio, com um tiro na cabeça. Fiz isso mais três vezes, cada vez com uma careta diferente.

7

Uma tempestade de areia estava serpenteando pela região, e por algum tempo não se podia ter acesso à pista de pouso. Nosso aviãozinho sobrevoava o complexo em círculos, aguardando uma oportunidade para aterrissar. Vista daquela altitude, a estrutura em si era um modelo de forma, uma visão no meio do nada, toda linhas e ângulos e alas protuberantes, resolutamente instalada em lugar nenhum.

Ross estava sentado no lugar em frente ao meu, conversando em francês com a mulher que estava do outro lado do corredor estreito. O avião tinha cinco lugares, nós éramos os únicos passageiros. Eu e ele estávamos viajando havia muitas horas, havia dias, tendo passado uma noite numa embaixada ou consulado em algum lugar, e a minha sensação era de que ele estava fazendo tudo sem pressa, não retardando a chegada para viver mais um dia, mas apenas pondo as coisas em perspectiva.

Que coisas?

A mente e a memória, imagino. A decisão dele. Nosso encontro, pai e filho, mais de três décadas, cheias de curvas e desvios.

É para isso que servem as viagens compridas. Para ver o que está atrás de você, para ver mais de longe, encontrar os padrões, conhecer as pessoas, pesar a importância de uma ou outra questão, e depois se maldizer ou bendizer ou dizer a si próprio, na situação do meu pai, que você terá oportunidade de fazer tudo outra vez, com variações.

Ele usava jaqueta de safári e jeans.

A mulher já estava sentada quando eu e Ross entramos nesse último avião. Ela atuaria como guia dele, ajudando-o a atravessar as últimas horas. Eu ouvia a conversa dos dois, aos pedaços, pegava um trecho aqui, outro ali, a respeito de procedimentos e horários, os detalhes de mais um dia no escritório. Ela teria seus trinta e tantos anos, usava uma versão do traje de duas peças, verde, associado ao trabalho hospitalar, e se chamava Dahlia.

O avião traçava círculos mais baixos, e o complexo parecia flutuar, descolando-se do chão. À sua volta, uma imensa queimadura de febre de cinza e pedra. A tempestade de areia continuava, agora mais visível, poeira elevando-se em grandes ondas escuras, ondas que arrebentavam na vertical, uma milha de altura, duas, eu não fazia ideia, tentava converter milhas em quilômetros, depois tentava pensar na palavra árabe que se refere a fenômenos assim. É o que faço para me defender dos espetáculos da natureza. Pensar numa palavra.

Habub, pensei.

Quando o rugido da tempestade chegou até nós e o vento começou a jogar o avião de um lado para o outro, sentimos o perigo tangível. A mulher disse algo e pediu que Ross traduzisse.

"As complicações do pavor", ele disse.

Parecia francês, mesmo em tradução, e repeti a expressão e ele repetiu também, e o avião desviou-se de uma duna que se aproximava e comecei a me perguntar se aquilo era uma visão preliminar, nas profundezas trêmulas, de uma imagem que eu talvez viesse a encontrar numa das telas em um dos corredores vazios onde em breve eu estaria andando.

Eu não tinha certeza se aquele quarto era o mesmo que eu havia ocupado antes. Talvez fosse apenas semelhante ao outro. Mas eu me sentia diferente, estando ali. Agora era só um quarto. Não era necessário examinar o quarto e analisar o fato de eu estar nele. Pus minha sacola na cama e fiz uns alongamentos e agachamentos na tentativa de apagar a longa viagem da minha memória corporal. O quarto não era uma oportunidade para teorizar ou me entregar a abstrações. Eu não me identificava com o quarto.

Dahlia talvez fosse daquela região, mas eu sabia que a questão das origens era irrelevante e que não era o caso de estabelecer subcategorias, nem mesmo mencioná-las.

Ela nos levou por um corredor largo onde havia um objeto afixado a uma base de granito. Era uma figura humana, masculina, nua, não dentro de uma cápsula, não feita de bronze nem mármore nem terracota. Tentei adivinhar qual seria o material, um corpo numa pose simples, não um deus grego dos rios nem um auriga romano. Um homem, sem cabeça — ele não tinha cabeça.

Ela virou-se para nós, andando de costas, soltando fragmentos em francês, que Ross traduzia, cansado.

"Não se trata de uma réplica em silicone e fibra de vidro. É carne de verdade, tecido humano. Corpo preservado por um tempo limitado pela aplicação de crioprotetores à pele."

Eu disse: "Ele não tem cabeça".

Ela perguntou: "O quê?".

Meu pai não disse nada.

Havia algumas outras figuras, algumas do sexo feminino, e os corpos estavam claramente sendo exibidos, como se no corredor de um museu, todos sem cabeça. Concluí que os cérebros estariam sendo conservados no frio e que o tema da estátua sem cabeça era uma referência às estátuas pré-clássicas encontradas em ruínas.

Pensei nos Stenmark. Não havia me esquecido dos gêmeos. Aquela decoração post mortem era ideia deles, e ocorreu-me que ela continha um prenúncio. Corpos humanos, saturados de conservantes avançados, como mercadorias importantes nos mercados de arte do futuro. Monólitos truncados de carne outrora viva colocados nos salões dos leiloeiros ou nas vitrines das lojas de antiquários chiques do trecho mais exclusivo da Madison Avenue. Ou então um homem e uma mulher sem cabeça no canto da suíte principal de uma cobertura londrina pertencente a um oligarca russo.

A cápsula do meu pai, ao lado de Artis, estava pronta. Tentei não pensar nos manequins que tinha visto na visita anterior. Queria estar livre de referências e relações. Ver os corpos confirmava que tínhamos voltado, eu e Ross, e isso bastava.

Seguíamos Dahlia por um corredor vazio com portas e paredes pintadas de cores que combinavam. Ao virar uma esquina tivemos uma surpresa, um quarto com porta entreaberta, e eu me aproximei para olhar lá dentro. Cadeira simples, mesa com uma série de instrumentos espaçados, homenzinho de jaleco branco sentado num banco encostado na parede mais distante da entrada.

Achei aquilo ameaçador, um quarto em miniatura, paredes nuas, teto baixo, banco e cadeira, mas era apenas um lugar para cortar o cabelo e fazer a barba. O barbeiro sentou Ross na cadeira e começou a trabalhar depressa, com uma tesoura e uma máquina silenciosa. Ele e a guia trocavam comentários rápidos num idioma que não identifiquei. E lá estava o rosto de meu pai emergindo do cabelo espesso. O cabelo era um ninho para o rosto. O rosto escanhoado era melancólico, olhos vazios, carne chupada sob os malares proeminentes, maxilar espapaçado. Estarei vendo demais? O espaço comprimido se presta para exageros. Cabelos cortados para todo lado, cabeça exibindo pequenos sulcos e lesões. Então as sobrancelhas, que desapareceram tão depressa que nem vi a coisa acontecer.

Tivemos que fazer uma pausa, nós que estávamos em torno da cadeira, quando a mão de meu pai começou a tremer. Parados, assistíamos. Imóveis. Mantendo um silêncio estranhamente respeitoso.

Quanto o tremor cessou, a guia e o barbeiro falaram de novo, palavras incompreensíveis, e ocorreu-me que aquela era a língua sobre a qual me haviam falado, primeiro Ross e depois o homem do jardim artificial, Ben-Ezra, que discorrera sobre um sistema linguístico em desenvolvimento, muito mais expressivo e preciso do que qualquer forma de discurso existente no mundo.

O barbeiro usou uma navalha tradicional e espuma para terminar de trabalhar com as entradas em torno da boca e do queixo, e fiquei ouvindo Dahlia falando em unidades fracionadas que pareciam sílabas entremeadas com longos episódios de monólogo monótono sem pausas. Uma certa inclinação do tronco. Um gesto que ela fazia com a mão esquerda.

Num inglês claudicante, o barbeiro me disse que os pelos do corpo seriam removidos mais perto da hora final. Então ajudaram Ross a descer da cadeira, e ele parecia pronto. Um pensamento terrível, mas foi o que vi, um homem a quem tudo que restava era a roupa do corpo.

Eu caminhava pelos corredores, uma revisitação, a cada esquina recuperando uma nesga de memória. Portas e paredes. Um corredor comprido pintado como um céu, vagas trilhas de vapor traçadas em cinza no alto da parede e na borda do teto. Parei por um tempo para pensar em alguma coisa. Quando na vida eu parava para pensar? O tempo parecia suspenso até que passou uma pessoa. Que tipo de pessoa? Eu estava pensando nos comentários que meu pai fizera uma vez sobre a duração de uma existência humana, o tempo que passamos vivos, literalmente de minuto a minuto, do nascimento à morte. Um período tão breve, disse ele, que podia ser medido em segundos. E eu queria fazer isso mesmo, calcular a vida dele no contexto do intervalo denominado segundo, um sessenta avos de um minuto. O que esse número me diria? Seria um marco, o último número de uma sequência ordenada a ser colocado ao lado da maré caprichosa de seus dias e noites, quem ele era e o que ele tinha dito e feito e desfeito. Uma espécie de emblema memorial, talvez, algo a ser cochichado em seu ouvido no seu derradeiro lampejo de consciência. Mas eu esbarrava no fato de não saber a idade dele, quantos anos, meses e dias tinham que ser convertidos para um número de segundos que teria todo o destaque.

Resolvi que não ia me preocupar com isso. Ele havia saído pela porta afora, rejeitando a mulher e o filho, na hora em que o menino estava fazendo o dever de casa. *Seno cosseno tangente*. Eram as palavras místicas que eu associaria àquele episódio daí em diante. O momento me libertara de toda e qualquer responsabilidade quanto aos números referentes a meu pai, entre eles a data de nascimento.

Voltei a caminhar pelos corredores. Eu estava ali apenas em caráter provisório, passo a passo, assumindo as obrigações do homem, minha idade e minha forma, que tinha estado ali antes. Então vi a tela, a borda inferior, uma faixa larga, de parede a parede, visível abaixo do nicho do teto. Era uma visão animadora. A força serial das imagens haveria de sobrepujar minha sensação de estar flutuando no tempo. Eu precisava do mundo externo, fosse qual fosse seu impacto.

Caminhei até um ponto a cinco metros do lugar onde a tela tocaria o chão ao ser baixada. Fiquei parado, esperando, me perguntando que tipo de evento saltaria à minha frente. Evento, fenômeno, revelação. Nada aconteceu. Contei em silêncio até cem e a tela permaneceu onde estava. Repeti a contagem, murmurando os números, fazendo uma pausa depois de cada série de dez, e a tela não baixou. Fechei os olhos e esperei um pouco mais.

Gente parada de olhos fechados. Será que eu fazia parte de uma epidemia de olhos fechados?

O vazio, o silêncio do corredor comprido, as portas e paredes pintadas, a consciência de ser uma figura solitária, imóvel, presa num cenário que pelo visto fora criado justamente para uma situação como aquela — a coisa estava começando a parecer uma história para crianças.

Abro os olhos. Nada acontece. As aventuras de um garoto no nada.

Eu tinha uma lembrança nítida da sala de pedra onde ficava o enorme crânio cravejado de pedras preciosas, o megacrânio, que enfeitava uma das paredes. Dessa vez o cenário era outro. Um homem com uma máscara de pó levou Ross e a mim a um local, ou uma situação, que reconheci como o guina. Um em muitos, presumi, e houve um momento, um não momento, em que o tempo ficou suspenso enquanto deslizávamos em direção a um dos níveis numerados. Então seguimos o homem a uma sala de reuniões onde havia quatro outras pessoas sentadas, duas de cada lado de uma mesa comprida, homens e mulheres, todos de cabelo raspado e sem máscara, trajando roupas brancas largas.

Era uma roupa igual à que Ross usava. Ele estava relativamente desperto, tendo tomado um estimulante suave. O guia nos conduziu a duas cadeiras, uma de frente para a outra, e depois saiu da sala. Tentamos não ficar examinando a pessoa sentada à nossa frente, nós seis, e ninguém tinha nada a dizer.

Aqueles indivíduos haviam se oferecido para desempenhar aquela função, mas mesmo assim estavam imersos nas horas finais da única vida que haviam conhecido. Eu aguardara com interesse tudo que Artis tivera a dizer naquela situação. Aquelas pessoas eram estranhas, meu pai era meu pai, e um silêncio pensativo era claramente uma coisa boa. Todas as fixações loucas submersas por um tempo.

A espera não foi longa. Três homens, duas mulheres entraram, meia-idade, roupas normais, claramente visitantes ali. Instalaram-se em lugares nas pontas distantes da mesa. Compreendi que seriam beneméritos, os próprios ou talvez seus representantes, um ou dois, de alguma agência ou instituto ou cabala, de acordo com a explicação que meu pai me dera uma vez. Lá estava Ross, ele próprio um benemérito, e agora uma figura perdida, raspada, sem terno, sem gravata, sem um banco de dados pessoal.

Outro momento breve, outro silêncio, então mais uma entrada em cena. Mulher alta, séria, gola rulê e calça justa, cabelo afro, ligeiramente grisalho.

Eu registrava essas coisas, eu dizia as palavras a mim mesmo, identificava o tipo de rosto e corpo e traje. Se eu não fizesse isso, o indivíduo desapareceria?

Em pé, perto de uma das extremidades da mesa, as mãos nos quadris, os cotovelos para fora, ela parecia estar se dirigindo à superfície da mesa.

"Às vezes a história consiste em vidas individuais num contato momentâneo."

Ela nos deixou pensar sobre essas palavras. Eu quase acreditava que devia levantar o braço e dar um exemplo.

"Não precisamos de exemplos", disse ela, "mas vou dar um assim mesmo. Dolorosamente simplista. Um cientista fazendo uma pesquisa obscura num canto perdido de um laboratório em algum lugar. Vivendo de arroz com feijão. Sem poder completar uma teoria, uma fórmula, uma síntese. Quase delirando. Então ele vai a um congresso do outro lado do mundo e almoça e troca ideias com um outro cientista que vem de uma outra direção."

Esperamos.

"Resultado? O resultado é uma nova maneira de entender nosso lugar na galáxia."

Esperamos mais um pouco.

"Ou então o quê?", disse ela. "Ou então um homem armado sai de uma multidão e parte pra cima do líder de um país importante, e daí pra frente as coisas nunca mais vão ser como antes."

Ela olhava para a mesa, pensando.

"A situação de vocês, esse punhado de pessoas prestes a embarcar na viagem rumo ao renascimento. Vocês estão totalmente fora da narrativa do que chamamos de história. Aqui não há horizontes. Estamos comprometidos com uma interioridade, um foco aprofundado no que somos e onde estamos."

Ela olhou para eles, um por um, meu pai e os outros quatro.

"Vocês estão prestes a se tornar, cada um de vocês, uma vida única em contato apenas com ela própria."

Ela disse isso de um modo ameaçador?

"Outros, muito mais numerosos, chegaram aqui doentes, com a intenção de morrer e ser preparados para a câmara. Vocês vão ser carimbados 'Zero K'. Vocês são os arautos, os que optaram por entrar no portal prematuramente. O portal. Não é um pórtico grandioso nem um mero website, mas um complexo de ideias e aspirações e realidades duramente conquistadas."

Eu precisava de um nome para ela. Não tinha dado nome a ninguém nessa visita. Um nome daria uma dimensão adicional ao corpo ágil, indicaria um lugar de origem, me ajudaria a identificar as circunstâncias que a haviam levado até aquele lugar.

"Não será escuridão completa e silêncio total. Isso vocês sabem. Vocês já foram instruídos. Primeiro vocês vão passar pela revisão biomédica, daqui a umas poucas horas. A revisão cerebral. Com o tempo vocês vão se reencontrar a si próprios. Memória, identidade, autoconsciência, num outro nível. Este é o ponto básico da nossa nanotecnologia. Vocês estão legalmente mortos ou ilegalmente mortos, ou nem uma coisa nem outra? Que importância tem isso? Vocês terão uma existência espectral dentro do estojo cerebral. Pensamento flutuante. Uma espécie de apreensão mental passiva. Ping ping ping. Como uma máquina recém-nascida."

Ela andou ao redor da mesa, dirigindo-se a nós da extremidade oposta. Não precisa dar nome a ela, pensei. Isso foi da outra vez. Eu queria que aquela visita terminasse. O pai decidido enfiado em seu tubo uterino. O filho já maduro e seus afazeres rotineiros. A volta de Emma Breslow. O cargo de coordenador de conformidade e ética. Verificar a carteira, verificar as chaves. As paredes, o chão, a mobília.

"Se o nosso planeta continuar sendo um meio ambiente autossustentável, vai ser ótimo pra todo mundo, só que isso é totalmente improvável", disse ela. "Seja como for, o subterrâneo é onde o modelo avançado se realiza. Não se trata de submissão a circunstâncias difíceis. É simplesmente porque é aqui que o empreendimento humano encontrou o que necessita. Estamos vivendo e respirando num contexto futuro, fazendo isso aqui e agora."

Olhei para Ross à minha frente. Ele estava em outro lugar, não sonhando acordado, mas mergulhado em pensamentos, pensando no passado, tentando ver algo ou entender algo.

Talvez eu também estivesse relembrando o mesmo momento tenso, nós dois num quarto e as palavras pronunciadas pelo pai.

Eu vou com ela, disse ele.

Agora, dois anos depois, ele estava tentando voltar a essas palavras.

"Aquele mundo, o mundo lá em cima", disse ela, "está sendo posto a perder pelos sistemas. Pelas redes transparentes que aos poucos vão obstruindo o fluxo de todos os aspectos da natureza e do caráter que distinguem os seres humanos dos botões de elevador e das campainhas das portas."

Eu queria pensar nisso. *Que aos poucos vão obstruindo o fluxo*. Mas ela não parava de falar, levantando a vista da superfície da mesa para nos examinar coletivamente, os terráqueos e os habitantes do outro mundo, de cabeça raspada.

"Aqueles entre vocês que vão voltar pra superfície. Vocês não sentem? A perda de autonomia. A sensação de estar sendo virtualizado. Os aparelhos que vocês usam, os que vocês levam de um lado pro outro, de um cômodo a outro, de um minuto a outro, inevitavelmente. Vocês já se sentiram descarnados? Todos os impulsos codificados de que vocês dependem pra se orientar. Todos os sensores que estão vigiando vocês, escutando vocês, monitorando seus hábitos, medindo suas capacidades. Todos os dados entrecruzados que incorporam vocês aos megadados. Alguma coisa os deixa inquietos? Vocês pensam sobre o tecnovírus, todos os sistemas derrubados, a implosão global? Ou é uma coisa mais pessoal? Vocês se sentem imersos num pânico digital horroroso que está em toda parte e em lugar nenhum?"

Ela precisava de um nome começando com a letra Z.

"Aqui, é claro, nós aprimoramos nossos métodos constantemente. Estamos aplicando nossa ciência à maravilha da reanimação. Não perdemos tempo com trivialidades. Com aplicativos vazios."

Uma voz seca, cheia de autoridade, leve sotaque, e a tensão no corpo dela, a energia estirada. Eu poderia chamá-la Zina. Ou Zara. O modo como um Z maiúsculo domina uma palavra ou nome.

A porta se abriu e um homem entrou. Jeans surrados e camisa de vestir pela cabeça, rabo de cavalo fino e longo. Isso era novidade, o cabelo, mas não foi difícil reconhecer o homem: um dos gêmeos Stenmark. Qual deles, e que importância tinha isso?

A mulher permaneceu numa das pontas da mesa, o homem posicionou-se na outra, de modo informal, sem nenhum sinal de coreografia ensaiada. Um não reconheceu a presença do outro.

Ele fez um gesto sincronizado, rosto e mão, indicando que temos de começar em algum lugar e então vamos ver no que dá.

"Santo Agostinho. Vou dizer a vocês o que ele disse. O seguinte."

Fez uma pausa e fechou os olhos, dando a impressão de que suas palavras faziam parte da escuridão, vindo a nós dos séculos passados.

"'Nunca, na verdade, haverá para o homem pior desgraça na morte do que chegar aonde a própria morte não será morte.'"

Pensei *o quê*.

Ele levou algum tempo para abrir os olhos. Então olhou por cima da cabeça de Zara, para a parede do outro lado da sala.

Disse ele: "Não vou tentar situar esse comentário na meditação sobre gramática latina que o inspirou. Vou me limitar a apresentá-lo como um desafio pra vocês. Uma coisa pra pensar. Pra vocês elaborarem nas suas cápsulas".

O rosto impassível dos Stenmark, tal como antes. Mas claramente ele tinha envelhecido, rosto mais tenso, mãos com veias de um azul profundo. Eu dera aos gêmeos ao todo quatro primeiros nomes, mas já não conseguia lembrar qual nome era de quem.

"Terror e guerra, agora por toda parte, varrendo a superfície do nosso planeta", disse ele. "E isso tudo culmina em quê? Numa espécie grotesca de nostalgia. As armas primitivas, o homem do riquixá com um colete-bomba. Não necessariamente um homem, pode ser um menino, uma menina ou uma mulher. Diga a palavra. *Jinriquixá*. Ainda puxado à mão em certas cidades e lugarejos. Pequeno veículo de duas rodas. Pequeno explosivo improvisado. E no campo de batalha, fuzis de assalto dos tempos de outrora, velhas armas soviéticas, tanques decrépitos. Todos esses ataques e batalhas e massacres incorporados a uma reminiscência distorcida. As escaramuças na lama, as guerras santas, os prédios bombardeados, cidades inteiras reduzidas a centenas de ruas cobertas de escombros. Combate mano a mano que remonta a um passado distante. Falta de gasolina, de comida, de água. Homens em bandos selvagens. Esmagar os inocentes, queimar os casebres e envenenar os poços. Reviver a história da espécie."

Cabeça inclinada, mãos nos bolsos.

"E o terrorista pós-urbano, que abandonou a cidade ou país de adoção, qual a contribuição dele? Websites que transmitem horrores atávicos. Decapitações saídas de um folclore pavoroso. E as proibições ferozes, as disputas doutrinais seculares, matar os que fazem parte do outro califado. Por toda parte, inimigos com histórias e lembranças em comum. É uma guerra mundial em forma de colcha de retalhos, ainda que não reconhecida como tal. Ou será que estou maluco? Ou que eu sou um idiota? Guerras perdidas em territórios remotos. Atacar a aldeia, matar os homens, estuprar as mulheres, raptar as crianças. Centenas de mortos, mas — aí é que está — não há filmes nem fotos, assim não tem graça, cadê a reação? E guerra bem iluminada. A gente vê isso o tempo todo. Cenas de tanques e caminhões em chamas, soldados ou milicianos com capuzes pretos no meio do arame farpado arrancado, assistindo a um incêndio enquanto batem com martelos e culatras e macacos de trocar pneu numa banheira queimada, pra fazer uma batucada ancestral no meio da noite."

Ele parecia estar quase em transe, o corpo tremendo agora, as mãos rodopiando.

Disse ele: "O que é a guerra? Por que falar sobre a guerra? O que nos interessa é algo mais amplo e profundo. Vivemos cada minuto abraçados a nossa crença comum, a visão de mente e corpo imortais. Mas as guerras deles se tornaram inescapáveis. A guerra não é a única ondulação na superfície pálida dos eventos humanos? Ou será que estou ruim da cabeça? Não haverá uma deficiência à solta, um espírito raso que guia a vontade coletiva?".

Disse: "Quem são eles sem as guerras deles? Esses eventos viraram aglomerados insistentes que se tocam e se espalham e nos envolve a todos num monodrama muito maior, mundial, do que tudo que já vivenciamos antes".

Zara agora estava observando Stenmark e eu estava observando Zara. Eles estavam se agarrando à superfície, não estavam, eles dois? A Terra em todas as suas acepções, terceiro planeta mais próximo do Sol, esfera da existência mortal, todas as definições contidas entre essas duas. Eu não queria esquecer que a mulher precisava de um sobrenome. Era algo que eu lhe devia. Não era para isso que eu estava ali, para subverter a dança da transcendência com minhas brincadeiras?

"Gente de bicicleta, único meio de transporte para não combatentes na zona de guerra, além de andar a pé, mancar ou rastejar. Correr, só pras facções em conflito e os fotógrafos que cobrem o acontecimento pras agências de notícias, como nas guerras mundiais de antes. Será que existe um desejo de luta corpo a corpo, de esmagar um crânio e fumar um cigarro. Carros-bombas em lugares sagrados. Foguetes lançados às centenas. Famílias vivendo em porões fedorentos, sem luz, sem aquecimento. Lá fora estão derrubando a estátua de bronze do ex-herói nacional. Um ato solene, com raízes na memória, na revivescência. Homens com uniformes de camuflagem salpicados de lama. Homens em jipes com furos de bala. Os rebeldes, os voluntários, os insurgentes, os separatistas, os ativistas, os militantes, os dissidentes. E os que voltam pra casa, carregados de lembranças sinistras e depressão profunda. Um homem num quarto, onde a própria morte não será morte."

De novo, o rosto impassível, sem expressão, corpo balançando de leve. Cadê o irmão dele? E qual a relação desse homem com Zara, se bem que pode ser Nadya. Ele tem uma esposa no país dele, isso eu já tinha decidido, os irmãos casados com irmãs. Eu queria ouvir o jogral animado dos gêmeos, seus comentários combinados. Seria o outro gêmeo agora um nanocorpo delgado coberto de gelo numa cápsula solitária? Teriam todas as cápsulas a mesma altura? E lá estava Nadya, na extremidade oposta da mesa. Serão amantes díspares ou total desconhecidos?

Disse Stenmark: "O apocalipse é inerente na estrutura do tempo e no caos climático e cósmico a longo prazo. Mas estaremos vendo os sinais de um inferno criado de propósito? E estaremos contando os dias que faltam pra que as nações avançadas, ou não tão avançadas, comecem a utilizar as armas mais infernais? Não é inevitável? Todos os locais secretos em diversas partes do mundo. As agressões planejadas serão anuladas por ciberataques? Será que as bombas e mísseis vão atingir seus alvos? Estaremos protegidos aqui no nosso subterrâneo? E seja qual for a megatonelagem, qual será o efeito do choque em cada continente, o golpe à consciência mundial? Até que ponto será como

Hiroshima e Nagasaki? Como nas velhas cidades destruídas, a ruína primeva cem mil vezes mais devastadora que antes. Penso nos mortos e nos semimortos e nos gravemente feridos, nostalgicamente colocados em riquixás e levados de um ponto a outro da paisagem esmagada. Ou será que estou perdido na vaga lembrança de velhos cinejornais?"

Olhei de relance para a mulher careca do outro lado da mesa, sentada ao lado de Ross. Antegozo, um quase êxtase visível no rosto. Pouco importava o que o homem dizia. Ela estava ansiosa para sair daquela vida e mergulhar no descanso fora do tempo, deixando para trás todas as trêmulas complicações do corpo, da mente e das circunstâncias pessoais.

Stenmark parecia ter terminado. Mãos dobradas à cintura, cabeça baixa. Nessa postura de prece, ele disse algo a sua colega. Estava falando na linguagem local, o singular sistema da Convergência, um conjunto de sons vocais e gestos que me faziam pensar nos golfinhos se comunicando no meio do oceano. Ela respondeu com um comentário extenso que incluiu alguns movimentos de cabeça, para cima e para baixo, que talvez fossem cômicos em outras circunstâncias, mas não aqui, não quando a cabeça era de Nadya.

O sotaque dela desaparecia dentro da bolha opaca do que ela estava dizendo, fosse o que fosse. Ela saiu de seu posto e foi caminhando ao longo da mesa, pousando a mão nas cabeças raspadas de cada arauto.

"O tempo é múltiplo, o tempo é simultâneo. Este momento acontece, aconteceu, acontecerá", disse ela. "A língua que desenvolvemos aqui vai permitir que vocês compreendam esses conceitos, aqueles de vocês que vão entrar nas cápsulas. Vocês serão os recém-nascidos, e com o tempo a língua será instilada."

Ela chegou ao fim daquele lado da mesa e colocou-se na extremidade oposta àquela em que estava.

"Signos, símbolos, gestos e regras. O nome da língua será acessível apenas àqueles que a falam."

Ela pousou a mão na cabeça de meu pai — meu pai ou a representação dele, o ícone nu que em breve ele haveria de se tornar, um ser adormecido numa cápsula, aguardando a ciber-ressurreição.

Seu sotaque se acentuou, talvez por eu desejar que isso acontecesse.

"A tecnologia tornou-se uma força da natureza. Não podemos controlá-la. Ela se instaurou por todo o planeta e não temos onde nos esconder. O único lugar é este, é claro, este encrave dinâmico, onde respiramos ar seguro e vivemos fora do alcance dos instintos combativos, o desespero do sangue que acaba de nos ser apresentado detalhadamente, nos mais variados níveis."

Stenmark andou até a porta.

"Ignorem o impulso viril", disse ele a nós. "É uma coisa que só leva à morte."

Então saiu. Para onde, para o quê. Nadya levantou a vista e desviou-a para um canto da sala. Os braços estavam levantados agora, emoldurando o rosto, e ela falou na língua da Convergência. Sua presença tinha uma força. Mas o que estaria dizendo ela, e a quem? Era uma figura singular, autocontida, camisa de colarinho alto, calças sob medida. Pensei nas mulheres de outros lugares, ruas e avenidas das metrópoles, vento soprando, uma saia de mulher se levantando na brisa, o modo como o vento tensiona a saia, dando forma às pernas, fazendo a saia mergulhar entre as pernas, revelando joelhos e coxas. Seriam esses pensamentos de meu pai ou meus? A saia se debatendo contra as pernas, um vento tão forte que a mulher se vira de lado, desviando-se da força do ar, a saia a dançar, subindo, dobrando-se entre as coxas.

Ela era Nadya Hrabal. Era esse o nome dela.

8

Eu estava sentado no meu quarto, esperando que alguém viesse me levar para algum outro lugar.

Estava pensando no jogo livre de passo a passo e palavra por palavra que vivenciamos lá em cima, lá fora, caminhando e conversando debaixo do céu, passando filtro solar na pele e gerando filhos e nos vendo envelhecer no espelho do banheiro, ao lado da privada em que evacuamos e do chuveiro onde nos purificamos.

Agora estou aqui, num hábitat, num ambiente controlado onde dias e noites são intercambiáveis, onde os habitantes falam uma língua oculta e onde sou obrigado a usar uma pulseira que contém um disco que avisa onde estou àqueles que me observam e escutam.

Só que eu não estava usando pulseira nenhuma, certo? Esta visita era diferente. Uma vigília ao pé de um leito de morte. O filho a quem fora concedido o direito de acompanhar o pai em sua descida às profundezas, além dos níveis permissíveis.

Dormi sentado por algum tempo, e quando acordei minha

mãe estava presente no quarto. Madeline ou sua aura. Que estranho, pensei, ela me encontrar aqui, justamente agora, depois da terrível decisão tomada por Ross, seu marido por algum tempo. Eu queria mergulhar naquele momento. Minha mãe. Como essas duas palavras estavam fora de lugar ali naquela enorme cratera fechada, onde as pessoas faziam questão de nada revelar sobre suas nacionalidades, seus passados, suas famílias, seus nomes. Madeline na sala de visitas da nossa casa com seu avatar de tecnologia pessoal, o botão de silenciar no controle remoto da televisão. Lá está ela, um sopro, uma emanação.

Eu caminhava atrás dela pelos augustos corredores da imensa farmácia do bairro, um menino recém-púbere, em quase florescência, lendo os rótulos das caixas e tubos de remédios. Às vezes, escondido, abria uma caixa para ler a bula, ansioso para ter uma ideia do jargão impactante de alertas, precauções, efeitos adversos, contraindicações.

"Hora de parar de fuçar", disse ela.

Eu nunca me sentira tão humano quanto me senti ao ver minha mãe morrendo, na cama. Não era apenas a fragilidade de um homem de quem se diz que é "apenas humano", sujeito a uma fraqueza ou vulnerabilidade. Era uma onda de tristeza e perda que me fez compreender que eu era um homem aumentado pelo sofrimento. Havia lembranças por toda parte, espontâneas. Eram imagens, visões, vozes e o modo como o último suspiro de uma mulher concede expressão à humanidade tolhida de seu filho. Lá estava a vizinha com sua bengala, parada, para sempre, à porta do quarto, e lá estava minha mãe, à distância de um braço, de um toque, imobilizada.

Madeline removendo com a unha do polegar as etiquetas com o preço dos artigos que ela havia comprado, um ato decidido de vingança contra o que quer que estivesse fazendo aquilo conosco. Madeline em pé, olhos fechados, rodando os braços para cima e para baixo, um método de relaxamento. Madeline assistindo ao canal de notícias sobre o trânsito, o tempo todo, era a impressão que dava, enquanto os carros passavam pela tela em silêncio, desaparecendo da vista de Madeline e voltando à vida dos motoristas e passageiros.

Minha mãe era uma pessoa comum à sua maneira, um espírito livre, o lugar seguro para onde eu podia voltar.

O acompanhante era um homem sem nenhuma característica marcante, que parecia menos um ser humano do que um organismo. Ele seguiu na minha frente pelos corredores, então apontou para a porta da unidade de alimentação e foi embora.

A comida tinha gosto de complemento alimentar e eu estava tentando pensar nela, derrotá-la mentalmente, quando entrou o Monge. Eu não pensava no Monge fazia algum tempo, mas também não o havia esquecido. Será que ele só estava ali quando eu estava presente? Usava um manto pardo simples, que ia até o chão, e estava descalço. Isso fazia sentido, mas eu não sabia por que nem como. Sentou-se à mesa em frente à minha, vendo apenas o que estava em seu prato.

"Nós já estivemos aqui antes, eu e o senhor, e agora estamos de novo", comentei.

Encarei-o abertamente. Mencionei o relato da viagem que ele fizera à montanha sagrada no Tibete. Então fiquei observando enquanto ele comia, a cabeça quase enfiada no prato. Falei na nossa ida à unidade de tratamentos paliativos, nós dois juntos — o refúgio. Surpreendi a mim mesmo ao relembrar essa palavra. Pronunciei-a duas vezes. Ele comia e comia, mas eu não parava de observá-lo, as mãos compridas, o olhar condensado. Havia restos da sua refeição anterior no manto. Teria caído do garfo ou ele teria vomitado?

Disse ele: "Sobrevivi à minha memória".

Parecia mais velho, e aquela impressão que ele transmitia de não estar em lugar nenhum era mais intensa do que nunca, aliás era justamente esse o lugar onde estávamos. Lugar nenhum. Eu o via quase devorar o garfo junto com a comida que havia nele.

"Mas o senhor continua visitando as pessoas que estão esperando a hora de morrer e ser levadas lá pra baixo. As necessidades emocionais e espirituais delas. E eu queria saber se o senhor fala a língua. O senhor sabe falar a língua que se fala aqui?"

"Todo o meu corpo rejeita essa língua."

Um comentário animador.

"Agora só falo uzbeque."

Eu não sabia o que dizer em resposta a essa afirmação. Então comentei apenas: "Uzbequistão".

Ele havia terminado de comer, o prato totalmente raspado, e eu queria dizer alguma coisa antes que ele saísse da unidade. Qualquer coisa. Dizer-lhe meu nome. Ele era o Monge, eu era quem? Mas tive que fazer uma pausa. Por um longo momento vazio, não consegui lembrar meu nome. Ele se levantou, empurrou para trás a cadeira e deu um passo em direção à porta. Um momento entre ser ninguém e ser alguém.

Então eu disse: "Meu nome é Jeffrey Lockhart".

Um comentário que ele não conseguiu assimilar.

Então eu disse: "O que é que o senhor faz quando não está dormindo nem comendo nem falando com as pessoas sobre o bem-estar espiritual delas?".

"Eu ando pelos corredores", ele respondeu.

De volta ao quarto, àquele espaço raspado.

Todas as zonas, setores, divisões que eu não tinha visto. Centros de informática, almoxarifados, abrigos para o caso de bombardeios ou desastres naturais, a área de comando central. Haveria unidades de recreação? Bibliotecas, filmes, torneios de xadrez, partidas de futebol? Quantos números haveria nos níveis numerados?

Ele estava nu deitado numa mesa, nem um fio de pelo em todo o corpo. Era difícil associar a vida de meu pai àquele ser vagamente semelhante a ele. Teria eu alguma vez pensado no corpo humano e no espetáculo que ele representa, sua força elementar, o corpo de meu pai, despido de tudo que poderia caracterizá-lo como uma vida individual. Era uma coisa reduzida ao anonimato, todas as reações normais se apagando agora. Não desviei a vista. Senti que era minha obrigação olhar. Eu queria ser contemplativo. E em algum lugar remoto de minha mente programada, talvez eu tenha experimentado uma forma débil de reparação, a satisfação de um menino injustiçado.

Ele estava vivo, pairando em algum nível de tranquilidade anestesiada, e disse alguma coisa, ou então alguma coisa foi dita, talvez, uma ou duas palavras que pareciam emergir espontaneamente do corpo.

Uma mulher de guarda-pó e máscara cirúrgica estava do outro lado de Ross. Olhei para ela, mais ou menos pedindo permissão, e depois me debrucei sobre o corpo.

"*Gesso de paris sobre linho*."

Creio que foi isso que ouvi, depois outros fragmentos confusos ininteligíveis. O rosto e o corpo afundados. O pau deprimido do homem. O resto dele, só membros, partes protuberantes.

Fiz que sim ao ouvir as palavras e troquei um rápido olhar com a mulher e acenei de novo. Eu só sabia que *gesso de paris* era um termo usado pelos artistas, uma superfície ou meio. Gesso de paris sobre linho.

Concederam-me um momento a sós, o qual passei olhando fixamente para o nada, e em seguida vieram outras pessoas preparar Ross para sua longa e lenta temporada de repouso na cápsula.

Fui levado a uma sala onde as quatro paredes eram recobertas por uma imagem pintada contínua da própria sala. Só havia três móveis, duas cadeiras e uma mesa baixa, os três representados em diversos ângulos. Permaneci em pé, virando a cabeça e depois o corpo para ver todo o mural. O fato de as quatro superfícies planas serem imagens de si próprias bem como pano de fundo para três objetos que ocupavam o espaço me pareceu merecedor de algum método profundo de investigação, talvez a fenomenologia, mas eu não estava à altura de tal desafio.

Depois de algum tempo entrou uma mulher, miúda, de movimentos rápidos, trajando um paletó de camurça e calça de malha. Tinha olhos que pareciam exalar luz, e foi isso que me fez perceber que ela era a mulher de máscara cirúrgica que estava do outro lado da mesa enquanto eu contemplava o corpo nu e cru.

Disse ela: "O senhor prefere ficar em pé".

"Prefiro."

Ela pensou na minha resposta, depois sentou-se à mesa. Fez-se o silêncio. Não entrou ninguém trazendo chá e biscoitos numa bandeja.

Disse ela: "Houve muitas discussões, eu, Ross e Artis. Nós nascemos sem pedir pra nascer. Será que temos que morrer da mesma maneira? Os recursos que ele pôs à nossa disposição foram de importância crucial".

O que mais eu via? A mulher usava uma echarpe que chamava a atenção, e resolvi que ela tinha cinquenta e cinco anos, origem local, mais ou menos, e era uma figura com certa autoridade.

"Depois que Artis entrou na câmara, estive com seu pai em Nova York e no Maine. Ele foi mais generoso que nunca. Embora estivesse transformado. Claro que o senhor sabe. Quase em pandarecos por efeito da perda. É uma das glórias do ser humano recusar-se a aceitar determinado destino, não é? O que é que queremos aqui? A vida, mais nada. Que a coisa aconteça. Queremos respirar."

Compreendi que ela estava falando comigo como uma manifestação de respeito por meu pai. Ele pedira, ela obedecia.

"Nós dispomos da linguagem para nos ajudar a passar por momentos terríveis. Podemos pensar e falar sobre coisas que é possível que ocorram no futuro. Por que não acompanhar fisicamente nossas palavras rumo a esse futuro? Se dizemos a nós mesmos com firmeza que a consciência vai ser conservada, que os criopreservativos vão continuar a nutrir o organismo, temos aí o primeiro despertar que nos levará ao estado abençoado. Estamos aqui pra fazer isso acontecer, e não apenas desejar que aconteça, ou esboçar um movimento tímido, e sim assumir o empreendimento em toda sua dimensão."

Seus dedos vibravam enquanto ela falava. Eu estava um pouco desconfiado. Aquela mulher estava enrodilhada em seus pensamentos, a cada instante, decidida a fazer as coisas acontecerem.

"Pra mim, chega de teorias e argumentos", retruquei. "Eu e Ross descemos todos aqueles níveis conversando e gritando."

"Ele disse que o senhor nunca o chamou de papai. Eu comentei: uma atitude nada americana. Ele tentou rir, mas não conseguiu."

Com minha camisa e calça neutras, eu podia me imaginar entrando no mural e passando despercebido, um vulto obscuro num canto da sala.

"A vida humana é uma fusão acidental de minúsculas partículas de matéria orgânica flutuando na poeira cósmica. Já a preservação da vida é menos acidental. Ela utiliza o que aprendemos em milhares de anos de vida humana. Não é tão aleatória, tão imprevisível, mas nem por isso é antinatural."

"Me fale sobre a sua echarpe", disse eu.

"Caxemira de cabra da Mongólia Interior."

Ficava cada vez mais claro que ela desempenhava um papel importante naquele empreendimento. Se os gêmeos Stenmark constituíam o núcleo criativo, os visionários piadistas, seria aquela mulher a pessoa que gerava a renda, que determinava o rumo? Seria ela um dos indivíduos que tiveram a ideia da Convergência, localizando-a naquela geografia agreste, além dos limites da credibilidade e da lei. Uma financista, uma filósofa, uma cientista que assumiu um papel mais amplo aqui. Qual seria sua experiência pessoal? Resolvi não perguntar. Nem perguntar seu nome, nem inventar um nome para ela. Eu estava progredindo, à minha maneira. Hora de voltar para casa.

Mas a mulher disse que havia um último lugar que Ross queria que eu conhecesse. Levou-me a um guina, eu e ela e dois acompanhantes, e descemos até níveis numerados aonde eu nunca havia chegado antes. Como eu sabia disso? Eu sentia nos ossos, embora não dispusesse de nenhuma indicação concreta, de tempo de descida nem de distância percorrida.

Fui levado a um nicho, e ali instalaram em mim um equipamento de respiração e um traje protetor que lembrava a roupa dos astronautas. Não era muito pesado e permitia que eu imergisse na irrealidade do momento.

A mulher disse: "É natural que tenha havido alguns reveses, planos que não puderam ser concretizados, acidentes ocasionais. Houve casos de esperanças que se frustraram".

Olhava para mim de dentro de seu respirador.

"Estão em vigor certas medidas que vão manter o suporte

ao seu pai, ainda que não nos níveis anteriores. Temos uma fundação, um administrador e uma série de salvaguardas, fatores de tempo e limites inibidores."

"Vocês têm apoio de outras fontes também."

"Claro, sempre. Mas o que o Ross fez por nós foi decisivo. A fé inquebrantável dele, os recursos globais de que ele dispõe."

"Vocês devem ter tido algumas defecções."

"A disposição dele de participar do modo mais efetivo."

Éramos conduzidos lentamente por uma passagem estreita.

Numa parede havia uma tabuleta de argila rachada, fixada na horizontal, apresentando uma linha compacta de números, letras, raízes quadradas e cúbicas, sinais de mais e de menos, e também parênteses, símbolos de infinito e outros símbolos, com o sinal de igual no meio de tudo, indicando igualdade lógica ou matemática.

Eu não sabia o que significava aquela equação e não tinha intenção de perguntar. Então pensei na Convergência, no nome em si, a palavra em si. Duas forças distintas aproximando-se de um ponto de interseção. A fusão, hálito contra hálito, do fim e do início. Seria a equação da tabuleta uma expressão científica do que acontece com um corpo humano individual quando as forças de morte e da vida se unem?

"Onde ele está agora?"

"No processo de resfriamento. Se não está, vai estar em breve", disse a mulher. "O senhor é o filho. Claro que ele me deu a entender que o senhor tem reservas com relação a esse conceito e também a este lugar onde estamos. O ceticismo é uma virtude em certas ocasiões, ainda que muitas vezes uma virtude superficial. Mas ele jamais representou o senhor como um homem de mente fechada."

Eu não era apenas o filho dele, era *o* filho, o sobrevivente, o herdeiro aparente.

Encontramos tubos de acesso e antecâmaras e entramos na seção de crioarmazenamento. Agora não tínhamos acompanhantes e seguimos por uma passarela ligeiramente elevada. Logo surgiu à frente uma área aberta, e segundos depois vi o que havia nela.

Eram fileiras de corpos humanos em cápsulas reluzentes, e tive que parar de andar para absorver o que estava vendo. Eram fileiras, longas colunas de mulheres e homens nus, congelados. A mulher esperou por mim, e nos aproximamos lentamente, de uma altitude que nos proporcionava uma perspectiva clara.

Todas as cápsulas estavam viradas na mesma direção, dezenas delas, depois centenas, e nossa passarela nos permitiu atravessar as fileiras estruturadas. Os corpos estavam dispostos num espaço imenso, olhos fechados, braços cruzados sobre o peito, pernas bem juntas, nenhum sinal de carne em excesso.

Relembrei as três cápsulas que eu e Ross tínhamos visto na minha visita anterior. Aqueles eram seres humanos presos, enfraquecidos, vidas individuais paralisadas em alguma região fronteiriça de um futuro imaginado.

Aqui não havia vidas a pensar ou imaginar. Era puro espetáculo, uma entidade única, os corpos majestosos em sua entronização criônica. Era uma forma de arte visionária, era *body art* com vastas implicações.

A única vida que me veio à mente era a de Artis. Pensei em Artis em seu trabalho de campo, o tempo das valas de lama e túneis estreitos, os objetos que ela desencavava, ferramentas e armas cobertas de terra, fragmentos de calcário entalhado. E haveria algo de quase pré-histórico nos artefatos exibidos agora? Arqueologia para uma era futura.

Eu aguardava a hora em que a mulher da echarpe mongol me diria que aquela era uma civilização projetada para renascer muito depois do colapso catastrófico de tudo que havia na superfície. Porém caminhamos e paramos e voltamos a caminhar, em silêncio.

Se era isso que meu pai queria que eu visse, então eu tinha a obrigação de sentir uma pontada de deslumbramento e gratidão. E foi o que senti. Aquilo era ciência banhada em fantasia desvairada. Não havia como sufocar minha admiração.

Por fim, pensei nas cenas apoteóticas de dança, cuidadosamente coreografadas, nos musicais de Hollywood de muitas décadas atrás, dançarinas sincronizadas como um exército em marcha. Ali não havia cortes nem fusões nem trilhas sonoras, não havia movimento algum, mas eu não parava de olhar.

Depois de algum tempo, segui a mulher por um corredor com murais de paisagens devastadas, uma após a outra, cenas que se pretendiam proféticas, uma paisagem dupla, cada parede repetindo o que havia na parede em frente — montes, vales e prados desfigurados. Eu olhava para a esquerda e para a direita e novamente para a esquerda, confrontando uma parede com a outra. As pinturas tinham uma delicadeza de teia de aranha, cujo efeito era intensificar a destruição.

Chegamos por fim a um portal em arco que dava num recinto pequeno e estreito, com paredes de pedra, fracamente iluminado. Ela fez um gesto e eu entrei, e depois de alguns passos fui obrigado a parar.

Na parede em frente havia duas cápsulas de formato aerodinâmico, mais altas do que as que eu acabara de ver. Uma estava vazia, a outra continha um corpo de mulher. Não havia mais nada na sala. Não me aproximei para ver mais de perto. Eu me sentia obrigado a manter certa distância.

A mulher era Artis. E quem mais haveria de ser? Mas levei um tempo para conseguir absorver a imagem, a realidade, vincular a ela o nome de Artis, deixar que o momento me penetrasse. Dei alguns passos à frente, finalmente, observando que a postura corporal dela não era igual à dos outros corpos encapsulados.

Parecia que seu corpo era iluminado de dentro. Ela estava ereta, na ponta dos pés, cabeça raspada inclinada para cima, olhos fechados, seios firmes. Era um ser humano idealizado, encerrado no recipiente, mas era também Artis. Os braços estavam caídos junto ao corpo, dedos unidos à altura das coxas, pernas ligeiramente afastadas.

Era belo. Era o corpo humano como modelo de criação. Eu acreditei nisso. Era um corpo que, no caso, não envelheceria. E era Artis, ali, sozinha, quem representava os temas de todo o complexo da Convergência, conferindo-lhe certo grau de respeitabilidade.

Pensei em manifestar meus sentimentos, ainda que com um simples olhar ou gesto, um aceno com a cabeça, mas quando me virei para ver a mulher que me levara até ali, ela havia sumido.

A cápsula vazia estava reservada para Ross, naturalmente. Sua forma corpórea seria restaurada, seu rosto ajustado, seu cérebro (rezava a lenda local) sintonizado de modo a funcionar num nível atenuado de identidade. Como poderiam esse homem e essa mulher saber, anos atrás, que iriam morar num ambiente como esse, nesse subplaneta, nessa sala isolada, nus e absolutos, mais ou menos imortais.

Fiquei olhando um bom tempo, depois me virei e encontrei um acompanhante parado à porta, uma pessoa mais jovem, sem gênero.

Mas eu não estava disposto a ir embora. Permaneci, de olhos fechados, pensando, relembrando. Artis e sua história de contar gotas d'água numa cortina de chuveiro. Aqui, as coisas a serem contadas, interiormente, serão infinitas. *Por todo o sempre*. Palavras dela. O sabor daquelas palavras. Abri os olhos e olhei mais um pouco, o filho, o enteado, a testemunha privilegiada.

A presença de Artis ali fazia sentido; a de Ross, não.

Entrei com o acompanhante no guina e o segui por uma série de corredores onde havia uma porta fechada mais ou menos a cada vinte metros. Chegamos a uma encruzilhada, e o acompanhante apontou para um corredor vazio. Eram só frases simples, sujeito, predicado, objeto, coisas se estreitando, e eu estava sozinho agora, meu corpo encolhendo naquela longa extensão.

Então uma ruga, uma dobra na superfície lisa, e vi a tela ao final do corredor no momento exato em que ela começou a baixar, e mais uma vez estou à espera de que aconteça alguma coisa.

As primeiras figuras surgiram antes mesmo que a tela estivesse totalmente estendida.

Soldados em preto e branco emergem da névoa, marchando.

É uma imagem poderosa, minada quase de imediato pelo corpo esmagado de um soldado com uniforme de camuflagem esparramado no banco da frente de um veículo destruído.

Cães vadios soltos nas ruas de um bairro urbano abandonado. Um minarete pode ser visto na borda da tela.

Soldados numa nevasca, agachados juntos, dez homens comendo com colheres uma espécie de papa em tigelas de madeira.

Uma cena filmada do alto, caminhões militares brancos passando por uma paisagem desértica. Talvez filmada de um drone, pensei. Tentando parecer bem informado, ainda que apenas para mim mesmo.

Dei-me conta de que havia uma trilha sonora. Ruídos débeis, motores acelerando, tiros ao longe, vozes quase inaudíveis.

Dois homens armados na plataforma de uma picape, os dois com cigarro na boca.

Homens de manto e lenço na cabeça apedrejando um alvo que não aparece em cena.

Meia dúzia de soldados prestes a entrar em ação diante de uma murada de ameias destruída, olhando por cima do parapeito, culatras de rifles se destacando das fendas, um dos soldados com uma máscara de personagem de quadrinhos, cores vivas, rosto comprido cor-de-rosa com sobrancelhas verdes, bochechas com ruge e uma boca vermelha com um sorriso debochado. Tudo o mais está em preto e branco.

Eu nem precisava me perguntar qual a razão de ser, qual o sentido, que mentalidade haveria por trás daquilo. Era Stenmark. Porque sim. O equivalente visual, mais ou menos, da sua fala ao grupo na sala de reuniões.

A sala de reuniões. Quando foi isso mesmo? Quem estava naquele grupo, exatamente? A guerra mundial de Stenmark. O homem passional, tremendo às vezes.

Homens de preto andando em fila indiana, cada um com uma espada comprida, dia nascendo, assassinato ritual, de preto da cabeça aos pés, uma disciplina gélida marcando seus passos.

Soldados dormindo num bunker, pilhas de sacos de areia.

Êxodo: multidões carregando todos os pertences que conseguem carregar, roupas, luminárias, tapetes, cachorros. Chamas se elevam de um lado ao outro da tela, atrás das pessoas.

Levo algum tempo para perceber que a trilha sonora agora é um som puro. Um sinal prolongado que rejeita qualquer vestígio de expressão.

Policiais antimotim jogam granadas de atordoamento em pessoas que batem em retirada cruzando uma avenida larga.

Dois idosos atravessam em bicicletas um terreno devastado. Depois de algum tempo passam por uma coluna de tanques num campo coberto de neve, um único cadáver visível numa trincheira.

Corpos: homens chacinados numa clareira de floresta, urubus andando entre os cadáveres.

Era horrível, e eu assistia. Comecei a pensar nas outras pessoas assistindo, outras telas, outros corredores, nível após nível em todo o complexo.

Crianças diante de uma minivan, esperando a hora de entrar, fumaça preta ao longe, uma criança olhando para trás em direção à fumaça, as outras voltadas para a câmara, rostos inexpressivos.

Corpo a corpo, seis ou sete homens com facas e baionetas, alguns com uniformes de camuflagem, carnificina concentrada, filmada em close, um homem alto cambaleia, prestes a desabar, os outros atacando no instante em que a imagem é paralisada.

Mais uma imagem filmada de um drone, cidade destruída, cidade fantasma, vultos pequenos catando objetos em meio aos destroços.

O rosto barbudo de um soldado, da raça dos guerreiros brutos, gorro de malha preto, cigarro enfiado na boca.

Um clérigo caminhando com passos rápidos, sacerdote ortodoxo, trajes canônicos, manto, batina, gente andando atrás dele, outras pessoas se juntando a eles, se inserindo na imagem, punhos erguidos.

Cadáver de bruços numa estrada esburacada, destroços de bombardeio por toda parte.

Os corredores estão repletos de pessoas assistindo ao que se passa nas telas. Todos tendo os meus pensamentos.

Outra máscara de história em quadrinhos, de personagem de quadrinhos, um soldado entre outros, em forma, fuzil levantado na horizontal diante do peito, rosto branco, nariz roxo, lábios vermelhos num esgar sardônico.

Uma mulher de xador, vista de trás, saltando de um carro e caminhando de cabeça baixa numa praça apinhada de gente onde algumas pessoas percebem e olham e então começam a se dispersar, câmara recuando, então a explosão, puramente visual, parecendo rasgar a tela de lado a lado e estilhaçar o ar que nos cerca. Todo mundo assistindo.

Pessoas num enterro, algumas com fuzis automáticos a tiracolo, a mesma fumaça negra vista antes, muito ao longe, não subindo nem se espalhando, e sim completamente imóvel, uma imobilidade sinistra, como se fosse um pano de fundo pintado.

Uma criança pequena com um chapéu engraçado se agachando, bunda de fora, para cagar na neve.

Então uma pausa, e o ruído agudo e constante da trilha sonora, espécie de gemido, morre aos poucos. A tela é preenchida por um céu cinzento e mortiço, e a câmara vai descendo lentamente até repetir a primeira e impressionante imagem.

Soldados emergem da névoa, marchando.

Mas dessa vez a cena se prolonga e os homens continuam vindo, e há feridos entre eles, homens mancando, rosto ensanguentado, alguns de capacete, a maioria com gorros de malha preta.

O som retorna, agora é realista, explosões ao longe, aviões em voo rasante, e os homens começam a avançar com mais cautela, as armas apertadas contra os corpos. Passam por uma pilha de pneus em chamas e entram numa rua, prédios desabados, destroços para todo lado. Vejo-os andando por cima de estruturas de alvenaria destruídas, e ouvem-se gritos isolados que logo se perdem no meio do som concentrado de disparos.

Parecem imagens e sons de uma guerra tradicional, homens armados, e me vem à lembrança a nostalgia perversa mencionada por Stenmark, todas as guerras mundiais resumidas nessas imagens, um soldado com cigarro na boca, um soldado dormindo num bunker, um soldado barbudo com a cabeça enfaixada.

Sons de tiros próximos e os homens buscam abrigo, tentando descobrir de onde vêm os disparos, atirando em direção a eles, e a trilha sonora mergulha na ação, ruidosa, acompanhada de perto, gritos, e sou obrigado a dar um passo para trás à medida que a câmara vai se envolvendo de modo ainda mais íntimo, aproximando-se da batalha para mostrar closes do rosto dos homens, jovens e não tão jovens, dedos em gatilhos, corpos em silhueta contra uma construção em ruínas. É rápido, nítido e ampliado, a sensação de algo prestes a acontecer, e não faço outra coisa senão ver e ouvir, uma súbita mixórdia de sons e imagens, a câmara balança e treme e então encontra um homem em pé sobre os restos de um automóvel, atirando com seu fuzil para todo lado. Dá vários tiros, o coice da arma jogando seu tronco para trás de modo ritmado. Ele se esquiva, abaixando-se, e espera. Todos nós esperamos. A câmara percorre a área e só mostra destroços vazios e chuva fina e então a figura única do homem reaparece, ajoelhado no banco do motorista e dando um tiro pela janela lateral estraçalhada. Períodos de quase silêncio, e a câmara permanece focada em ângulo no homem agachado, que tem uma faixa em torno da testa, sem capacete, e então voltam a vir tiros de várias direções, e a imagem dá um salto e o homem é atingido. É isso que eu julgo ver. A câmara o perde de vista e mostra apenas vestígios de um fundo confuso. O barulho se intensifica, tiros rápidos, uma voz repetindo a mesma palavra, e então o homem reaparece, andando em terreno descoberto, sem o fuzil, a câmara fica estável, e ele é atingido de novo, cai de joelhos, e estou recitando essas palavras para mim mesmo enquanto assisto. Ele é atingido de novo e cai de joelhos e há uma imagem nítida da figura, jaqueta cáqui, jeans e botas, cabelo espetado, três vezes maior que o tamanho natural, aqui, acima de mim, ferido e sangrando, mancha se espalhando pelo peito, homem jovem, olhos fechados, de um realismo acachapante.

Era o filho de Emma. Era Stak.

Ele cai para a frente e a câmara se afasta e era ele mesmo, o filho, o garoto. Tanques se aproximam agora e eu preciso vê-lo de novo porque, muito embora não haja dúvida, foi rápido demais, não foi o suficiente. Uma dezena de tanques preguiçosamente avançando por cima de barreiras de sacos de areia e eu parado ali, esperando. Por que eles haveriam de mostrar de novo? Mas eu tenho que esperar, preciso ver. Os tanques seguem por uma estrada com uma placa em caracteres cirílicos e latinos. *Konstantínovka*. Há um crânio grosseiramente desenhado acima do nome.

Stak na Ucrânia, um grupo de autodefesa, um batalhão de voluntários. Que outra coisa poderia ser? Eu continuo a olhar e esperar. Será que os recrutadores sabiam a idade dele, até mesmo o nome dele? Um filho da terra que voltou para casa. Nome de nascimento, nome adquirido, apelido. Eu só sei que é Stak e talvez esta seja a única coisa que há para saber, o garoto que virou um país de uma só pessoa.

Tenho que ficar até a tela escurecer. Tenho que esperar para ver. E se mandarem um acompanhante me pegar, o acompanhante vai ter que esperar. E se Stak não reaparecer, então que a imagem se apague, o som silencie, a tela seja enrolada, todo o corredor escureça. Os outros corredores se esvaziam, um fluxo organizado de pessoas, mas esse corredor fica escuro e eu permaneço parado de olhos fechados. Todas as vezes que fiz isso, ficar imóvel num quarto escuro de olhos fechados, garoto esquisito e homem crescido, eu estava me preparando para um espaço como este, corredor comprido e frio e vazio, portas e paredes de cores que combinam, silêncio sepulcral, sombra escorrendo em direção a mim.

Quando a escuridão for total, vou ficar simplesmente parado, esperando, me esforçando para não pensar em nada.

9

Vejo um táxi estacionado a um metro e pouco da calçada e depois um homem ajoelhado na sarjeta, sem os sapatos, colocados atrás dele, curvado para a frente, cabeça encostada no chão, e levo um momento para compreender que ele é o motorista do táxi e que naquela direção fica Meca, ele está curvado em direção a Meca.

Nos fins de semana, de vez em quando, fico num quarto de hóspedes na casa de meu pai na cidade, com acesso à cozinha. O jovem que lida com esses assuntos, uma das efígies da empresa, discute detalhes no padrão contemporâneo das frases afirmativas que se esvaem gradualmente enquanto ascendem, em tom de pergunta.

Acho que às vezes vou aos museus só para ouvir as línguas faladas pelos visitantes nas galerias. Uma vez segui um homem e uma mulher das lápides de calcário de Chipre, século IV a.C., até a seção de Armas e Armaduras, esperando que eles voltassem a falar um com o outro para que eu pudesse identificar a língua, ou tentar identificá-la, ou dar um palpite aleatório. A ideia de abordá-los e lhes perguntar, educadamente, estava fora do meu alcance.

Estou sentado diante de uma tela num cubículo de acrílico fosco onde está escrito Coordenador de Conformidade e Ética. Me adaptei bem ao cargo, não apenas em termos de minha disposição cotidiana, mas no contexto dos métodos que desenvolvi para desempenhar as funções que me cabem e me conformar ao idioma nativo.

Mendigo em cadeira de rodas, roupas normais, barba bem-feita, sem copo de papel sujo, mão enluvada mergulhando no enxame das ruas.

Uma coisa é a dinâmica abrangente da carreira empresarial de meu pai, outra é o fim de linha da Convergência, e eu digo a mim mesmo que não estou me escondendo dentro de uma vida que é uma reação a isso, nem uma retaliação por isso. Por outro lado, sempre vou estar à sombra de Ross e Artis, e o que me obceca não é a vida inspiradora que eles viveram, e sim a maneira como morreram.

Quando me pergunto por que eu precisava de vez em quando dormir na casa de meu pai na cidade, penso imediatamente no prédio onde mora Emma, nas redondezas, ou onde ela morava, e com frequência faço caminhadas pelo bairro, sem esperar ver nada, sem ficar sabendo de nada, porém sentindo uma imanência, aquela presença-fantasma gerada por uma perda dolorosa, e neste caso, na rua dela, intuo uma possibilidade que nem sequer tentei entender.

No mercado que frequento, nunca deixo de conferir as datas de validade nas garrafas e caixas. Ponho a mão bem no fundo das prateleiras que exibem objetos, produtos empacotados, e pego um que esteja na fileira mais ao fundo, porque é lá que fica o que há de mais fresco, seja pão fatiado, leite ou cereal.

Mulheres altas e mais altas. Procuro a mulher que fica parada numa pose formal numa esquina com ou sem um cartaz num alfabeto obscuro. O que haverá para se ver que eu ainda não tenha visto, que lição se pode extrair de uma figura imóvel no meio da multidão? No caso dela, pode ser uma questão de perigo iminente. Sempre houve indivíduos fazendo isso, não é? Encaro a coisa como algo medieval, um mau presságio de algum tipo. Ela nos diz que devemos estar prontos.

Às vezes é preciso toda a manhã para se recuperar de um sonho, para se despertar de um sonho. Mas não consigo me lembrar de um único instante de um sonho desde que cheguei de viagem. Stak é o sonho acordado, o menino soldado enchendo a tela, prestes a desabar sobre a minha cabeça.

Caminho, olhando, e o tráfego travado geme, e dinheiro estrangeiro entra nas torres encimadas por dúplex que rompem os gabaritos do zoneamento urbano.

Agrada-me a ideia de trabalhar num contexto escolar, sabendo que a certa altura a ideia vai se dissolver nos detalhes. Chega uma van na segunda-feira bem cedo, e somos levados a uma pequena comunidade em Connecticut onde fica a faculdade, um campus modesto, alunos moderadamente promissores. Ficamos lá até a tarde de quinta, quando nos trazem de volta para a cidade, e é interessante constatar como conseguimos encontrar novas maneiras, nós três, de falar sobre nada.

Uma vida longa e suave é o que me parece ser o caminho que tomei, e a única dúvida é até que ponto ele se revelará letal.

Mas será que acredito mesmo nisso ou estou apenas buscando um efeito, uma maneira de contrabalançar o conforto do meu cotidiano?

Entro na sala das pinturas monocromáticas, relembrando as últimas palavras que Ross conseguiu articular. *Gesso de paris sobre linho*. Tento absolver o termo de seu significado e encará-lo como um fragmento de um belo idioma perdido, que não é falado há mil anos. As pinturas da sala são óleo sobre tela, mas eu digo a mim mesmo que vou visitar museus e galerias e procurar pinturas classificadas como gesso de paris sobre linho.

Passo horas caminhando, me esquivando de um cocô de cachorro aqui e ali.

* * *

Eu e Emma, era uma vez um namoro. Meu smartphone permanece junto a meu corpo porque ela está em algum lugar na selva digital, e o toque de chamar, raramente ouvido, é por implicação a voz dela, a um segundo de distância.

Eu como pão fatiado porque ele dura mais guardado na geladeira, o que não funciona com pão grego ou italiano ou francês. Como pão grosso, com casca, nos restaurantes, e normalmente janto sozinho por opção.

Tudo isso é importante mesmo que não pareça importante. O pão que a gente come. O que me faz me perguntar quem terão sido meus antepassados, mas só por pouco tempo.

Sei que eu devia voltar a fumar. Tudo que aconteceu me encaminha nessa direção, em tese. Mas não me sinto diminuído por minha abstinência, como acontecia antigamente. A fissura passou, e talvez seja isso o que me diminui.

Há um belo lustre no quarto de hóspedes da casa na cidade, e eu o ligo e desligo, e toda vez que faço isso, inevitavelmente, dou por mim pensando na expressão *luminária pendente*.

Na rua, andando sem rumo, apalpo a carteira e as chaves, verifico se o zíper da braguilha está fechado desde o cinto até a virilha ou vice-versa.

O alívio não é proporcional ao medo. Dura um tempo limitado. Você fica dias e depois meses preocupado e por fim o filho chega e ele está bem e você esquece que não conseguia se concentrar em outro assunto ou situação ou circunstância durante todo aquele tempo porque agora ele está aqui, então vamos jantar. Só que ele não está aqui, não é? Está em algum lugar perto de uma placa de estrada onde se lê Konstantínovka, na Ucrânia, lugar onde ele nasceu e morreu.

Idiomas, sirenes o tempo todo, mendigo formando uma massa envolta em pano, homem ou mulher, acordado ou dormindo, vivo ou morto, difícil dizer mesmo quando me aproximo e ponho um dólar no copo de plástico amassado.

Dois quarteirões adiante, penso que devia ter dito algo, verificado algo, e então mudo de assunto antes que a coisa fique complicada demais.

Sentado no meu cubículo na administração da faculdade, risco itens de listas. Não apago os itens, porém clico na opção de tachado e faço na tela um risco em cada item que tem que ser eliminado. Riscos e itens. Com o tempo os riscos nos itens assinalam meu progresso de um modo imediatamente visualizável. O momento do risco é o melhor de tudo, um prazer infantil.

Penso nos poucos momentos que passávamos nos vendo no espelho, eu e Emma, e era a primeira pessoa do plural, duas imagens fundidas. E então o erro infeliz que me condenou, eu não ter contado a ela as histórias de Madeline e Ross, e Ross e Artis, e o futuro de meu pai e minha madrasta reduzidos a naturezas-mortas, crionicamente imobilizados.

Eu protelei demais.

Eu queria que ela me visse num contexto isolado, fora das forças que me formaram.

Então me lembro do motorista de táxi ajoelhado na sarjeta imunda, virado em direção a Meca, e tento conciliar a localização firme do mundo dele com a vida dispersa deste mundo.

Às vezes penso no quarto, a paisagem escassa daquele quarto, parede, soalho, porta, cama, uma imagem monossilábica, quase abstrata, e tento me ver sentado na cadeira e é só isso que há, uma imagem muito detalhada, essa coisa e aquela outra coisa e o homem na cadeira, esperando que o acompanhante bata à porta.

A obra de restauração, os andaimes, a fachada do prédio oculta por baixo de extensas camadas brancas de plástico protetor. O homem barbudo parado embaixo dos andaimes gritando com todos que passam por ele, e não são palavras nem expressões que ouvimos, é puro som, parte do barulho dos táxis, caminhões e ônibus, só que vem de um ser humano.

Penso em Artis na cápsula e tento imaginar, indo de encontro à minha firme convicção, que ela consiga vivenciar um mínimo de consciência. Imagino-a num estado de solidão virginal. Nenhum estímulo, nenhuma atividade humana que incite uma reação, nem o mais rudimentar vestígio de memória. Então tento imaginá-la num monólogo interior, dela, autogerado, talvez incessante, a prosa aberta de uma voz em terceira pessoa que é também a voz dela, uma espécie de ladainha num único tom grave.

Nos elevadores públicos, dirijo um olhar cego precisamente ao nada, sabendo que estou numa caixa hermética sozinho com outras pessoas e que nenhum de nós está disposto a oferecer um rosto aberto à inquirição.

Estou parado num ponto de ônibus quando Emma me liga. Ela me conta o que aconteceu com Stak, usando um mínimo de palavras. Me diz que largou o emprego na escola e entregou o apartamento daqui e vai ficar com o pai do menino e não me lembro se eles estavam divorciados ou separados, não que isso tenha importância. O ônibus chega e vai embora e nós conversamos mais um pouco, em voz baixa, como se fôssemos quase desconhecidos, e então um garante ao outro que vamos voltar a conversar.

Não digo a ela que vi a coisa acontecendo.

10

Era um ônibus dos que cruzam a cidade de oeste a leste, um homem e uma mulher sentados perto do motorista, uma mulher e um menino na parte de trás do ônibus. Encontrei um lugar, mais ou menos no meio, olhando para o nada, mente esvaziada ou quase, até que comecei a reparar num brilho, uma maré de luz.

Segundos depois as ruas estavam inundadas pela última luz da tarde, e o ônibus parecia ser o portador desse momento radiante. Olhei para o brilho nas costas das minhas mãos. Olhei e depois ouvi, surpreso, um gemido humano, e girei a cabeça para ver o menino em pé, virado para a janela de trás. Estávamos na Midtown, com a visão desimpedida para o oeste, e ele apontava e gemia para o sol em chamas, equilibrado com uma precisão insólita entre fileiras de arranha-céus. Era uma visão impressionante, no nosso aglomerado urbano, uma coisa poderosa, aquela enorme massa vermelha, e me dei conta de que havia um fenômeno natural, aqui em Manhattan, uma ou duas vezes por ano, em que os raios do sol se alinham com a grade das ruas.

Eu não sabia o nome desse evento, mas era o que estava vendo naquele momento, eu e o menino, cujos gritos ansiosos eram adequados à ocasião, estando o próprio menino, atarracado, cabeça grande demais, engolido pela visão.

E então lá está Ross, outra vez, em seu escritório, a imagem de meu pai, sempre à espreita, me dizendo que todo mundo quer ser dono do fim do mundo.

Será isso que o menino está vendo? Levantei-me do meu banco e fiquei em pé, mais perto dele. Suas mãos estavam fechadas junto ao peito, quase de punhos cerrados, macias e trêmulas. A mãe permanecia em silêncio, olhando com ele. O menino balançava-se um pouco no ritmo dos gritos, que eram incessantes e também entusiásticos, eram grunhidos pré-linguísticos. Desagradava-me pensar que ele tinha algum defeito, macrocefalia, deficiência mental, mas aqueles urros de admiração eram bem mais apropriados do que palavras.

O disco solar inteiro, sangrando sobre as ruas, iluminando as torres à nossa esquerda e à nossa direita, e eu disse a mim mesmo que o menino não estava vendo o céu desabar em nós, e sim experimentando o mais puro assombro diante do contato íntimo entre Terra e Sol.

Voltei a meu lugar e virei-me para a frente. Eu não precisava da luz do céu. Bastavam-me os gritos de assombro do menino.

ESTA OBRA FOI COMPOSTA PELO GRUPO DE CRIAÇÃO EM ELECTRA E
IMPRESSA PELA GRÁFICA BARTIRA EM OFSETE SOBRE PAPEL PÓLEN SOFT
DA SUZANO PAPEL E CELULOSE PARA A EDITORA SCHWARCZ
EM SETEMBRO DE 2017

A marca FSC® é a garantia de que a madeira utilizada na fabricação do papel deste livro provém de florestas que foram gerenciadas de maneira ambientalmente correta, socialmente justa e economicamente viável, além de outras fontes de origem controlada.